轉生就是劍
4
“I became the sword by transmigrating.” Story by Yuu Tanaka. Illustration by Llo
棚架ユウ
插畫／るろお
U0026147
Kadokawa Fantastic Novel

轉生就是劍 4

"I became the sword by transmigrating" Story by Yuu Tanaka, Illustration by Llo

棚架ユウ
插畫／るろお

Kadokawa Fantastic Novels

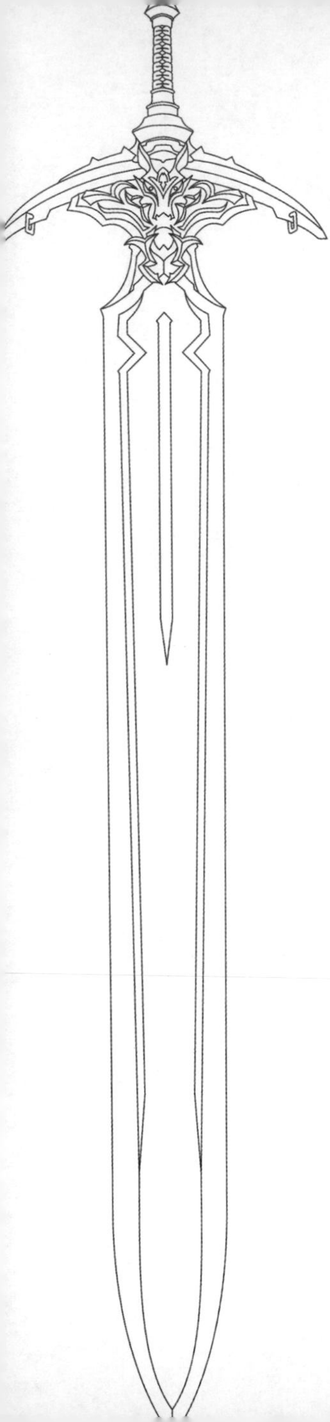

CONTENTS

第一章
料理公會與比賽
007

第二章
水晶牢籠
065

第三章
月宴祭之夜
119

第四章
蠢蠢欲動者
173

第五章
邪人變異
241

第六章
貪欲之鍊金術師
306

第七章
邪惡之主
352

終章
403

"I became the sword by transmigrating"
Volume 4
Story by Yuu Tanaka, Illustration by Llo

第一章　料理公會與比賽

從錫德蘭海國出發後，到了當天傍晚。

我們已經來到了當初的目的地，克蘭澤爾王國的第一大港都巴博拉。

本來應該需要至少十天的路程，但我們搭乘的是能夠由水龍拖行的水龍艦。不但速度奇快，而且不曾受到魔獸等威脅襲擊，竟然當天就抵達巴博拉了。真的好快。

只是，當我們下船來到巴博拉港口時，搭乘的並非水龍艦。

只因水龍艦無法直接航進並停泊於巴博拉港。

並不是因為巴博拉港太小，或是類似的其他原因。不如說以巴博拉港的大小而論，要讓水龍艦停泊絕對不成問題。

這些都不是原因，我們聽說水龍艦要在外國港口停泊時，必須事先聯絡。而且不是停泊前的簡單聯絡，而是按照國際規定進行的通知。

不過仔細想想，或許是理所當然。

畢竟水龍可是威脅度B的魔獸，是一隻就能讓小國陷入危機的大魔獸。雖說受到契約所約束，但想必不是說停泊就能停泊。

用地球來比喻，等於是事前毫無聯絡就開著航空母艦出現在外國港口。那樣勢必會引發一場大騷動，走錯一步甚至可能點燃戰火。

因此大家安排先讓水龍艦停泊於海上，以小船將總部位於巴博拉的露西爾商會的各位成員送進港口。接著他們再以商會的船隻返回水龍艦，讓芙蘭搭船前往巴博拉。

「那麼，有緣再會！」

「嗯！」

「嗷！」

芙蘭從露西爾商會的倫吉爾船長為她準備的商船上，對米麗安揮手。

米麗安不只是將芙蘭送到巴博拉的水龍艦的艦長，更是錫德蘭海國的第二公主，似乎必須即刻歸返錫德蘭，沒有時間逗留。

國內才剛發生革命，情勢尚不穩定，公主當然沒有時間四處遊蕩了。她從甲板上對芙蘭、菲利亞斯王族福特與薩蒂雅揮手告別。

然而，芙蘭的表情鬱鬱寡歡。一定是捨不得與米麗安分別吧。

『沒關係，又不是這輩子再也見不到面了。遲早會重逢的。』

（嗯……）

聽了我的鼓勵，芙蘭仍然只是有氣無力地隨聲附和。

『好了啦，妳要用這種苦瓜臉說再見嗎？笑一個吧，這樣米麗安應該會比較高興喔？』

「嗯……米麗安！拜拜！」

「嗯，再會了！拜拜。」

很好很好，就算有點勉強也要露出笑容，這樣灰暗的心情也能一掃而空。

我們目送水龍艦被水龍拖著以驚人速度遠去，眨眼間變得越來越小。

「我們也前往巴博拉吧。」

在倫吉爾船長的指示下，商船也開始航行。載著芙蘭等人的商船，就這樣進入巴博拉港口的一個角落。

我們走下舷梯，與福特王子他們正式道別。

「芙蘭，一路上受妳照顧了。」

「謝謝妳在很多方面提供幫助。」

「嗯。」

這次她的表情並沒有特別沉重。並不是她捨得跟這兩人分開，而是因為我們約好很快就會再碰面——

「那麼，我們先去領主的宅邸了。」

「等妳事情辦完後，一定要過來唷？」

就這樣說定了。

「領主宅邸就在貴族街的中心，我想妳一看就知道了。」

「我們會先跟領主閣下提起芙蘭小姐的。」

「好。」

聽到福特與薩蒂雅這麼說，芙蘭點了個頭。

一開始他們邀請芙蘭一起借住領主宅邸時，我們拒絕了。芙蘭沒有懂禮貌到可以借住貴族宅邸，況且小漆也在。但是除了福特與薩蒂雅，連侍從席里德都開口邀請我們，實在盛情難卻。

看來不只是王子殿下他們，連席里德都開始欣賞芙蘭了。雖然芙蘭救了他們一命，心態會轉變或許也很合理。不過席里德還是不忘補上一句：「儘管有礙兩位殿下的教育，無奈兩位殿下就是欣賞妳。」還真是不失本色。看來是當講話帶刺的侍從當過頭，已經不知如何正常說話了。

「那就晚點見了。」

「路上小心唷。」

「小漆也是，晚點見喔？」

「嗷！」

王子殿下等人坐上露西爾商會準備的馬車，漸漸遠去。正目送他們離去時，這回換倫吉爾船長等人過來找我們說話。

「總算到了呢。」

「倫吉爾，謝謝你在各方面的幫助。」

「不不，我們才是受妳太多幫助了。」

雖然芙蘭只不過是個冒險者小姑娘，倫吉爾則是大型商會所屬的船長，但兩人之間的氣氛輕鬆隨和。

儘管相識的時日不久，但畢竟是在錫德蘭海國革命當中一起穿越生死線的戰友。倫吉爾甚至似乎認為他們都只讓芙蘭去廝殺，對於自己沒能幫上忙感到內疚。就像現在，他緊緊握住芙蘭的手，低頭致謝。

「芙蘭小姐，若不是有妳在，我們根本不可能像這樣平安抵達巴博拉。真的很謝謝妳。我還沒回報妳對船員們的救命之恩，妳如果遇到任何問題，儘管來找露西爾商會幫忙。我會盡我所能提供幫助。」

「好。」

難得能跟大型商會打好關係，遇到困難就不用客氣，儘管麻煩人家吧。

最後我們再度跟倫吉爾船長握手，然後離開了港口。

『好，首先得去冒險者公會才行。』

儘管發生了很多事，總之還是得去報告護衛委託已經達成。雖然不知道算不算成功，反正王子殿下他們幾個委託人都說成功了，管他的。

福特王子在進入巴博拉港之後應該已經派遣屬下前往冒險者公會，所以只要我們前往公會，應該就能辦完成功手續了。

「還要賣掉魔獸素材。」

『是啊。』

一路上入手的魔獸素材也累積了一大堆。我也想把它們清空。

「還想看看城鎮。」

的確，這麼大的港都，想必有很多可看之處。

「嗷嗷嗷。」

「小漆也想逛街？」

「嗷嗚！」

小漆也幹勁十足。來到一個新地方，第一件事就是散步。完全就是一條狗。不過我們也想在巴博拉稍微逛逛，這樣或許正好。

『那就來趟走訪巴博拉之行吧。』

「嗯。」

「嗷嗷！」

況且只要邊到處走走看看邊找冒險者公會就一舉兩得了。

巴博拉既是克蘭澤爾王國的海洋門戶，也是僅次於王都的第二大都市。可供多達一百艘船停泊的巨大港口，開放超過二十國的商船進出，甚至聽說在這個商業城市想要什麼都能弄到手。

不愧是人們口中的大都市，城鎮規模比我們想像得更大，而且繁華興盛。從港區通往城鎮的大街上，擠滿了宛如早晨車站月台的人潮。

不只如此，建築物的格局也很大。就連警備隊的值勤站，都是豪華氣派的四層樓建築。我來到這世界之後第一個造訪的城鎮是亞壘沙，而比起那座城鎮的值勤站，這個規模大了將近十倍。

也就是說為了維護巴博拉的治安，或許非得要這麼多的士兵吧。無論是城鎮的規模還是居民人數，想必都是亞壘沙所無法比擬的。

『唔喔——店家太多，都不知道該從哪裡逛起好。』

「好厲害。」

「嗷。」

看到大街兩旁擺出數量驚人的攤販，芙蘭與小漆都兩眼閃亮、興奮難耐。當然，我也是。

固定攤販賣的幾乎都是小吃或土產。從人潮聚集的人氣店面，到顯得有點可疑的攤販，看都看不膩。而且不愧是匯集世界各地人潮的地區，小吃攤賣的料理也變化萬千。

除此之外，還擺出了很多流動攤販，形態更是多變。

大概各地文化圈的流動與固定式攤販都聚集於此了吧。有類似日本關東煮的小販，也有西洋風情的貢多拉船式攤位。

「哦哦——」

「嗷嗚——」

看得出來兩個貪吃鬼的眼睛越來越明亮有神。

反正手上有錢，想吃什麼儘管買吧——我這樣說難道錯了嗎？

「好吃好吃。」

「喔嗚！」

「那個也要。」

「嗷嗷。」

「嗯嘛嗯嘛。」

「喔呼～」

我看嘴裡沒塞食物的時間還比較短。

一名少女與一隻大黑狗，雙手抱著幾乎拿不動的大量食物吃個不停。夠顯眼的了。把巨大串燒一口吃掉的時候，周圍群眾還獻上掌聲呢。

我們一邊到處買東西吃一邊慢吞吞地前進，不久來到了一處開闊的廣場。

這也太寬廣了，我看直徑少說有兩百公尺。面對廣場的建築物也好像配合廣場規模一樣地巨大，盡是些像是重金打造、富麗堂皇的樓房。

也許就類似丸之內或時報廣場那樣，屬於黃金地段吧。

我舉目四顧這些櫛比鱗次、強調自我的建築物時，發現了一塊令人好奇的招牌。

『那是……』

（師父，怎麼了？）

『妳看那裡的建築物，上面寫著料理公會耶。』

沒錯，我看到的正是料理公會的招牌。料理公會這幾個字底下，繪有叉子與湯匙交叉的圖案。

『我還是頭一次聽說。』

不知道是什麼樣的公會？

「要去看看嗎？」

『麻煩妳了。』

除此之外，我還看到鍛造公會以及商人公會等名聲遠播的公會，還有大使館等等的招牌。既然料理公會跟這些設施併立於同一個地段，可見應該是頗具規模的大型公會。

「這裡嗎？」

『對。只是……小漆好像不能進去。』

因為入口寫著警語「禁止攜帶寵物與從魔入內」。好吧，畢竟應該是經手食品業務的公會，這也是無可厚非。

（躲在影子裡就可以了吧？）

『就這麼辦。小漆，到了屋子裡絕對不可以出來喔？』

（嗚……）

小漆有些傷心地叫了一聲，就乖乖沉入影子裡了。看來是想吃好料的期待落空了。

「叨擾了。」

我們打開豪華大門走進去一看，室內其實跟亞壘沙的冒險者公會有點像。

室內設計成木頭地板，設置了幾個櫃台用來處理委託等業務。不過地板上鋪有地毯，天花板掛著枝形吊燈，比那邊豪華太多了。

『是不是每所公會的格局都差不多？』

不過，公會裡的人們不是冒險者，而是廚師或商人。這裡必定是為廚師服務的公會錯不了。

我們站在門口張望了一下屋內，不久就有一位女性過來招呼。看起來像是服務小姐。

「這位小妹妹，有需要什麼嗎？」

「沒有。」

「嗄？」

嗯，害人家愣住了。芙蘭，妳講話太直接了。

「我第一次聽說有料理公會。」

「原來是這樣呀。的確，其他城鎮或許不常有這種組織。本鎮是大陸全境各種食材薈萃之地，對廚師而言就像是人間天堂。因此料理公會也比其他地方更具有重要性。」

即使面對芙蘭這樣一個小朋友，服務小姐仍然十分敬業。不愧是大型公會的門面，真是教育有方。根據她的解說，料理公會似乎是讓廚師、食材商人、飯館或餐廳的經營者等料理業界人士登錄成為會員的公會。

前身是廚師的互助組織，如今仍然以食譜研究以及援助廚師為第一宗旨。

「那真是厲害。」

芙蘭自己平時不下廚，但愛死了美食。聽到這裡是幫助料理發展的組織，似乎讓她敬佩不已，點頭點個不停。

看到芙蘭的反應，服務小姐似乎把她當成廚師或相關人士。

「小妹妹是廚師嗎？」

「很難說？」

「是、是喔……」

因為芙蘭雖然料理技能等級是10，但她完全不下廚。她沒理會服務小姐的困惑反應，接著說道：

「我師父是料理高手。」

「這、這樣呀。」

「師父的料理無人能比。」

「您的師父沒有登錄成為本公會會員嗎？」

「嗯。」

「那麼，我建議他可以登錄成為本公會會員。登錄後只要累積實績並得到認可，像是購買食材或食譜買賣等方面，都可以獲得許多優惠唷？請務必推薦您的師父加入本公會。」

哦哦，各種優惠啊。真令我感興趣。就算我不能登錄，讓芙蘭登錄或許也不錯。可是芙蘭已經加入冒險者公會了，沒影響嗎？

根據服務小姐的回答，似乎沒有影響。

「噢，沒關係。有很多人同時是兩邊的會員喔？」

她回答得爽快。

「畢竟跟冒險者公會一比，本公會的規模小多了。如果規定只能加入其中一個公會，就別想募集到會員了。您可以把它看成更輕鬆的組織。畢竟我們組織是從廚師之間的互助會發展而來的。」

況且冒險者公會可是跨足全世界的超巨大組織。拿來比較或許太殘忍了。

「那麼，我想登錄。」

「您有巴博拉的商業交易資格嗎？」

「嗯？沒有。」

「那就只能請您登錄為廚師了。」

看來登錄身分有商人與廚師之別。

「沒關係。」

「登錄為廚師必須通過基本審查，您同意嗎？」

也是，既然她說可以透過公會在購買食材時多少圖點方便，有這道審查似乎也很合理。

「審查？要做什麼？」

「由於本公會是料理公會，因此您必須讓公會職員試吃您做的料理，只要合格就能登錄成會員。您可以在本公會的廚房準備，也可以在其他地方做好再帶過來。」

如果是這樣，可否讓芙蘭交出我做的料理進行代理登錄？假如可以，那我也能成為會員。

「可以。因為只要登錄名字，並製作料理公會卡就行了。」

本來聽到公會二字還給我一板一眼的印象，沒想到這麼簡便。服務小姐也說他們是個輕鬆的組織，公會卡說不定就跟會員卡或集點卡的性質差不多。

「可以交出已經帶在身上的料理嗎？」

「可以，但是……」

服務小姐今天已經不知是第幾次露出困惑神情了。大概是覺得芙蘭看起來不像是有隨身攜帶料理吧。所以，當她看到芙蘭從空無一物的地方忽然拿出料理時，變得目瞪口呆。

「那就這個，還有這個。」

「咦？噢，是道具袋嗎？咦？」

「喏。」

芙蘭拿出的是咖哩與山豬串燒。辛香料的芬芳氣味飄散至整個樓層，引來其他廚師的注目。咖哩是我的審查用料理，串燒則是芙蘭的。山豬串燒是芙蘭以前做的，我們可沒有作弊喔？

「啊，請、請稍候片刻。我這就去請評審做準備。」

「大姊姊不負責審查？」

「基本上還是得請幹部級人員進行審查。」

服務小姐端著忽然拿到的兩盤料理，匆匆忙忙地離開了。

比起這個，我對芙蘭提出了一個更大的疑問：

『雖說是為了審查，但把妳的寶貝咖哩交出去沒關係嗎？』

她平常總是說自己的份會減少，不願意讓其他人吃。今天是吃錯什麼藥了？

（畢竟師父的料理要接受審查，所以不能端出太隨便的東西。我要讓評審大吃一驚，然後取得資格。）

芙蘭幾乎是神氣十足地說。

『是，是喔。謝啦。』

只要芙蘭無所謂就隨她去吧。反正我只要試驗能通過就好。

「讓您久等了。這邊請。」

在大廳等了大約五分鐘後，服務小姐回來叫我們。

我們走在她後面，就被帶到一間大餐廳。不愧是料理公會裡的餐廳，空間很寬敞。而且桌巾與椅子等等看起來都很高檔。

「哦，妳就是新來的廚師嗎？」

「嗯。」

一位眼光銳利的老人在餐廳裡等著我們。用一句話形容就像是難以取悅的美食家，或者是很少說出好吃二字的美食評論家吧。害我都緊張起來了。

「麥卡先生，這是審查項目的料理。」

服務小姐將芙蘭交給她的兩盤料理放在老人面前。

「怎麼有兩份？」

「這份是我的。」

「串燒啊……唔嗯，老夫開動了。」

麥卡老先生拿起山豬串燒東看西看，進一步聞聞味道，然後送進口中。經過一番細嚼慢嚥，細細品嘗之後才嚥下。

面無表情搞得我心驚膽跳的。試吃過程應該只花了十幾秒，我卻覺得有如幾分鐘般漫長。

最後麥卡把串燒吃得一點不剩，然後緩緩開口說道：

「——嗯，就是普通的串燒。」

「沒辦法。」

芙蘭自己大概也很明白吧。即使被人家這麼說，也沒什麼惱怒的反應。畢竟那只是她剛學會料理技能時，一時興起做的點心。

「不過，還不錯。這道菜讓老夫感覺到製作者的熱情。感受得到此人想以僅有的食材，盡可能做得好吃的心意。」

「？」

哦哦，這位老人家真有眼光。的確，芙蘭做這個串燒時可是相當賣力。即使製作的契機是一時興起，要做就要認真做是芙蘭的一貫作風。

她用心調整魔力量使用火魔術，花了差不多半小時細火慢烤。

雖然食材以及調味料都是隨處可見的平凡材料，但我認為已經做得很好吃了。畢竟她真的費了不少工夫。

只是也因為這樣，導致她對料理產生了麻煩的刻板印象，後來都不肯自己下廚了。老先生竟然吃一口就能看穿這點，真是令人生畏的洞察力與觀察眼光。看來料理公會幹部的頭銜不是虛有其名。

「合格。」

「嗯。」

真是太好了。這樣說或許不太好，但如果這份串燒都能合格，我的想必也沒問題。應該說我還有登錄的必要嗎？反正已經可以使用料理公會的優惠了。

（不行。）

然而芙蘭十分堅持，一定要繼續接受審查。

『為什麼？』

（我要讓他吃師父的料理，讓他大吃一驚。）

看來她已經不在乎登錄的事了。好像只想讓這個高高在上的老先生吃咖哩，讓他嘖嘖稱奇。她顯得滿懷自信，把咖哩的盤子推給老先生。

「接著是這個。」

「哦，有意思。看起來類似亞薩利亞料理，但香味更為醇厚。使用的食材也有一定等級。」

「這叫咖哩，是師父做的。」

「也就是說這是妳師父的獨門料理？」

「對。是師父嘔心瀝血、努力研發的至上料理。」

不是！才不是好嗎！只是隨手重現地球上的知名料理而已！只要有辛香料就能輕鬆製作啦！

「哦哦，那真是令人期待。」

「咖哩是世界第一美味。」

「但願如此。」

於是，老美食家用湯匙舀起了被芙蘭把標準提到不能再高的咖哩。如同試吃串燒的時候一樣，先稍微聞過味道，然後慢慢送進口中。

「哦哦？」

「好吃嗎？」

「嗯。」

「怎麼樣？這就是至高無上的料理。」
可能是按捺不住了，芙蘭也拿出咖哩一起吃了起來。
每吃一口就不住點頭。然後，用充滿自信的神情看著老人家。
一副就是勝券在握的神情。麥卡也重重地點頭，反應還不壞。
「不錯。」
「嗯，當然。」
然而麥卡吃完咖哩後，帶著略有微詞的表情開口道：
「但是，就這樣嗎？離世界第一還遠得很。」
老人此話一出的瞬間……
「啊？」
芙蘭臉上失去一切表情，發出駭人的怒氣。
也許是咖哩被貶低真的令她氣憤難平吧。芙蘭衝著麥卡，散發出在戰鬥中都沒展現過的嚇人殺氣。
『喂！妳幹嘛這樣！』
「咖哩是世界第一美味。」
等一下等一下！連威懾都發動了！拿這種殺氣對付一般人，搞不好會把對方嚇得昏死過去或是大小便失禁！不，這個年紀的老先生甚至可能危及心臟——老先生，你還好嗎？
「老夫承認它還算美味。但是，老夫絕不同意這是世界第一。」

太強了～這個老先生太強了～！面對這樣的芙蘭，竟然連眉毛都沒動一下！這已經不是膽量大不大的問題了。真是名不虛傳，看來無論在哪個世界，業界專家都不是泛泛之輩。

『芙蘭，妳冷靜點！』

不要只為了咖哩就大動肝火！然而，芙蘭心中聲音的怒氣仍然沒有消失。

（我很冷靜！）

『冷靜才怪。總之先聽人家怎麼說！好嗎？也許聽了就會服氣了，所以快放開我的劍柄！』

我明白對芙蘭而言，咖哩不只是一種愛吃的東西。那是被芙蘭尊為師父的我為她做的料理，是她跟朋友們分享笑容的情誼，更是脫離奴隸身分後吃過愛上的自由象徵。好吧，或許有點言過其實了，但可以確定的是這道料理對芙蘭而言意義重大。

但我實在沒想到她會氣成這樣。

「……把理由說來聽聽。」

真是趾高氣昂。看來芙蘭完全把麥卡認定為敵人了。拜託妳別動手，有話好說！

麥卡還是一樣表情不變，冷靜地道出評語：

「關於風味，儘管仍有改良的餘地，完成度確實不低。而且十分罕見，就連老夫也是第一次嘗到。這點老夫承認。」

「嗯！」

芙蘭雖然對這番話滿意地點頭，但聽到他的下一句話，變得偏頭不解。

「但是，從這道料理無法感覺出廚師的自尊！」

「自尊？」

「也可以說成志氣、熱情或驕傲。廚師都該有這種自尊，也會投注在料理當中。但是，老夫在這盤料理當中一個都看不到。雖然做得很細心，但不超出家常菜的範圍。」

呃不，這不能怪我吧。雖然我想讓芙蘭吃好料，算是費了一番心力，但終究只是一次煮一堆的大鍋菜之一。我很細心地煮以免失敗，但壓根兒沒有「我要做出終極料理！」之類的念頭啊。說得明白點，就只是個空有料理技能的外行人覺得不錯吃就好所做出來的料理。

這位老先生果然厲害，連這都被他看穿了。雖然芙蘭對他充滿敵意，但我不怎麼討厭這位老先生。感覺就像漫畫人物出現在眼前，還害我有點小感動。

「老夫不認為這種感受不到廚師自尊的料理能算是世界第一。」

「咕嚕嚕……」

我還是頭一次看到有人真的發出咕嚕嚕的低吼。

「不過合格還是合格，老夫同意讓妳那個師父加入公會。只是，還沒有達到老夫期待的水準。」

「……我不同意。」

「哦？」

「咖哩是至高無上的料理！絕對沒錯！下次一定讓你認輸！」

「有意思。不過別看老夫這樣，老夫可是很忙的。妳沒事跑來，也是見不到老夫的喔？」

「唔唔唔……」

『不是，反正都合格了，沒差吧？』

（不行！）

芙蘭即刻駁回我的意見。

『可是，人家都說他很忙了。』

（師父的咖哩是最強料理！我絕不退讓！）

看來她是絕對不肯讓步了。

「怎樣才能見到你？」

「這個嘛……如果想讓老夫試吃料理，不如參加這個比賽怎樣？」

「？」

麥卡把一張傳單交給芙蘭。上面寫什麼？巴博拉料理公會主辦，料理王比賽？初選是作品提交審查，複選是擺攤比賽，決賽是至高無上的單品勝負？

「目前正在舉辦初選。憑這個風味與新奇度，有資格參加複選。只要妳能通過複選、晉級決賽，就能讓老夫試吃料理。因為老夫是決賽的評審之一。」

「我要參加！」

『等……芙蘭小姐？妳怎麼擅作主張啊！』

要參加比賽也得有辦法煮咖哩才行耶？而且還是擺攤比賽，我不認為芙蘭能當個好店員。最重要的是，要是晉級決賽我就不能不露臉了。難道要讓芙蘭代替我出場做料理嗎？我不認為能騙得過這個老傢伙。

一時衝動決定參賽，絕對會後悔的。可是，芙蘭非常固執。

（絕對要參賽。）

『真要說的話，參賽者應該都是些料理高手吧？不能保證可以晉級決賽喔？』

（不要緊，師父鐵定可以拿冠軍。）

『我是很高興妳這麼抬舉我啦。』

但照常理來想，我晉級決賽的可能性很低。畢竟參賽的一定都是當了幾十年廚師的強者。

（這是一場絕不能輸的戰爭。咖哩被人看扁，我不能就這樣算了。）

『可是我說啊——』

坦白講，我毫無自信。

（不要緊，我相信師父。）

『我沒辦法像妳這麼有自信耶。我雖然有技能，但終究只是個外行人啊～』

（師父不相信我的味覺嗎？）

『不，我相信芙蘭的味覺喔？』

芙蘭熱愛享受美食，而且不會說客套話，又有等級10的料理技能。芙蘭都說好吃了，一定是真的好吃。我只是不覺得有到至高無上或終極的程度。

（請師父相信那個相信師父的我。）

『妳……這句台詞……』

這不是我到死之前最想說說看的台詞排行榜第三名，「相信那相信著你的我！」嗎！真、真羨慕妳，竟然能毫無相關知識就講出這句台詞……芙蘭，妳真是個可怕的孩子！

『唔，妳都這麼說了，我實在無法拒絕！』

（那，我們可以參賽嗎？）

『唉……真沒辦法。』

我告訴芙蘭我答應了。

『好吧，那就來大展身手吧。既然要參加就要拿冠軍。』

（好——！）

更重要的是芙蘭很少這樣提出任性要求而不肯讓步。如果可以，我也想實現她的心願。

「怎麼了？臨陣退縮了嗎？」

「哼哼，只是在鼓起幹勁罷了。我們絕對會用咖哩拿冠軍。」

啊，煮咖哩已經是確定事項了啊。

「那麼妳是確定要參賽了？」

「嗯！」

「既然如此，就請妳看完這邊這份參賽規定，在上面簽名。」

後來，我們聽麥卡叫來的工作人員詳細介紹了比賽內容。

初選參賽者有兩千人以上。比賽單位會從中選出二十人，晉級複選。規模比我想像得大多了。

我們這麼輕易就晉級複選，沒關係嗎？

複選是為期三天的擺攤比賽。內容似乎正如其名，就是拖著餐車販賣小吃，看誰的利潤最高。工作人員說這時候會發放十萬戈德作為準備金，比賽的規模之大由此可見一斑。參賽者也可以自備食材等物資。只要事前申報自己準備的食材，就能獲准使用。其中也有人用珍稀食材的料理一決勝負，有時候光靠十萬戈德的準備金還不夠。

話雖如此，由於自備食材的價值會經過嚴正計算，從利潤中扣除，因此好像也不能說絕對有利。因為比的不是營收，而是利潤。

然後，複選成績前四名可以晉級決賽，在那裡讓評審審查最好的一道料理。

冠軍可獲得獎金十萬戈德。金額與準備金相同，感覺有點虛，但聽說對廚師而言奪冠名譽的重要性是獎金的好幾倍。這是因為冠軍廚師的店舖生意將得到保障，名聲也會轟動國內外。據說其中甚至有人被提拔為王室御廚。

「三天後開始進行複選，決賽是四月七日。」

月宴祭從明天三月三十一日開始，為期一週。所以最後一天就是決賽了。

「妳來得及做準備嗎？」

聽到麥卡這樣問，芙蘭歪歪頭。好吧，誰教她對這方面一無所知。

（師父？）

但是，我們已經決定參賽了。解決這方面問題是我的職責。

『不要緊，我會想辦法。』

「嗯。沒問題。」

「很好。那麼，這是十萬戈德的準備金。可別拿了錢就開溜啊。」

麥卡把裝了金幣的袋子拿給芙蘭。這麼隨便就給人？都沒想過也許有人會拿了錢就開溜嗎？不，或許這就表示他對看人的眼光有自信吧。就算這位老先生告訴我他能用眼力判斷一個人值得信用與否，我也不會驚訝。

「當然。你才是，等著瞧吧。」

「哼。老夫就等著看好戲吧。」

「嗯！」

就這樣，我們莫名其妙地決定參加料理比賽了。

他們說可以把這裡的廚房設施借我們用，但那樣會被人看見。我得找個可以祕密進行烹調的場地才行。另外，也得想想要做哪種咖哩才好。然後還要配合菜色籌措食材，首先得把辛香料弄到手才行。此外也不能忘記到冒險者公會露個臉，當然也想參加月宴祭。

唉，剛才大言不慚地說我會想辦法，但就怕時間來不及……

衝動決定參加料理比賽之後過了半小時。

『根據在料理公會問到的路線，應該就在前面。』

我們正在徒步尋找冒險者公會。本來是想在鎮上再多逛一下的，但時間有限。必須早早把事情辦完，開始替料理比賽做準備才行。

『我們得趕快把素材賣掉，採購辛香料，然後找個烹調時不會被任何人看見的地方。』

「嗯。」

走著走著，就看到街道前方出現一幢特別大的建築物。
服務小姐說一看就能認出來，原來是這個意思啊。
「那個就是公會？」
『好像是喔……好大一棟！』
「好大。」
「嗷呼。」
亞壘沙的公會也很大，但跟巴博拉的公會差多了。無論是建築物的規模還是豪華程度，都高檔到與貴族宅邸無異。
雖然周邊也林立著頗具規模的商館等設施，但冒險者公會的威容完全壓過了它們。
「城堡？」
『真的怎麼看都像座城堡。』
巨大的入口上方掛著冒險者公會的招牌，看來沒找錯地方。然而進去一看，裡面其實只是普通豪華。
比起外觀或許有點不起眼？豪華程度更是完全輸給料理公會。不過冒險者盡是些不法之徒，室內亂擺一些豪華陳設或許只會遭竊，或是被弄壞吧。
即使如此，規模仍然相當可觀。櫃台多達九個，有超過五十名冒險者聚集於室內。看到這麼多冒險者聚在一起，本來以為是不是發生了什麼犯罪事件，結果這好像是常態。巴博拉公會到底是有多大啊。

服務小姐的水準也很高。九個櫃台共有九位美女排排站。

離入口最近的櫃台小姐過來招呼芙蘭。

「歡迎光臨。您是初次來到本公會嗎？」

看來這裡似乎是綜合櫃台。

「嗯。」

「那麼，可以讓我為您做解說嗎？」

「麻煩妳了。」

「好的。那麼先從櫃台開始。這裡是綜合櫃台，也提供館內聯絡服務。」

看來還能用魔道具進行類似館內廣播的服務。

旁邊的三個櫃台是委託報告櫃台，對面的三個則是素材收購櫃台。大部分是服務委託者的櫃台或諮詢窗口。

樓上是圖書室以及職員辦公室等等，另外好像還有新手用的訓練與住宿等設施。我還是頭一次聽到公會附設正式的住宿設施。只是一問之下才知道房間超小，稱不上舒適。她說只有真正剛入行的菜鳥，或是委託失敗為了支付賠償金等弄到火燒眉毛的冒險者之類的才會來住。

「原來如此。難怪這裡這麼大。」

「那麼您蒞臨本公會有什麼需求呢？」

「嗯。我想賣素材。」

「請問您有冒險者證照嗎？」

服務小姐並未因為芙蘭是冒險者而大驚小怪，沉著冷靜地請她出示冒險者證照。跟我在料理公會感覺到的一樣，大型組織的服務小姐真是訓練有素。

「這個。」

「讓我確認一下喔。」

只是，之後她會有何反應呢？會因為芙蘭這種小姑娘身為D級而吃驚，抑或是能保持冷靜做對應——

「D級冒險者芙蘭小姐，對吧。那麼，請您到六號櫃台。」

「嗯。」

不愧是大型公會的服務人員！表情文風不動，一派自然地為芙蘭提供諮詢。我們好像還是頭一次碰到這麼沒反應的人？換做平常的話應該會來「咦？D級？」或是「不會吧，這麼小的女生？」那一套驚訝反應才對。收購櫃台的小姐也是一樣，看到芙蘭的證照依然沒表現出驚訝反應，只是淡定地辦理手續。是說這幾位小姐會不會太冷靜了？雖然大驚小怪很煩，但毫無反應又覺得少了點什麼。

只是，周圍偷看我們的冒險者就沒有服務小姐這麼冷靜了。一拿出巨大碎艦鮪犄角的瞬間，周遭更是大聲鼓譟起來。

「怎麼可能！那可是碎艦鮪耶！」

「應、應該是從哪裡撿來的吧？」

「就、就是嘛。憑她一個小妮子怎麼可能捕得到嘛？」

看來是無法置信。無可厚非啦。

估價的結果，在海上獵捕的魔獸素材賣到了大約二十萬戈德。大部分的素材都不值錢，唯有碎艦鮪的犄角果然價值不菲。聽說可以用來製成長槍或其他兵器，用途多得是。櫃台小姐也想收購魚肉或魚骨，但我們暫且回絕了。芙蘭很愛吃魚肉，魚骨則有熬高湯等等的料理用途。再加上護衛委託的成功報酬，賺到了大約五十萬戈德。就拿來當成料理比賽的資金吧。

芙蘭在櫃台收錢時，一名男子走了過來。

來者是一位有著黑色短髮與精悍面容，極具冒險者風格的男子。身穿重視輕便性、較為寬鬆的茶色系服裝，披上厚實的皮外套。纏在頭上的暗紅頭巾式裝備想必是以魔獸皮革製成。個頭雖大，體格卻很精瘦。但並不是消瘦，從他的身法就能看出全身肌肉緊實，毫無半點贅肉。

本來以為是有事找櫃台，然而男子的眼睛盯著芙蘭不放。總之先來鑑定一下吧。

名稱：科爾伯特　年齡：38歲
種族：人類
職業：鋼拳士
Lv：41／99
生命：228　魔力：152　臂力：249　敏捷：203
技能：解體4、格鬥技6、格鬥術6、危機察知3、拳聖術2、拳鬥技9、拳鬥術10、硬氣功4、剛力6、瞬發7、游泳4、大海抗性2、投擲4、生活魔術3、睡意抗性3、麻痺抗性4、料

理3、鷹眼、獸族殺手、氣力操作

固有技能：鋼拳

稱號：屠熊者、屠虎者

裝備：水龍皮手套、老水虎拳法裝、老水虎拳法鞋、赤盔熊頭巾、赤盔熊外套、痛覺鈍化手環、衝擊抗性手環

相當有本事。冒險者階級肯定有C以上。儘管不及以前認識的死靈術師讓恩，但整體能力值甚至在亞壘沙公會的魔鬼教官多納多隆多之上。

本來正在奇怪怎麼沒裝備武器，看來似乎是以肉體作為武器的拳法家。技能達到了拳聖術。其他比較有趣的技能大概就硬氣功吧，似乎可以讓魔力集中於部分肉體，加以強化。也能夠空手接白刃等等，是攻防一體的技能。

再來吸引我注意的，就是拳頭能變得硬如鋼鐵的鋼拳。這種技能跟拳法家應該是天作之合。就技能組合來看，想必都是空手揍倒魔獸吧。希望有機會能一睹戰鬥場面。說不定可以看到像漫畫那樣，赤手空拳打飛魔獸的景象。

「唷，小妹妹，那是妳自己捕到的嗎？」

發言聽起來像是看扁了芙蘭，但臉上沒有看輕她的表情。看來真的只是想確定是不是她靠自己捕到的。

「嗯，我釣的。」

「啥？妳釣的？」

「在船上用一支釣法釣的。」

「那真是太猛了！一般都是用魔術把牠轟飛耶。」

哦？這傢伙一聽就信了。還以為會被問東問西的耶。

「你相信我說的？」

「啊？喔，當然嘍。除非是瞎了眼，否則從妳的步法或身法就能看出大致上的實力了。」

也就是說他看出了芙蘭的實力，才明白她不是在說謊。

聽到這番話，幾名冒險者把臉別向一邊。大概就是那些瞎了眼的人士吧。

「實不相瞞，我最愛吃的就是碎艦鮪，無奈牠不是容易遇見的獵物。既然是小妹妹妳捕到的，魚肉有沒有打算賣？既然釣到了一尾，一定剩下了很多肉吧？」

看來是想請我們分他一些碎艦鮪的肉。當然了，牠可是長逾十公尺的大魚，以正常狀況來說必定能割下多到可以賣的量。然而，芙蘭輕輕搖了搖頭。

「不賣。」

「已經有別人要收購了嗎？」

男子會這樣說也是理所當然。畢竟這可不是一個人能吃完的量。

「唔？我自己要吃。」

我是說以正常狀況來說。但芙蘭的食欲可不比一般，況且我們可以用次元收納長期保存食物。再加上芙蘭似乎已經愛上壽司了，這個貪吃鬼不可能把魚肉拱手讓人。

「啊？那麼多的肉耶？」
「嗯。」
「這樣啊……不賣啊……」
男子垂頭喪氣，顯得十分遺憾。看樣子是真的很想要碎艦鮪的肉。
我開始有點不忍心了。再說，這也是跟強者賣個人情的機會。稍微分他一點也不會怎樣吧？
正在思忖時，芙蘭拿出了一個東西，遞給科爾伯特。
「這給你。鮪魚握壽司。」
就是隨便拿個木盤，把在船上做的壽司盛盤而已。上面已經淋了醬油，隨時可以開動。
『這樣好嗎？妳不是也很愛吃壽司嗎？』
（這是為了宣傳，沒辦法。）
『宣傳？』
什麼的宣傳？然而，芙蘭繼續跟對方談下去。
「這是小妹妹妳做的？」
「是我師父做的。」
不是，雖然是我借用芙蘭的身體做的，但基本上應該算是芙蘭做的吧？
男子興味盎然地注視芙蘭端給他的盤子。
「握壽司？上面放的是生魚片嗎？我是頭一次看到。」
「嗯。」

科爾伯特從芙蘭擺到他面前的盤子裡，戰戰兢兢地拈起壽司。他稍稍聞了一下味道，大概是確定沒壞吧，經過一瞬間的遲疑後，把壽司丟進嘴裡。

「嚼嚼嚼……」

芙蘭也一起吃壽司。大概是壽司擺在眼前讓她按捺不住了吧。而且豈止兩貫，一口就吃掉了三貫。

「啊姆啊姆啊姆。」

「……」

男子沉默地咀嚼。越嚼表情就變得越嚴峻。嗯——是不是不合他的口味？

「美、美味啊！太美味了！這什麼啊！可不只是把生魚片放在米飯上的偷懶料理！切、切口就不一樣！用鋒利刀具快刀一切，讓魚肉既沒有碰到溫度而變質，也沒破壞纖維，將碎艦鮪的鮮美發揮至極致！豈止如此，米飯也不只是捏出形狀。添加了少許酸味調味的米經過纖細力道捏製，使得米飯在口中緩緩散開！這種工夫讓鮪魚與米在嘴裡融為一體，創造出迷人的風味！這完全稱得上料理……妳說這叫握壽司？對，簡單的一個手握動作，卻被昇華成一種烹調方式！」

嗚哇——沒頭沒尾的就開始演講了！雖說他擁有料理技能，我也想過他應該會感興趣……這傢伙也是，身為評審的麥卡也是，難道巴博拉都是這種人嗎？真有點擔心自己無法融入環境。

「妳、妳說這是妳師父做的？」

「嗯。」

「簡直是廚神……敢問這位大師可有在何處開店？」

忽然講起敬語來了。而且還說我是廚神！

「沒有。」

「那麼可有在何處掌廚？」

「沒有。」

「那我到底要去哪裡，才能吃到妳師父的料理啊！」

興奮過度的男子逼近芙蘭，一不小心會看成芙蘭被壞人纏住。男子就是有這麼咄咄逼人。

「我們會在這次的料理比賽擺攤。」

「哦哦！那就是已經通過初選了！有這等廚藝，通過是當然的。這樣啊，我一定去光顧！每天都去！你們要用什麼來比賽？」

「咖哩。」

「這我倒沒聽過。這、這也是妳師父的獨門料理嗎？」

「對。」

「唔——！等不及要看到是什麼料理了！」

我懂了，這就是芙蘭的目的。對方顯然是個高階冒險者，只要這傢伙幫忙到處宣傳，想必能收到相當好的宣傳效果。芙蘭真是有頭腦。

「我是B級冒險者，鐵爪的科爾伯特。」

「鐵爪？」

「我的綽號啦。雖然比起鬼子母神阿曼達、百劍弗倫德或是皆殺的讓恩．杜比，知名度還得多加油，但總有一天我會讓我的名聲轟動全大陸！」

原來還有所謂的綽號啊。不過芙蘭之前也被叫做什麼魔劍少女就是了。

鬼子母神阿曼達我懂，這綽號正適合異樣關愛孩童的阿曼達。但是，讓恩的皆殺是什麼意思？聽起來怪嚇人的。他說的就是那個死靈術師讓恩對吧？而且那傢伙原來已經有名到會被取綽號了。看來不只是個普通的怪人。這點才真的把我嚇一跳。

「我是D級冒險者芙蘭。」

「哦？妳D級啊。看來將來會有一番成就喔。今天非常感謝妳請我吃握壽司這種令人大受震撼的料理，我感覺它改變了我的人生。」

真是個講話誇張的男人。雖然料理被稱讚感覺還不賴就是了。

「竟然吃得出握壽司的好，你很有天分。」

「嘿嘿。既然跟隨廚藝這麼高超的師父修行，芙蘭的廚藝一定也相當了得吧？能得到妳這種高手稱讚，真教我害臊。」

看來兩人就這麼意氣相投了。簡直像是在河邊打完一場架的兩個小夥子，笑容燦爛得很。就在芙蘭他們熱烈地握手言歡時，大廳再次傳出喧鬧聲。可能比芙蘭拿出碎艦鮪的時候還大聲。

有人走過來了。

這人蓄著一把蓬鬆白鬍子，身高跟芙蘭沒差多少。但體重絕對有她的三倍以上，岩石般的肌肉以及把烈酒當水喝養出的脂肪覆蓋全身上下。

來者是個矮人，而且實力高強。看他那毫無多餘動作的步法就知道了。這麼龐大的身軀怎麼能走路完全不發出腳步聲？

從冒險者們的反應來看，似乎是個大名人。

「唷，什麼事這麼興奮啊，科爾伯特。」

「啊，公會會長。」

竟然是公會會長。

「會長以前曾經是A級冒險者。講到墜龍的加姆多，以前在巴博拉可是頂級冒險者喔？」

鑑定之下發現強得嚇人，實力絕對在科爾伯特之上。身懷鎚聖術與大地魔術技能，技能組合不只可擔當前衛，後衛也能勝任。講得明白點，就是比我們更強。前A級冒險者暨公會會長的頭銜真不是蓋的。

「哦，小小年紀就已經鍛鍊到這等程度……不過，我怎麼從來沒見過妳？我叫加姆多，是這裡的公會會長。」

不愧是公會會長，所有冒險者他都記得？不對，畢竟芙蘭外表很顯眼，他的意思應該是如果見過一定會記得吧。

「嗯。D級冒險者芙蘭。」

「哦哦？這我倒是有聽說喔？記得是大鬧亞壘沙的黑貓族，人稱魔劍少女對吧？原來如此，妳那魔劍看起來是挺厲害的。」

這老傢伙，三兩句話就講中芙蘭的弱點了。不是我自誇，芙蘭是真的很敬愛我。聽到我被稱讚，芙蘭的表情相當開心。雖然大概只有我跟小漆看得出來。

「嗯。至高無上的寶劍。」

「喔，這樣啊！妳是來參加月宴祭的？」

「還有參加料理比賽。」

「什麼？小妹妹妳要參賽？」

「是師父要參賽。」

芙蘭話一說完，科爾伯特就把壽司端給了加姆多。

「你嘗嘗看這個。」

「科爾伯特，這是什麼玩意？」

「是芙蘭小妹妹的師父做的料理。總之你吃了就知道。」

「呃，好吧。」

加姆多一邊被科爾伯特的魄力弄得有點退縮，一邊照他說的把壽司放進嘴裡。然後睜大眼睛，當場呆住了。差不多就這樣發了幾秒鐘的呆吧？復活過來的公會長大聲叫道：

「這、這是什麼玩意啊！好吃極了！清爽不膩卻很有分量，而且將魚肉的好滋味發揮到淋漓盡致！啊——真想配杯酒！」

看來巴博拉鎮真的都是這類人種。

「這下比賽值得期待了！我絕對會上門光顧！」

「嗯。我們的店叫做『黑尾巴亭』。」

「知道了，我會記住。今年又多了個令人期盼的啦！」

公會長替我們掛保證，或者該說給了我們一番鼓勵的話。周圍的冒險者都在交頭接耳說「黑尾巴亭啊」或是「我也去看看好了」。哎呀——來得真是時候。

後來公會長想叫人上酒，但被像是祕書的人強行帶走，不過基本上沒出什麼大問題，宣傳算是順利結束了。

「那麼如果有什麼我能幫忙的，別客氣儘管來找我喔。別看我這樣，我多少也有點門路，會盡力幫助你們的。能幫上師父的忙，反而是我的榮幸哩！」

看來我在不知不覺間得到粉絲了。

如果有什麼需要就別客氣，來請他幫忙吧。反正看起來不像是壞人。

只是我每次都在想，高階冒險者怎麼盡是一群怪人？也許我得再努力讓芙蘭學點常識……問題是我也還沒學會這個世界的常識。

離開冒險者公會，我們邊走邊討論。

因為我發現不管是要租借廚房，還是採買材料，都得先決定攤販要賣什麼再說。我們在公會問過市場的地點，邊往那裡走邊討論要做什麼料理。

看在旁人眼裡就是個喃喃自語的女孩子，不然就是跟狗說話的女生。不過路上行人嘈雜吵鬧，應該沒人聽見就是了。

『那麼，現在我想來討論攤位要賣的東西。』

「咖哩。」

「嗷！」

芙蘭與小漆真的都不是普通地喜歡咖哩耶。

『那也得決定要放什麼料還有辣度之類的才行，而且還必須下訂單準備盤子與湯匙。』

巴博拉不愧是料理與攤販的城鎮，有好幾家雜貨批發商。聽說紙盤或木頭湯匙等等都能用鍊金術量產，可以用相當低廉的價格買到。

『還得買肉才行耶。』

我們手邊幾乎沒有生肉，大多都煮掉了。到市場找找看好了。

『其他配料呢？馬鈴薯、紅蘿蔔與洋蔥是必備，再加點蘋果、蜂蜜或巧克力提味……真要說的話，辛香料也不夠用。』

有些東西在這個世界很難入手，還是到市場逛逛再說吧。也得決定細部的調味或是濃稠度等等才行。芙蘭比起大塊的配料，更喜歡蔬菜全部煮化了的濃稠口感。小漆好像喜歡特辣口味。

『欸，總之先到市場看看吧。目標是豬肉類，還有蔬菜類。』

「嗯，好。」

「嗷！」

一小時過後，我們來到了巴博拉港灣市場。據說有著琳琅滿目的糧食在這裡卸貨販賣，國內外商人雲集，在克蘭澤爾王國可是數一數二的巨大市場。

然而即使是這麼大的市場，找了半天仍然沒找到我們要的食材。不，其實蔬菜或調味料等商品還算齊全。但就是挑不到作為主角的肉類，以及在風味上發揮決定性功效的辛香料。

『嗯——每一家肉舖賣的魔獸肉都太少了。』

看來魔獸素材在市面上果然比較稀少。我最想要的豬型魔獸的肉不但價格昂貴，數量也不多。雖然沒有貴到眼珠子都快蹦出來，但是會有點捨不得用在大量生產的料理上。

也許只能放棄，改用普通豬肉？罕見已經是咖哩的一大優勢，我想就算使用普通豬肉也很有奪冠的可能。

蔬菜類好像能勉強湊齊。賣菜的店家到處都有，種類也很豐富。

可以用來提味的蘋果、蜂蜜、巧克力或咖啡等食材應該也都湊得到。

「嚼嚼。」

「嗷㕧嗷㕧。」

『你們吃得可真開心啊？』

放我一個人在旁邊傷腦筋，芙蘭他們完全進入了邊走邊吃模式。進入料理公會之前明明已經吃了那麼多東西，吃喝的速度卻完全沒變慢。

「這是在做市場調查。我在調查哪種食物比較受歡迎。」

「嗷嗷。」

『好吧，是沒差啦。』

況且多虧芙蘭他們吃得津津有味，跟攤販或路邊攤老闆問話方便多了。

『話說回來，市場調查啊。真是個好主意。也許我們是該偵察一下敵情。』

「偵察敵情？」

『是啊，例如吃吃看上次比賽前幾名選手的料理。』

前幾名想必都是知名大廚，去他們掌廚的餐廳也許能吃到那些料理。

聽我這樣說，芙蘭正色點頭。

「嗯，知道了。我說什麼都要問出餐廳的位置！」

喂，嘴角都流口水啦。

「嗷嗷！」

小漆也猛搖尾巴高興得要命，但沒人能保證你可以入店喔？到時候你可別沮喪。

我們試著問路，沒想到很容易就收集到了情報。特別是擺攤賣小吃的那些大叔，簡直快被大量購入商品的貓耳美少女迷死。把沒問到的情報都接二連三地告訴了她。

在這些店家當中，我們決定去地址離市場最近的餐廳看看。

「這裡？」

『是啊，招牌也寫著「龍膳屋」沒錯。』

與其說近，不如說根本就在市場旁邊。而且店主還是去年的決賽晉級者。這家店沒有想像中來得高級。看看店門口的菜單，價格也很一般。

『真的是這裡嗎？』

「有位子嗎？」

我們開門一看，裡面是一家氣氛低調的餐廳。看起來座無虛席，不曉得有沒有空位？

「歡迎光臨。一位嗎？」

「嗯。一人與一隻。」

「啊——我們店裡不太方便讓寵物同行……」

聽到芙蘭的回答，店員小姐難以啟齒地說道。唉，我想也是啦。

「小漆，人家說不行。」

「嗚嗚……」

『算了吧，總之你先躲進影子裡再說。』

「嗚……」

明明就是一頭狼還這麼愛哭！真沒辦法，晚點得給牠吃點好料才行。

「那就我一個人。」

「剛、剛才，那隻狗好像鑽進了影子裡……」

「妳看錯了。」

「咦？我看錯了？說、說得也是。狗怎麼可能鑽進影子裡呢？我大概是太累了。」

小姐對不起。我們會點很多菜的，原諒我們吧。

得到帶位的芙蘭，二話不說就打開菜單。只是菜色還滿豐富的，似乎讓她猶豫不決。這時就要用上殺手鐧了。

「有推薦的餐點嗎？」

這樣問準沒錯。

「我看看，就是這個。我們龍膳屋的招牌菜，龍骨湯。」
「龍骨？用龍的骨頭熬高湯嗎？」
「是呀，這可是極品呢。」
龍的骨頭啊，難以想像會是什麼味道。不過，聽說龍的肉與骨頭都相當美味。我們在市場看到販賣低階龍種肉品的店，價格竟然比豬型魔獸貴上一百倍，嚇了我一跳。龍骨想必也是非常高檔的食材了。
「那就這個。還有這個，這個這個跟這個。」
「我、我們每道菜都滿有分量的，沒關係嗎？」
小姐戰戰兢兢地問道，但芙蘭神色如常地點頭回答：
「沒關係。」
「每一份都是一人份的分量耶。」
「小意思。」
「這、這樣呀……還是先做好打包準備吧。」
「嗯？」
「那麼，跟您重複一遍點餐。龍骨湯、嵐鷹肉排、沼豚串燒、尤克特馬鈴薯沙拉、巴博拉蟹肉炒飯對嗎？」
「嗯。」
哎，這種分量對芙蘭來說兩口就吃光啦。店員小姐的打包準備恐怕是白做了。真不好意思，給妳添了這麼多麻煩。
十分鐘後，先端過來的是湯。裡面沒有料，是清澈的金黃色湯品。乍看之下有點像法式清湯。為了晚點研究之用，先偷偷把一半收納起來吧。
（可以喝了嗎？）
『嗯，可以了。』
「那麼，我開動了。」
嘶嘶。
芙蘭把龍骨湯送進嘴裡，然後嘗了一口。
『怎麼樣？』
「……好喝。」
神情顯得有點不甘心。不是說好喝嗎？
「可能比師父的清湯更好喝。」
『原來如此。』
那可真驚人。因為比我做的還要好吃，就是芙蘭對食物的最大讚美。而且一碗才二十戈德，這就厲害了。
我做的法式清湯，可是用魔獸的骨頭或肉熬出高湯的特製品。逛過市場才知道，魔獸素材即使只是骨頭也相當昂貴。我的法式清湯假如在市場上湊齊材料製作的話，一碗大概要五十戈德吧。但這湯比我的好喝，卻只要二十戈德？真是不得了。

其他料理明明也使用了魔獸素材，一份卻都在六十戈德上下，非常親民。我可能有點小看對手了。至少用馬馬虎虎的料理別想跟人家競爭。

『這下要是不認真挑戰，搞不好還會吊車尾喔。』

不是講什麼豬肉的時候了。絕對要弄到魔獸肉才行，其他材料也得精挑細選。雖然還得考慮原價問題，所以也不能都用昂貴的素材就是。還有辛香料之類的也不要小氣了。販賣方式也得下點工夫。不知道有沒有什麼適合擺攤的販賣方式？單純只賣咖哩飯，我覺得好像賣不了太多份。

「不得已了……跑一趟那裡吧。」

能用的人脈就要利用到極限。我們離開龍膳屋之後，來到一棟建築物的門前。

『雖然他說有困難可以拜託他，但沒想到才剛道別的當天就得拜託他。』

也就是幾小時前才剛道別的倫吉爾船長所屬的組織，露西爾商會的本部。

不愧是巴博拉最大商會，這棟建築物比其他商會至少大上兩圈。而且富麗堂皇，讓我整個覺得自己跑錯了地方。

然而芙蘭卻邁著大步往裡頭走。真有她的。

我們請門口旁邊的一名少年學徒幫忙。雖然也有服務人員，但有幾個人在排隊，感覺可能要等很久。

學徒看到芙蘭這樣的少女來訪，起初一臉狐疑，但她一提起倫吉爾船長的名字並拿出他給我們的硬幣，就立刻去請船長了。

也許倫吉爾船長比我想像得更具有影響力。
我們坐在大廳的沙發上等船長過來。
（師父……幫我拿串燒。）
『還要吃啊？吃得下晚飯嗎？』
（吃得下啊，怎麼了？）
『是喔。』
大廳裡不只有商人，還有貌似貴族的人。
其中混入一個穿著明顯像是冒險者的稚齡少女，光明正大地占據沙發的正中央位置悠哉地吃串燒，不引人注目才怪。雖然不到從頭到腳打量一遍的程度，但可以看出他們都用還算好奇的目光觀察芙蘭。
但終究沒有人來煩她，大概是因為客群都比較有水準吧。也有可能是坐在旁邊的小漆讓他們害怕。至於在冒險者公會沒被人找麻煩，應該是因為有科爾伯特在。
她就這樣邊等邊鼓著臉頰吃串燒，不用多久倫吉爾船長就來了。
「嗨，歡迎妳來。很高興妳這麼快就來找我。」
倫吉爾剛現身就面帶笑容想跟她握手。
「嗯。」
「嗷！」
「哈哈哈。也歡迎小漆光臨。」

看來倫吉爾還算挺有名氣的。看到船長對芙蘭這種小妹妹以禮相待，商人們都目瞪口呆。

心情極佳的倫吉爾船長，帶我們來到他的辦公室。室內陳設簡約低調但沉穩不失品味，很有倫吉爾船長的風格。船長一邊請芙蘭在沙發坐下，一邊開門見山地詢問我們的來意。

「那麼，請問妳來找我有什麼事？」

「嗯。我決定要參加這個了。」

「喔喔，料理王比賽啊！芙蘭小姐，妳通過初選了嗎？」

我們把料理比賽的傳單拿給倫吉爾看，他立刻顯得興致勃勃。不愧是在巴博拉赫赫有名的比賽，倫吉爾似乎也聽過。

「是師父通過的。」

「師父？還有這麼一位人士嗎？他沒有搭船對吧？」

「嗯，師父神出鬼沒。」

「那麼，兩位是打算在這邊會合了？」

這是我們事前想好的設定。我是丟下年幼芙蘭雲遊四方、神出鬼沒的男人。雖然感覺形象不是很好，但沒辦法。

「師父想買比賽需要的食材。」

「原來如此，所以才會造訪本商會啊。不知兩位打算用哪種料理參賽呢？每屆比賽的水準都很高喔。」

「咖哩。」

「妳說……咖哩嗎？這我倒沒聽說過。」
「是師父的獨門料理。這就是咖哩。」
芙蘭從次元收納空間拿出咖哩放在桌上。
「噢，原來這種料理就是咖哩啊。」
對喔，在船上之類的地方有請大家吃過。倫吉爾不知道名稱，但似乎沒忘記這種香味。他笑逐顏開，看著眼前的咖哩。
「那麼，我開動了。」
然後只要吃了第一口，之後就快了。湯匙一刻沒停，轉眼間就把咖哩吃個精光。幸好似乎還合他的胃口。倫吉爾一邊用紙巾擦嘴，一邊略顯興奮地喊道：
「美味可口、難得一見，香味又迷人。上次吃的時候我就在想，這個一定能大發利市。光是食譜就有相當大的價值了！」
看樣子從商人的觀點來判斷，咖哩的確有它的商機。
「你們要擺攤賣這個？」
「嗯。」
「這樣啊……」
看到芙蘭點頭，船長若有所思。
「怎麼了？」
「嗷？」

「我只是覺得，它雖然是令人驚豔的料理，但要擺攤販賣恐怕有點困難。」

「為什麼？咖哩很好吃啊。」

「問題在於出餐所需的時間。」

他表示往年的料理比賽決賽晉級者，販賣的大多是串燒或湯品等點菜後能夠立刻出餐的料理。由於比的是利潤，能賣出較多數量的總是比較有利。

從這點來想，咖哩飯就有點難度了。必須盛飯、淋上咖哩醬，然後一盤一盤端給顧客。而且一位客人很難大量外帶。

『有道理。經他這麼一說，咖哩飯或許是有點吃虧。』

還是說不要淋在飯上，當成湯來賣？不行，我不認為這樣能贏過剛才喝過的龍骨湯。

聽完這番解釋，芙蘭也不禁發出呻吟。

「要設法輕鬆賣出大量咖哩……？」

「是的。想在擺攤比賽當中勝出，除了美味之外也得顧及很多要素。」

咖哩飯不太好賣啊……我正在煩惱時，芙蘭似乎有了點子。

「啊，我想到好主意了！反過來弄就行了。」

「反過來？」

「嗯。把咖哩包在飯裡，就像飯糰那樣。」

「嗷！」

飯糰方便食用又有著豐富配料，是芙蘭最喜歡的料理之一。大概就是從這裡獲得靈感的吧。

小漆也口水直流，像是在說「真是個好主意」。

咖哩風味飯糰啊。是還不錯……但擺太久感覺咖哩會從米飯的縫隙流出來，如果用力捏到毫無空隙又會變得不好吃。

（不能像天婦羅那樣炸過嗎？）

『咖哩天婦羅飯糰？』

這名稱有著濃濃的B級味啊。雖然也許意外好吃……不過芙蘭的這句話，讓我有了靈感。

『芙蘭，我有個好點子。』

（嗯？飯糰天婦羅嗎？）

『不，不是。』

可以做好擺著，單價親民，而且利於攜帶，能夠期待顧客大量購買。可以剛做好就出餐，但擺涼了也好吃。

『其名為——咖哩麵包！』

（咖哩麵包！）

（嗷呼嗷呼！）

芙蘭與小漆的眼睛發亮得很明顯。雖然沒吃過，但大概是聽到名稱裡有咖哩就期待了吧。而且咖哩麵包的話還可以準備各種口味。聽了我的說明，芙蘭的眼睛變得更明亮了。

「咖哩麵包，可行。」

芙蘭的喃喃自語讓倫吉爾船長也做出了反應。一雙眼睛透出充滿商人本色的目光。

「咖哩麵包？請問是什麼樣的料理呢？」

「用麵團包起咖哩油炸。」

大概是吃過咖哩，多少能夠想像是什麼滋味吧。他重重地點頭。

「原來如此，或許是個好主意。可以用香味吸引客人上門，而且一定會有客人一次買好幾個。」

「我們還會準備多種口味。」

「哦哦！除了這種之外還有其他口味嗎？」

「嗯。」

「太棒了！這個行得通！」

好，這下方針就確定了。我們要用咖哩麵包一決勝負！只是還有很多問題得解決。

「我們想要辛香料與麵粉，弄得到嗎？」

「這個嘛……麵粉就是麵包使用的那一種嗎？」

（師父？）

『嗯，那種的就行了。』

「可以。」

「那麼——」

倫吉爾說麵粉有好幾噸的庫存，要弄到手不是問題。

「麵粉我會火速替兩位準備。」

「嗯，拜託你了。」

「但是，辛香料嘛……」

「沒辦法？」

「不，沒問題。已經決定好要用哪些種類了嗎？」

「嗯。」

芙蘭把我想要的辛香料轉告倫吉爾。

「這些種類的話不成問題。只是，目前辛香料正在漲價，我想價格會相當昂貴。」

「是這樣啊？」

據倫吉爾所說，似乎是錫德蘭海國的混亂還在持續造成影響。

該國由於前國王課徵高額關稅，導致各種商品隨著掀起漲價風。辛香料也是其中的品項之一。儘管芙蘭一行人的活躍表現推翻了愚王，但貿易航線的正常化仍然需要時間。照常來說，至少得等上一個月才能讓市價恢復穩定。

「我並不想讓救命恩人當冤大頭，但我也有身為商人的自尊，以及背負著商會招牌的責任，不能不計成本賣給兩位。」

這也是沒辦法的。應該說，這樣才是敬業的商人。

「不過，我有個提議。」

「提議？」

「是的。請問兩位有沒有意願，把剛才那種咖哩飯的食譜賣給本商會？」

出售食譜？食譜能賣錢？但是就倫吉爾的說法聽起來，似乎不是什麼稀奇的事。據他所說，每年比賽名列前茅的選手的食譜經常成為高額交易對象。

「本商會願意付錢，但也可以用原價把辛香料賣給兩位代替食譜費，如何？」

我今後沒打算賣咖哩賺錢，這筆交易可以說是雙贏。可是，咖哩真有這麼大的價值嗎？一個弄不好會不會演變成倫吉爾船長的責任問題？

然而，船長自信滿滿。

「雖然還沒有實績，但靠這份料理絕對可以回收成本。我敢保證。」

謝謝他給我們這麼高的評價。只是，我也的確感到有點內疚。因為這並不是我發明的，只不過是重現地球上的料理罷了。

不過，這是為了芙蘭好，就心懷感激地接受他的提議吧。

「嗯。好，那就這樣吧。」

「這麼快就做決定沒關係嗎？需不需要跟妳師父做個確認……」

對喔，已經說過這咖哩是我發明的了，可是現在假裝把提議帶回去研究也很麻煩。我決定讓芙蘭掰個小理由。

「師父不會在意這些芝麻小事。而且這次的採購已經全權交給我處理，沒關係。」

「那就好……那麼，辛香料與麵粉交貨的時候，我再把契約書拿給妳。」

「好。」

之後，我們把辛香料的分量等細部要求寫在紙上，交給倫吉爾船長。

「由於分量比較大，沒辦法今天立刻交貨，沒關係嗎？」

「沒關係。」

「那麼我會盡快準備，請妳稍等一段時間。」

倫吉爾搖響手邊的鈴，一名獸人少年立刻從房間外面走進來。大概是見習商人吧。倫吉爾在手上的紙張寫了些文字後交給少年，看來是指示少年去張羅辛香料。這下至少不用擔心做不出咖哩來了。

「其他還有需要的食材嗎？我可以一併為兩位準備喔？」

「呃──蔬菜之類的？」

「需要些什麼呢？」

「我想要馬鈴薯、洋蔥與紅蘿蔔，還要少量的蘋果。」

「沒問題，立刻為妳安排。這些都是很好保存的食材。只是，可能沒有辦法幫妳弄到剛採收的。」

這也沒辦法，況且能弄到手就已經很感激了。不過我們還是請他從以美味聞名的產地挑選。

「再來就是肉。」

「肉類嗎？我們有牛、豬、蜥蜴、青蛙等各種肉品。」

「弄不到魔獸肉嗎？」

我們不抱希望地問問看，得到的答覆果然是有困難。說到底，魔獸肉幾乎全都是由冒險者公會提供。而公會都是直接卸貨給料理公會或是合作社等組織，說是不會批太多給商會。

我想也是啦。之前看肉舖好像也沒擺多少出來賣，應該是冒險者公會進行管理，公平分配吧。這下該怎麼辦呢？好不容易想到咖哩麵包這種可以跟人較勁的點子，我不想在最重要的味道上偷工減料。

「不過，也不是完全沒有方法可以弄到魔獸肉。」

倫吉爾船長如此說道，面露略帶緊張的表情。

他是怎麼了？該不會是某些違反良心原則的手段吧？不不不，我可沒有想要到會去偷拐搶騙喔。然而，倫吉爾船長所說的，完全不是什麼偷拐搶騙之類的壞事。

「妳可以自己去狩獵。」

「自己去狩獵？」

「是的，附近有個最適合的地點。」

倫吉爾告訴我們關於巴博拉南方魔境的情報。地點叫做B級魔境「水晶牢籠」，他說巴博拉市面流通的大部分魔獸肉都是在這裡獵得。儘管魔境當中也棲息著許多威脅度超過D級的魔獸，危險性很高，但鄰近巴博拉，而且一定能獵得到魔獸。

抱歉，船長，我竟然還以為你想讓我們去幹壞事。原來只是要推薦我們去危險地點，替我們擔心而已。

不過，倫吉爾船長的提議非常吸引人。買不到就自己去抓。嗯，真是至上真理。反正還有幾天時間，只要知道獵物的所在地點，應該完全來得及。

「坦白講，這麼做很危險，不過憑芙蘭小姐的實力應該沒問題吧？況且小漆也在。」

「嗯。沒問題。」

「多出來的肉，本商會願意收購。」

「嗷！」

真會精打細算。不過還是多獵一些魔獸代替情報費吧。反正今後八成還會再麻煩到他。

差點忘了，我們需要的不只是食材。

「還有，我們在找可以製作料理的場地。」

有沒有哪個餐廳廚房既寬敞，又不會被人看到？我們不抱希望地問問看，想不到倫吉爾船長竟然說可能有。他叫來幾個人幫我們查詢，結果我們想要的場地還空著。

「有個好地點喔。我們商會設有不動產部門，手上有個歇業餐館的店面物件。那裡的廚房很寬敞，而且不准外人進去。」

更棒的是地點似乎鄰近市場以及鬧區，很適合用來準備比賽。他說反正目前無人租借，可以供我們自由使用。

「嗯，請務必讓我租下那裡。」

「那麼我來為妳安排。辛香料以及麵粉就直接搬進那裡好了。交貨的時候我再把店面的鑰匙給妳。」

「嗯。」

事情談得太有效率了。我本來完全沒去注意，也許倫吉爾其實是個相當能幹的人。

我們除了食材以外，販賣用的紙袋等物品也都乾脆一併請倫吉爾船長準備。不如說要是他沒提醒我們，我們都還沒想到呢。

後來我們把細節全部談妥，離開露西爾商會。

踏出商會本部時，太陽已經開始下山，夕陽照亮著街道。

我們走在人群拉長的影子之間，前往領主宅邸。

『騎馬到魔境要一天的時間啊。』

以我們的腳程，當天來回也不是不可能。

『最好可以明天一大早就出發。到時候得快馬加鞭，芙蘭還有小漆都得多忍耐喔？』

「嗯，為了咖哩麵包，我會加油。」

「嗷嗷！」

搞了半天，食欲似乎才是最大的原動力。總之先在領主宅邸構想一下咖哩麵包的作法好了。

『不過在那之前，得先把該做的事做一做才行。』

「貧民窟的實驗做得怎麼樣了？」

「很順利啊。」

「你有調整那個東西的濃度，在大約一百人身上試用過了吧？」

「目前基本上都有達到我們要的效果喔。」

「那真是再好不過。」

「可是降低濃度，出現效果的所需時間好像會有很大的個人差異喔。」

「那豈不是很不妙嗎？」

「嗯。正式使用時的濃度調整會是一大挑戰。」

「不能提高濃度嗎？」

「那樣會沒有潛伏期，造成立即生效。」

「也就是說很難調整到在目標時期生效了？」

「嗯。因為如果失敗，不就會懷疑到他頭上嗎？這樣一來，要循線追查到我們也很容易。」

「但是，正式行動的日子就快到了啊。」

「我在考慮要不要稍微增加受試者的人數。不只貧民窟，我還要跟那個商會訂購黑市奴隸。最糟的情況下也只能在摻進料理時提高濃度了。」

「唔嗯，就這樣吧。反正事成之後，那人也沒戲唱了。出賣他只是遲早的問題。」

「哎，或許是吧。但為了達成我們的目的必須盡量讓更多人攝取，到頭來濃度的調整還是當務之急。」

「這方面就交給你處理。老夫這邊盡可能討好那個男的就是了。」

「畢竟人家可是金主呢。」

「哼哼哼，好歹還有這點用處。」

「不過話說回來，碰到這時期真是剛好。」

「是啊。就讓我們多多利用這場料理比賽吧。」

第二章　水晶牢籠

我們在紛至沓來的人群中，走向今天借宿的領主宅邸。

因為菲利亞斯的王子福特等人，說什麼都要我們跟他們一起過夜。

順便一提，小漆在影子裡。擠在人潮裡會擋到別人，況且在住宅區難免會嚇到大家。

『沿著這條路直走，應該就是貴族街了。』

「嗯。」

巴博拉雖是比亞壘沙大上數倍的大都市，但構造基本上是一樣的。城鎮中央坐落著領主宅邸，周圍是貴族大宅林立的貴族街。周圍住的都是富裕階級，再往外圍則是平民街、商業區或下層居民街。

我們目前來到富裕階級住宅區的一隅。雖然不是從城門通往城鎮中央的大街，但也是熱鬧繁榮的主要街道之一。從寬度來說，大概可以勉強讓馬車通行吧？

但我們正要進入貴族街時卻遭人攔下。

看來是士兵在貴族街入口盤查行人身分。大概是要避免可疑人物混進貴族街吧。而理所當然地，看起來跟貴族街完全扯不上關係的芙蘭被兩名男性士兵叫住了。好吧，這也是沒辦法的。換成我是士兵也會叫住芙蘭。

「前方是各位貴族的居所，妳來這裡有事嗎？」
「如果是迷路了，我們可以告訴妳怎麼走。」
但至少講話很客氣，想必是因為芙蘭看起來不像壞人。看來是把她當成迷路小孩了。
「我正要去領主的宅邸。」
「什麼？」
「去那裡做什麼……」
兩名男子一時沉下臉來，但較年長的那名士兵似乎立刻注意到了什麼，湊到夥伴耳邊說話。
「喂，等等。她該不會就是那個……」
「啊！黑貓族的少女！個頭也符合……」
「那個……恕我冒犯，可以請問妳叫什麼名字嗎？」
「芙蘭。」
「果然。失、失禮了，您可以進去了。」
「您、您請！」
年長士兵顯得有點驚慌，年輕的那一個更是立正站好嚇得不敢動。
看來上級已經把芙蘭的外貌特徵通知過士兵了。大概是王子殿下他們為了讓芙蘭順利抵達領主宅邸，事前做的安排吧。她對士兵們來說是外國王族的相關人士，不管外表看起來怎樣，態度都會自動變得謙恭。
「謝謝。」

「不會！路上小心！」

之後，我們又跟巡邏兵們重複了兩遍相同的對話，才好不容易抵達領主宅邸。

不愧是大都市，貴族街也非常廣大，因此也有很多士兵巡邏。即使說是宅邸門前，大宅本身仍然只能遠遠眺望。更正確的說法，應該是抵達了整個宅地的門前。巨型大門與鎮守大門的騎士、士兵等等的值勤站聳立於我們眼前。看樣子似乎是故意設計成氣勢逼人的外觀。而門前站著兩位騎士，像是守門衛兵。

芙蘭完全不怕那兩人，用平常的語氣上前攀談。

「請問一下，這裡就是領主宅邸嗎？」

大概是沒想到會有個小女生毫無緊張感、語氣輕鬆地過來攀談吧。被她問到的那位騎士僵硬了一瞬間，應該是吃了一驚。

「嗯，是這裡沒錯……莫非妳就是貴賓正在等的人？」

「嗯。」

「恕我失禮，可否請妳出示身分證？」

「喏。」

「借我看一下。」

我們都還沒說什麼，對方似乎就明白了。省了一頓麻煩的問答，立刻就替我們辦手續。

芙蘭交出冒險者證照後，其中一人走進門內的小屋。就跟冒險者公會一樣，屋裡似乎備有可判別證照真偽的裝置。

騎士不到一分鐘就趕回來，恭敬地把證照還給她。

「失禮了，請進。那邊那個人會為您帶路。」

竟然還派人帶路，真誇張。完全把我們當客人了。但坦白講，這樣讓我感到有點太過拘束。更何況芙蘭根本就不可能一直當乖寶寶。要是得像這樣一直遵守禮儀規範，就硬是找藉口離開宅邸吧。芙蘭跟小漆會撐不住的。

我們跟在年輕騎士的後面，但這段路可真夠長的。從大門到宅第到底有多遠啊？好吧，一般來說應該都是駕馬車通過這條路，大概是從沒想過竟然有客人會徒步來到領主宅邸吧。

穿過少說恐怕有三百公尺長的宅第庭園，這才終於看見本宅了。

不同於為了威嚇罪犯而故意做得剛強的外門，這邊外觀看起來優雅多了。我想到了，就跟大家聽到歐洲王公貴族的大宅時會想像到的那種房子一樣。

而這幢宅第的前方站著幾個人，也就是這幢宅第的管家以及侍女們。

「您就是冒險者芙蘭大人吧？」

「嗯。」

「我在這幢宅第擔任管家，名叫賽巴斯丁。今後還承蒙您多關照了。」

唔喔喔喔！賽、賽巴斯丁？管家塞巴斯丁！講到貓就是小花，講到狗就是小白，講到管家就是賽巴斯丁啊！太酷了，是本尊耶！賽巴斯丁本尊！想不到竟然會在這種地方相遇……

然而很遺憾地，芙蘭似乎沒能理解我的感動。她沒做出什麼特別反應，只是任由他帶路。好吧，雖然這也是沒辦法的……

哎呀——不過話說回來，真是難得的緣分。得感謝巴博拉的領主才行。

我正在感動萬分時，芙蘭被帶到了宅第裡一間像是會客室的房間。

「芙蘭！妳來了啊！」

「我們一直在等妳唷？」

福特王子與薩蒂雅公主就在房間裡等著她。

神情嚴峻的侍從席里德，以及王子公主收留的三個孤兒也跟他們一起。孤兒們在離開錫德蘭時已經換上像樣的衣物，看起來簡直就是上流階級的少爺小姐。一時之間實在看不出曾經是街頭流浪兒童。不過只要一跟他們說話，平民身分就會露餡了。

三個人各自用不同動作跟我們揮手。

他們身旁站著一位體格健壯的男子。雖然不比王子殿下他們，但也穿著剪裁精美的上好服飾。應該是貴族沒錯，不過看得出來身體鍛鍊得很好。大概不會只是躲在別人背後頤指氣使，而是在遇事時挺身引領眾人的類型吧。

「我是羅德斯・克萊斯頓。受封為侯爵。」

「嗯。D級冒險者芙蘭。」

雙方沒有握手，只是留在原位互相致意。不，對方更是連致意都沒有。

雖然看起來一整個高高在上，但貴族就是這樣，沒辦法。況且說到侯爵可是階級相當高的貴族，不可能對冒險者擺出謙卑的態度。再說，給人的感覺並不討厭。大概是因為身居高位應有的言行舉止已經習慣成自然了吧。並非看輕芙蘭，這是作為侯爵理應如此的自然表現。

「很高興能迎接兩位殿下的客人。於此逗留期間不用拘束，把我家當成自己家吧。」

「好。」

而且個性似乎也很大度，看到芙蘭毫無禮儀可言的態度竟沒有半點怒色。雖說是對福特等外國王族有所顧慮，但我看得出來這位大貴族正在釋出善意，並不打算跟違反禮儀的她計較。

領主表示還得去忙月宴祭的準備工作，匆匆離去後，我們來到王子他們的房間，互相報告今天的見聞。

王子他們說已經將在錫德蘭海國擄獲的黑市奴隸商人，以及從雷鐸斯王國人口中問出的巴博拉黑市奴隸商人們的情報交給領主，請他派人逮捕。

雖然因為需要經過暗中偵察而不便立刻行動，但他們說騎士團等人馬已經有所動作了。

「有點難為他了。」

聽起來似乎是王子他們利用身為王族的立場，催促了克萊斯頓侯爵。侯爵都已經說過在忙著準備月宴祭了，真替他感到難過。只是這對我們而言，卻是驅逐可恨黑市奴隸商人的好機會。我反倒還想為王子他們加油，請他們多盡點心力哩。

芙蘭把比賽傳單拿給他們看，表示自己已經確定參賽。

「這樣啊。畢竟巴博拉的料理比賽可是極富盛名。」

「記得我們國內也有過去的奪冠者在王宮內服務吧？是不是，席里德？」

「您說得是。主廚應該就是十幾年前的比賽冠軍。」

看來贏家會受到王公貴族聘用的說法是真的。

「比賽想必將會高手雲集，妳打算用什麼樣的料理參賽？」

福特表情嚴肅地問她。薩蒂雅看起來也很擔心。大概是要奪冠真的不容易吧。

然而，芙蘭充滿自信地回答：

「咖哩。我要以使用咖哩的料理拿冠軍。」

「妳說的咖哩，莫非就是在錫德蘭請我們吃過的那個？」

「嗯。」

「那個真的非常美味。我想妳一定能拿到很高名次的。」

「不能只是很高的名次，我要拿冠軍。」

「這樣啊。我們也會為妳加油的。」

「要加油唷。」

大家聊著聊著，賽巴斯丁來請我們了。說是已經備好晚餐。

只是，也許是考慮到芙蘭以及孩子們也在，晚餐不要求所謂的餐桌禮儀，氣氛和樂融融。克萊斯頓侯爵也從未指責過芙蘭他們的不懂禮儀。應該說福特他們似乎事前已經告訴過侯爵，芙蘭不擅長應付拘泥形式的場合。

可以想像侯爵看了一定不舒服，只是出於好意刻意視若無睹。他極力不把視線轉向芙蘭他們，只顧著和福特等人談話。

「原本打算趁此機會把幾個兒子介紹給各位，無奈時間配合不來，真是萬分抱歉。」

「這倒提醒了我，侯爵您還有兒子呢。聽說大公子是位才華出眾的人物？」

席里德講了這番話回答侯爵。言詞之中流露出「你嘛幫幫忙，有什麼工作比跟外國王族致意更重要？有沒有搞錯？最起碼也該把長男帶來吧」的弦外之音。

於是侯爵也回答：

「非常抱歉。如果是昨天的話大家都在，但畢竟月宴祭即將來臨，也有更多必須應對的問題，負責人不能長時間離開崗位。尤其長子菲利普又是騎士團長。」

侯爵也是表面上擺笑容，卻讓我感覺話中帶有這個含意：「你們如果按照預定昨天抵達的話，我早就盡到禮數了。但分明是你們自己遲到，在這麼忙碌的時期還給我多找麻煩。騎士團長哪有那閒工夫跟你們嘻嘻哈哈？可別以為什麼都是你們說了算喔？」

大概就是所謂的政治手腕吧。不，也許根本只是互相酸來酸去？

看來貴族之間的關係果然沒那麼單純。

不過話說回來，真驚訝不會看人臉色的席里德能進行這麼富有貴族風格的對話。好吧，其實仔細想想，平常席里德似乎也只是講話故意不識相，藉此襯托王子公主的風範，在和貴族進行社交互動時或許就懂得察言觀色了。好歹也是個侍從嘛。

「大公子是騎士團長啊。」

「是的。不過，今天貧民區的打架鬧事似乎反常地多，四處應對好像把他給忙壞了。」

「哎呀，那真是太操勞了。向我們致意是小事，方便的時候再過來就好了唷？」

王子公主似乎不是很能體會席里德的努力，無憂無慮地跟侯爵交談。

「很高興兩位殿下諒解。再加上這個時期盜賊也比較多。」

「盜賊也會變多嗎？」

「是的。他們會挑來自各地參觀祭典的遊客們下手。」

原來如此。旅人的往來一增加，對盜賊而言也就成了獵物增加的時期吧。

侯爵繼續炫耀自己的兒子。長男菲利普是騎士團長，次男布魯克似乎正在經營大型商會，說是規模相當大。他同時也是商人公會的幹部，就某種層面來說好像比騎士團長更忙碌。而令我吃驚的是，他說三男溫特是廚師。

還說會參加這次的比賽。芙蘭拿出傳單。

「這個？」

「哦，妳也有意參加？」

「嗯。」

「是嗎？嗯，妳加油吧。」

一點都不關心！

「我已經告訴過溫特不要再這樣遊手好閒，該來幫家裡做事了，無奈他就是不聽話。」

竟然當著參賽者的面說這叫遊手好閒！好吧，對於一個高階貴族來說，或許是很難把廚師當成正式的職業吧……

我想他應該不是壞人，只是該說有點粗神經嗎？或許是把自己的常識當成世間常識的那一型吧。芙蘭是平民所以可以從事低等職業，但自己的兒子是貴族，理當克盡身分高貴者的義務。我想他是在無意識當中有這樣的歧視觀念。而且他也認為所有人都該明白這個道理。

『喂，芙蘭，不要不高興啦。人家又沒有惡意。』

（可是……）

現在回嘴只會把事情越弄越複雜，我得設法安撫芙蘭才行。

『用料理爭回這口氣就好啦。』

（唔，也對。）

『是吧？我們做出用來比賽的最棒料理，然後讓他嘗嘗。』

（知道了。我要讓這傢伙吃到最棒的咖哩，逼他下跪道歉。）

嗯，幸好芙蘭天性不愛說話。竟然叫堂堂侯爵「這傢伙」，還要他下跪……我看還是得讓她學點常識才行。

之後，芙蘭用完餐，就讓人領她前往借宿的房間。是一間豪華的客房。

其實我們住佣人的小房間就行了，但對方似乎表示不能讓王子公主的客人在簡陋的房間過夜。

「有事呼喚侍女時，請搖響那邊的服務鈴即可。」

『嗯——好大一間啊……而且豪華到不行……』

「哦哦——好鬆軟。」

「嗷嗚！」

芙蘭他們沒把賽巴斯丁的介紹聽完好像就忍不住了，撲到了天篷床上。

『不要用撲的啦！』

我每次都提醒，但他們總是整個人往床上撲！侯爵府邸的床禁不起你們這樣鬧啦！鐵定賠不起。普通一張床的床柱幹嘛需要這麼精細的雕飾？沒來由地閃閃發亮的部分還做了鍍銀，麻布等等用的也是最高級的料子。

『芙蘭我就不計較了，但小漆你不行。』

「咕嗚。」

『賣萌哭給我看也沒用！只有這次絕對不行！』

大概是明白我的決心不變吧，芙蘭他們的矛頭轉向賽巴斯丁。

「請問小漆可以跟我一起睡床上嗎？」

「嗷嗚～」

小漆發出撒嬌討好的聲音，往賽巴斯丁身上磨蹭。

「不、不要緊的。備用的被單數量充足，請隨意放鬆休息。」

「謝謝。」

「嗷！」

好吧，既然對方都說不要緊了，那就算了……

『只是，要盡量小心別弄髒喔？』

（嗯，我知道。）

（嗷嗷！）

賽巴斯丁離開房間後，芙蘭與小漆的心情依然興奮到最高點。

一下子亂開抽屜看看，一下子又探頭往壁爐裡瞧。

『不要弄壞喔——』

「嗯——」

我趁這段時間準備料理比賽要用的東西。

第一件事是試吃從龍膳屋帶回來的料理。我創造出分身，嘗了嘗湯品等料理。

「嗯……」

美味無比。就連味覺遲鈍的分身，都能吃出明確的鮮味。我看太隨便的料理還是贏不了。得準備口味更豐富的咖哩麵包，販賣方式最好也下點工夫。

『總之，我們跑一趟冒險者公會吧。得查查關於魔境的資料才行。』

這個魔境是第一次去。事前準備絕不可偷懶。

我們告訴賽巴斯丁我們要外出，離開了宅第。他說回來時只要從佣人走的後門進來，就能立刻回到宅第裡。仔細想想，佣人的確不可能出個門還要穿過那麼大的庭園。

『人好多啊。』

貴族街環境清幽，但越是靠近庶民區，路上的行人也跟著變多。

「有好多攤販。」

「嗷！」

看起來似乎是明天月宴祭的前夜祭活動。人們開懷地共飲美酒，唱歌跳舞。

以往去過的城鎮，到了晚上多數人都會回家，頂多只有工匠或冒險者在外頭走動。雖說是祭典前夕，但看到夜裡有這麼多人在鎮上來往喝酒喧鬧，感覺還真新鮮。讓我稍微想起了地球。

『好啦，別只顧著買東西邊走邊吃，要去冒險者公會嘍。』

「嚼嚼……嗯。」

隔天，我半夜就開始做準備，太陽一升起就跟芙蘭一起從領主宅邸出發。

昨天已經認真收集過魔境的資料，萬無一失。好吧，其實芙蘭都在打瞌睡，所以或許不能說是認真收集……不過反正我都醒著，應該不用擔心。

『要不是圖書室裡有其他人在看書，難度也不會那麼高……』

唉——用念動技能假裝芙蘭清醒，在圖書室收集資料實在挺有難度的。不愧是大都市的公會，到了晚上仍然有不少人待在圖書室。操縱芙蘭的身體把想看的書從書架上抽出來可說是最大難關。不過被我這樣弄來弄去都還沒醒來，芙蘭也算夠誇張的了。

應該說，其實我現在還在操縱睡眼惺忪的芙蘭。她到剛才都還半睡半醒著。我一面用念動讓她前進一面讓她抓住小漆，聯手合作拉著她走。

不過走在早晨的喧囂之中，嗅著嗅著從攤販飄來的食物香味，她好像就清醒過來了。月宴祭期間似乎二十四小時都有攤販在提供服務。

「唔。我要喝湯。」

『好好好，幫小漆也買一份喔。』

「嗯。」

引起芙蘭興趣的，是以宿醉酒客為客群，魚貝類豐富的清爽湯品。

芙蘭把兩碗湯的錢拿給攤販大嬸，接過裝了湯的紙容器。連這種攤販竟然都在使用紙容器，巴博拉果然很先進。

芙蘭先把小漆那份湯放到牠面前。

「看起來好好喝。」

「嗷嗷！」

就在芙蘭兩眼發亮，正要喝湯的時候……

「哦喔啊嘎嘎啊！讓開讓開讓開！」

「呀啊！」

一個衣衫襤褸的男子鬼吼鬼叫著跑來，撞到芙蘭背後一名女性的背。那名女性被推開，又撞上了芙蘭。

「……」

「啊啊！真對不起。」

「……嗯。」

芙蘭的視線，朝向前一刻還在自己手裡的湯品容器。湯跟容器如今掉在地上，慘不忍睹。她尖銳的目光接著朝向正要跑走的男子。

「小妹妹，妳沒事吧？」

「嗯。對不起，灑出來了。」

「這種小事別放在心上啦。有沒有燙到？」
「沒有。謝謝。」
芙蘭向表示關心的大嬸輕輕點頭致謝後，就衝了出去。她是玩真的。她用凌厲的身手穿過人群之間，就這樣一口氣追上男子，對他說：
「站住。」
「少囉嗦！閉嘴！小心我宰了妳！」
看樣子不單只是性情粗暴。男子眼布血絲，而且口齒不清。我看是嗑了什麼奇怪的藥吧？
由於男子看起來不會乖乖停步，芙蘭勾住他的腳讓他摔倒。男子整個失去平衡，身體旋轉著飛了出去，在地上一路打滾。喂喂喂，我了解關於食物的怨恨有多深，但會不會做得太過火了？
但芙蘭似乎氣還沒消。
芙蘭對摔在地上一抖一抖的男子使用恢復術之後，抓住他的衣襟硬是讓他站起來。
「你犯下了絕對不可饒恕的過錯。」
「啊啊？」
「你犯了滔天大罪。」
不不不，沒那麼嚴重啦。正常情況就只是賠錢了事，好嗎？
「少囉嗦——！放開我！嘎啊啊！」
果然有點不對勁，好像腦袋不太正常。然而男子只是一般民眾，憑他的臂力無法甩開芙蘭的手臂。反而還被她壓制住。

『逮到人是很好，但要怎麼處理？』
（讓他見識地獄。）
正在議論時，巡邏士兵聽到騷動聲趕來了。我們把男子交給士兵們時，聽到了他們的對話。
「又是貧民區的居民啊。」
「今年還真多。我就說有什麼奇怪的毒品在市面流竄吧？」
「的確有可能。」
克萊斯頓侯爵也說過，今年下層居民街有很多人鬧事，看來這名男子也是下層居民街的住戶。
『好了啦，妳要瞪他瞪到什麼時候？時間寶貴，該走嘍。』
「……嗯。」
『那個男的會受到應有刑罰的，妳也該消氣了。』
（好吧。）
雖然看起來一點也不服氣，但不能在這裡浪費時間。
今天是三月三十一日，也就是月宴祭當天。聽說晚上會舉辦範圍遍及整座城鎮的祭祀活動，我想在那之前從魔境趕回來。後來芙蘭又多次被攤販吸引住而耗了點時間，但沒出什麼其他問題，我們就這樣自巴博拉出發。
『好，接下來要趕路了。小漆，拜託你了。』
「嗷嗚——！」

目的地魔境騎馬要一天才能到，但讓小漆疾馳的話單程應該大約三小時即可抵達。而且有一條冒險者走出來的平坦窄路通往魔境，所以不用擔心迷路。

「衝啊，小漆！」

「嗷嗷！」

三小時過後。

『跟預定的行程差不多。』

「這裡就是魔境？」

眼前是一座巨大樹木林立的幽邃樹海。光是站在入口處，就能感覺到各種魔獸的聲音與氣息。

『是啊。B級魔境，水晶牢籠。』

「有好多魔獸的氣息。」

「嗷。」

芙蘭他們想必也感覺到了一股非比尋常的氣息，一人一狼的表情頓時變得嚴肅。

『那麼，做最後確認嘍。目的地是中層區域，只挑肉質適合食用的魔獸下手。』

「嗯，要得到肉。」

「嗷嗷。」

即使是魔力充沛的魔獸，也不是全都適合食用。

這次時間有限，得盡快找出想要的魔獸才行。根據在冒險者公會查到的資料，稱作中層的樹海較深地帶，似乎有許多特別適於食用的魔獸。

小漆背上坐著芙蘭，用空中跳躍一口氣跳上高空。我們打算就這樣飛馳於樹海上空，一口氣前往中層。希望哪天有機會能在較淺區域狩獵看看，不過現在必須趕時間。

「那就是水晶樹？」

坐在奔馳於樹海上空的小漆背上，能夠一睹成為魔境名稱由來的水晶樹的威容。樹高少說有三百公尺以上。正如其名，構成枝葉的都是類似水晶的透明素材，反射著本身散發的魔力與陽光，閃耀著美麗光彩。

在地球絕無機會看到這般震撼人心的神祕美景。

『書上說是樹齡超過三千歲的魔樹喔。』

所謂的水晶樹，是一種發出特殊魔力吸引草食系魔獸的魔樹。水晶樹本身對草食魔獸來說是美味大餐，據說魔獸會保護樹木，幫它對抗外敵。於是這種世間罕見的植物，就利用魔獸來保護自己。不過，聚集於水晶樹周圍的可不只有草食系魔獸。受到水晶樹吸引的草食系魔獸也會引來成群的肉食系魔獸等等。因此資料上說，水晶樹的周圍總是棲息著豐富多樣化的魔獸。

而在這座魔境的中心，穩穩聳立著全世界最大的水晶樹。水晶樹長得越大魔力就越強，吸引的魔獸也就更大更強。樹齡超過三千歲的大水晶樹周圍，有著水準超乎想像的魔獸聚集而來。

換言之，即使說是這棵樹打造了魔境也不為過。

「好厲害。」

「嗷。」

芙蘭與小漆似乎也受到水晶樹的雄偉模樣所震懾。他們兩眼發亮，看大樹看得入神。難得看到芙蘭露出這麼孩子氣的表情。光是能夠看到這種表情，來這一趟或許就值得了。

我從小漆背上觀察水晶樹，在樹木周圍看到類似飛鳥的影子。儘管比起水晶樹就像小鳥，但實際大小恐怕超過五公尺長。要是被那群鳥襲擊就難應付了。

『太靠近那棵樹可能會碰上高威脅度的魔獸，要當心喔。』

「我知道。」

『好像就快到中層了。有看到獵物嗎？』

「嗯——那個是嗎？」

『哦，真虧妳找得到。小漆，麻煩你降落在那隻魔獸的旁邊。』

「嗷！」

芙蘭發現了正在沼澤裡洗澡的肥豬型魔獸。

『好，一口氣解決掉。』

「好——」

「嗷嗷！」

小漆急速降落在成群魔獸旁邊，露出獠牙咬住離我們最近的魔獸。芙蘭也從小漆背上跳下，另外挑了一隻個體揮劍就砍。

「噗嘰——！」

「小漆，去你那邊了。」

「咕嚕吼！」

我們短時間就宰殺了五隻豬。牠們是威脅度F魔獸，樹沼豬。背著甲殼般的物體，棲息於泥沼之中，是一種外表似豬的魔獸。牠們是今天的第一批獵物，加上我們心情正興奮所以獵捕得很起勁，但老實說不符合我的標準。

牠們是豬系魔獸所以味道不錯，甚至稱得上美味可口。

但是比起以特殊方法飼育的品牌豬來說味道較差，再加上有泥土味的關係，去腥也很費工夫。只不過是菜鳥冒險者打來賺零用錢的獵物罷了。

雖說未經品種改良或特殊方法飼育，維持野生的狀態就具有近乎品牌豬的味道或許是很值得讚嘆，但不是我要的魔獸。就留著作為打不到其他魔獸時的備案吧。

『小漆，再幫我們找魔獸。』

「嗷！」

「要往更裡面走嗎？」

『也是，那就再靠近水晶樹一點好了。這附近好像還只是淺層與中層的界線地帶。』

樹沼豬本來應該是屬於淺層魔獸。在這裡成群棲息，就表示離我們的目的地還有段距離。

我們就這樣勇闖樹海，花了一個小時找魔獸。最後與一隻山豬展開對峙。

不是我要說，這可是費了我們一番工夫喔？我很想只獵殺想要的魔獸，但不可食用的魔獸卻盡挑這種時候成群現身。

「這傢伙就是好吃的魔獸？」

『對，長著大獠牙的金色山豬，錯不了。』

正是威脅度D魔獸，古林博斯帝。這是一種擁有金色體毛、外形似豬的魔獸，體毛非常硬，據說能彈開部分魔術。其獠牙則是能掃倒大樹，據聞有時甚至能打倒比自己大出一倍以上的敵人。這種強悍的魔獸由於不懂得後退，總是過於正直地向前衝刺，因此又被稱為狂豬。

然而與牠的暴躁性情正好相反，據說肉質柔嫩，脂肪更是驚人地鮮甜。冒險者公會總是接到牠的狩獵委託，在巴博拉是特別受到歡迎的魔獸肉。更棒的是我們運氣好，遇到了體型滿大的一隻。身高超過五公尺，我敢說質量有小漆的三倍以上。

『聽好了，我們的目的是肉。攻擊方式不可以太激烈喔。』

「我知道。」

『小漆負責拖住牠的腳步。』

「咕嚕嚕嚕！」

身體越是受傷就會流越多的血。戰鬥中失血過度，會讓肉的風味變差，肉質也變硬。視受傷的方式而定，還有可能導致可食部位減少。最理想的方式是一擊貫穿魔石，但這可不容易……念動彈射攻擊不行。就算能打倒牠，也會打爛太多的肉。

「噗嘰嘰嘰——！」

『嘖！快躲開，芙蘭！』

還在猶豫時，金毛豬衝刺過來了。快得超乎想像，一回神時那個龐然巨軀已經塞滿視野了。

我試著用念動拖慢牠的動作，但幾乎沒有效果。力氣大得驚人。

「唔嗚！」

『芙蘭！妳沒事吧！』

「勉強……還好。」

明明躲開了直接撞擊，卻只不過是擦到一下就被彈飛了將近十公尺。好嚇人的威力。芙蘭運用空中跳躍在半空中重整態勢，成功平穩落地，帶著重新提高緊張感的表情把我舉好。

古林博斯帝的衝刺並未在原地停住，一路掃倒在地球上的話大到會被稱為神木的好幾棵大樹，在森林裡逐漸遠去。

但是小漆已經記住了牠的氣味，我們不會讓牠溜走。這反而是設陷阱的好機會。

『我用土魔術挖陷坑，小漆你去把牠引誘過來。雖然牠應該很快就能逃出來，但最起碼可以拖延腳步幾秒鐘。芙蘭就趁這機會下手。』

「知道了。」

「嗷。」

我連續發動土魔術，在地底下做出巨大空洞。只要有重物踩在上面就會讓地面塌陷，掉進下面的大洞。這樣簡易版陷坑就完成了。

等了幾十秒後，小漆盡職地把古林博斯帝引誘了過來。

小漆挑釁似地在古林博斯帝面前動來動去。還故意變小，似乎是想讓自己看起來更煩人。

「嗷呼！」

「噗嘎喔喔喔！」

古林博斯帝被比自己小這麼多的狼耍著玩，暴怒到鼻子直噴氣。

牠想把囂張的小狼仔踩扁，一邊掃倒樹林一邊直線衝刺過來。儘管衝刺力道強到讓人想起大型卡車，但卻反而害到了牠自己。覆蓋著金色皮毛的強壯腿腳踏穿了地面，牠的龐大巨軀有一半陷進地底。

「噗嘰？」

不偏不倚地卡進我做的陷坑裡啦！

『就是現在！芙蘭！』

「嗯！」

芙蘭對準掉進陷坑不停掙扎的金毛豬，高高地跳起。

「師父，我要攻擊魔石。」

『了解！牠的魔石位於心臟。』

「嗯！」

我為了一擊刺中心臟，用形態變形技能把刀身拉得又細又長。現在的我，看起來就像刀身長得異常的穿甲刺劍。

「喝啊啊！」

「噗嘰嘰嘰嘰嘰——！」

芙蘭改成反手握住我，一口氣往上跳。

「就是那裡！」

芙蘭維持墜落的速度發動Lv8劍技「穿針打樁」，把我刺進金毛豬的背上。所有力量集中於一點，我只受到些微的抵抗力就貫通金毛豬的背脊骨與肌肉，準確地穿透心臟與魔石。對要害以外的傷害都極力減少到最低程度，堪稱理想的一擊。

『成功了！』

「嗯。得到好多肉。」

『是啊，這下豬肉就準備妥當了。』

這麼大一頭，肯定已經達到了需要的分量。

我們先將打倒的金毛豬收納起來。我是很想現在立刻解體，但在這裡血腥味會引來其他魔獸。可能得跟冒險者公會借用解體區了。

『好——下一隻！』

「好。」

「嗷唔！」

後來，我們花了大約兩小時不斷獵捕魔獸。

包括會使用回復魔術，狡猾的白牛魔獸阿匹斯兩頭；以迅雷不及掩耳的速度穿梭於樹林間，用能夠戳穿鋼鐵的鳥喙專挑要害來襲的金雞魔獸古林肯比五隻。我們另外還找到了古林肯比的巢，撿到了八顆比鴕鳥蛋還大的巨大金蛋，收穫豐富。

然而每種魔獸都很難對付，我們也消耗了不少氣力。況且雖然不到地下城那種程度，但與魔獸的遭遇率仍然很高，不會讓人想多逗留一會。還是快回去吧。

只是，樹海的整體氣氛怪怪的。我是頭一次來，所以無法有自信地指出哪裡奇怪，但是……

總覺得魔獸們似乎莫名地好戰。

就連小嘍囉等級的魔獸，有時都好像是被什麼嚇到或逼急了，拚死拚活地來襲。而且該說是莫名地騷動不安嗎？總覺得空氣很沉重。小漆與芙蘭似乎也有同感，顯得心神不寧。

我使用氣息察覺等技能一探究竟，但感受不到異常之處。是我多心了嗎？

然而，我們感覺到的突兀感立刻就真相大白了。

咚轟隆隆隆隆嗡嗡嗡嗡嗡嗡！

「唔？」

『唔喔？哪來這麼大的魔力！』

「咕嗚……」

一陣轟然巨響突地響徹魔境。同一時間，大水晶樹附近散發出巨大魔力。

隔得這麼遠，都能感覺到那股異常的魔力。

「師父，那個。」

『有東西在飛。』

我看到大水晶樹附近有巨大鳥禽在飛。不時還發出藍白光芒。

儘管距離不夠近不能鑑定，我立刻就想起了牠的名稱。

『是閃電鳥，而且還外加三隻暴風獵鷹。』

閃電鳥是B級，暴風獵鷹則是D級魔獸。特別是閃電鳥，在冒險者公會查到的魔境資料當中有提到，是最需要提防的魔獸。牠壓倒性的速度讓人無法越雷池一步，堪稱水晶牢籠的霸王。

然而，我們感受到的異常魔力，並非來自於閃電鳥。

「有人……在戰鬥？」

有人在空中飛行，與閃電鳥等魔獸對峙。儘管只有一瞬間，但那人影發出的魔力確實震懾了我們。從這麼遠的位置都能接收到強烈的波動。

我們感覺到的突兀感必然就是這號人物的氣息。即使離得這麼遠，危機察知與氣息察覺等技能仍起了些微反應。

雖然沒辦法看見長相，但看得出那人把黑色長髮在後腦杓束成丁髷（註：日本傳統髮型，又稱月代頭）般的髮型，身穿深藍基調的裝備。

他打算一個人戰鬥？是很想說他有勇無謀，但又覺得憑那個人影的力量或許能輕鬆獲勝。

「開始了。」

「嗯。」

閃電鳥從嘴裡吐出雷電。駭人的電光照亮四周，遠雷般的轟然巨響四下迴盪，但人影游刃有餘地躲掉了雷電。

即使看在我們眼裡像是必殺一擊，對閃電鳥而言似乎單純只是牽制動作。閃電鳥等魔獸來勢洶洶地飛向人影。

我們是從遠處眺望所以能追得上動作，如果在極近距離內的話或許已經追丟了。速度就是如此之快。

但是，還是碰不到人影。那根本不是人類的反射神經。

像這樣一看，就會知道閃電鳥為何會受到畏懼。不會飛的人對牠一籌莫展，只會被高速與雷電單方面地獵殺。就算能站上同一個擂台，跟不上閃電鳥無人能及的速度的話，結果還是一樣。

雖然威脅度跟以前打過的惡魔一樣，但如果問現在的我們能不能贏過閃電鳥，恐怕得說有困難。不同於當時的惡魔，閃電鳥不受任何限制，能夠徹底發揮自身實力，而且還帶著聽候指揮的暴風獵鷹。甚至可說我們取勝的機會趨近於零。

那個人影，到底是何方神聖？

鳥群的攻擊到現在都沒能傷到他分毫，施展的攻擊全都撲了個空。

可能是想重整旗鼓吧，鳥群暫且與人影拉開距離。但人影沒錯失這個機會，開始展開反擊。

說是開始，其實一次反擊就決定了整場勝負。

「有好多把劍。」

『魔術？不，是技能？』

人影筆直伸出手之後，周圍隨之出現數量龐大的劍。我是說真的，就像瞬間移動過來似的，那些劍就這麼突如其來地湧現了。是召喚來的、讓魔力具現化創造出來的，還是用了其他方法？每一把劍都讓我感覺到強大魔力。如果鑑定看看，我想每一把應該都隱藏著魔劍級的力量。

瞬間降生的大量寶劍，就這樣高速殺向鳥群。

儘管速度不如我的念動彈射快，數量卻極具威脅性。畢竟看起來有將近一百把。而且還不只是直線向前飛竄，而是簡直有如翩翩起舞般描繪複雜軌道，執意要把鳥群追殺到只剩死路一條。

被關進群劍牢籠之中無處可逃的魔獸們，在如雨驟降的劍刃穿刺下一隻接一隻墜落。

頑強抵抗到最後的閃電鳥，也被來襲的劍刃風暴把翅膀打得千瘡百孔，最後被一把格外巨大的劍刺穿喉嚨，似乎就這樣耗盡力氣了。身體螺旋打轉著墜落。

「好厲害。」

『是啊，但最好還是別跟那人扯上關係。』

我們不知道那個人影是正是邪。假如是強盜竊賊之類的呢？那人可是把我們萬無可能打贏的閃電鳥等魔獸打到無法招架。我絕不想跟那種人為敵。

人影往水晶樹的方向降落，應該是去撿打倒的魔獸了。

『反正我們目的已經達成，還是早早回巴博拉吧。』

「嗯。」

「嗷。」

我們幾乎是急著逃離那個神祕人影，離開水晶牢籠後，一路趕回巴博拉。還得把魔獸解體，試作咖哩才行。

「師父，那裡人好多。」

『包圍馬車的是護衛嗎？』

「可是……好像怪怪的？」

我們在道路前方發現了一個馬車集團，五輛馬車列隊而行。今天是月宴祭，而從這裡到巴博拉只需大約一小時的路程，即使有附近村民途經這裡準備前往巴博拉也不奇怪。只是，看起來就是不對勁。

車隊停在路上，還能聽見一絲疑似慘叫的聲音。仔細一看，帶頭的馬車上插了幾枝箭。

『怎麼看起來像是被盜賊襲擊了？』

周圍的人也盡是些穿著粗野的男人，看起來不像是護衛，而且還對著馬車揮劍作勢要劈砍。肯定是盜賊的襲擊錯不了。看來是帶頭的馬車車輪被弄壞，造成後續馬車無法逃跑。

「我去救他們！」

『飛啊，小漆！』

「嗷！」

從空中靠近一看，可以看到幾名女性冒險者在最尾端對付盜賊，試著保護馬車。

「喂！別把她們打得太慘啊！四肢健全才能賣到更多錢！」

「哇哈哈！這我知道！」

「女的冒險者在賣掉之前還能玩兩下哩！」

聽到盜賊們的這番話，芙蘭的視線霎時變得銳利。想必是因為這些盜賊與黑市奴隸商人有所關聯，使得他們成了芙蘭個人的獵物。

「妳們兩個撐住啊！」

「我們要是被打敗，各位村民就危險了！」

「死也要擋下他們！」

看來女性冒險者們為了保護村民乘坐的馬車，正在賣命阻擋盜賊們。戰況應該對她們相當不利，卻沒有試著逃跑的跡象。真有毅力，我挺欣賞她們的。

「我上了！」

『好。哪個像是頭子……那個吧。』

後面有個大塊頭男子，在對部下作出指示。只有他一個人穿著比較好的裝備，應該就是盜賊們的頭子不會錯了。能力值也比其他人高一點。

「喝啊啊！」

「哇啊！」

芙蘭從奔馳於空中的小漆背上跳下，一出手就先砍倒了盜賊頭子。但只是奪走他的意識讓他跑不掉，沒有要他的命，這是為了問出情報。不過要問出各種情報，有這傢伙一個人就夠了。

「其他人沒有用處。」

「咕嚕嚕！」

芙蘭用迅雷不及掩耳的速度，砍飛兩側盜賊的腦袋。

「咦？」

「什、什麼人！」

「怎麼會有小孩！」

盜賊與冒險者都被突發狀況弄得一團混亂。然而芙蘭與小漆沒有手下留情，一一了結盜賊們的性命。在最尾端襲擊女性冒險者的幾個傢伙被芙蘭剷除，繞到前方企圖襲擊領隊馬車的那些傢伙則由小漆收拾掉。最後再用火焰魔術一口氣燒光試著逃命的盜賊們，就清潔溜溜了。這下苟延殘喘的盜賊應該就只剩下頭子一個。

「妳們沒事吧？」

芙蘭出聲關心，但冒險者們只是愣在原地。

「……」

畢竟從我們現身以來，整件事大概兩分鐘就結束了。來路不明的小孩子與狼突然從天而降，就這麼蹂躪了她們艱苦對抗的盜賊團。一定是跟不上狀況吧。

「——區域恢復術。」

大家似乎受傷了，總之先幫忙做治療再說。於是，她們似乎終於恢復正常思考能力。

「回、回復魔法？」

「得、得救了～」

「還以為死定了呢……」

逃離了死亡與蹂躪恐懼的三名女性冒險者，帶著安心的表情當場腳軟癱坐在地。但她們旋即正色站了起來，應該是想起護衛任務還沒結束吧。而且剛才也沒拋下村民逃走，看來相當具有職業意識。

冒險者們一邊主動跟芙蘭握手，一邊異口同聲地道謝。

遇到這種場面就算被芙蘭與小漆嚇到也怪不得她們，但看來對救命之恩的感激比那更強。

「我們是叫做緋紅少女的冒險者隊伍。謝謝妳出手相救。」

「我是D級冒險者芙蘭。」

「年紀這麼小就已經到D級！原本就看妳不是泛泛之輩，沒想到這麼厲害！」

這時村民們也已經下了馬車，看到周圍倒地的盜賊們，臉孔都在抽搐，這片景象對一般村民來說是太有刺激性了。即使如此，聽到護衛少女們解釋芙蘭是大家的救命恩人，村民們都各自低頭道謝。其中還有人因為總算放心而哭了出來，大概是被盜賊襲擊真的把他們嚇慘了。好吧，其實也有可能是被盜賊慘死的屍體嚇到。

只是，我們的目的不只是解救他們。

「喂。」

「咕嚕嚕……」

我們用恢復術幫盜賊頭子療傷，把他打醒之後開始進行盤問。

「噫、噫咿咿咿！饒命啊！」

「只要你從實招來，就留你一條狗命。」

「我招，什麼都招！我會從實招來，拜託別殺我！」

不知道是芙蘭冰冷的視線與小漆的低吼聲真的太恐怖了，還是因為看到了同夥的悽慘死法，盜賊頭子有問必答，一問就把賊窟的地點，以及另有其他同夥之類的情報一五一十全招了。果不其然，似乎已經有一些人被盜賊抓走了。他說之所以沒殺掉而是抓起來，是為了賣給在巴博拉暗中為惡的黑市奴隸商人。

芙蘭的目的是救出那些面臨淪為黑市奴隸命運的人，不過與其說是出自正義感之舉，更近似於對黑市奴隸商人們的敵意。

盤問差不多告個段落時，村長伴著冒險者的女性隊長走過來。

「請問您接下來有何打算？」

「讓這傢伙帶我去他們的巢穴。」

「這、這樣啊……」

他們說為了修理馬車，必須在這裡停留一段時間。才剛救到人又被魔獸或盜賊襲擊導致全員死亡的話也有點過意不去，於是我們提出了一項交換條件，讓小漆留下來幫忙。

在修理期間做個臨時護衛，有小漆應該就夠了。

「我現在要去盜賊的巢穴，救出那些被抓走的人。希望你們可以讓那些人一起坐馬車。作為交換條件，我讓小漆留下來。」

仔細想想，就算去盜賊巢穴救到了人，也沒辦法帶他們回家。最糟的情況下，只能請他們用走的。既然這樣，不如請村民提供代步工具。

「您說這頭狼嗎……」

村長顯得有些不安。除了害怕小漆以外，大概也是希望芙蘭能親自擔任護衛吧。即使如此，可能是發現沒得選了，村長最後擺出笑容，深深低頭致謝。

「那就請您多幫忙了。」

「小漆，你來保護大家。」

「嗷！」

儘管村民們仍然面帶不安的表情，這裡交給小漆應該沒問題。

『那麼，我們走吧。』

「嗯。還不快走？」

「我、我知道了，拜託別拉得這麼用力！」

我與芙蘭帶著盜賊頭子出發，很快就來到了這幫人的巢穴。

一路上也沒碰到什麼新鮮事，就容我省略吧。最重要的巢穴從襲擊地點走個十五分鐘就到，是個開在小山山麓的洞窟。一看就像是個祕密藏身處。

意外的是，洞窟入口用魔術做了隱蔽，就連會用察知系技能的我們，一開始沒人帶路的話可能也得費一番工夫才找得到。說是盜賊團，也許還滿不容小覷的。

我們重新繃緊神經後，謹慎地開始展開壓制行動。沒想到整場行動意外地費力。外面看起來分明只是個普通的洞窟，內部卻經過整頓，形成了要塞。而且還有二十幾個盜賊留守，頑強抵抗。拉弓射箭的位置等等也經過計算，大意不得。

除此之外，每個人員的實力也強得不像普通盜賊團，不只有幾個劍技能手，連魔術師都有。說是傭兵團我還比較能理解。

附帶一提，要塞當然也準備了逃跑用的後門，但盜賊頭子事先帶我們去過出口，已經用火焰魔術猛炸一通讓它坍塌了。而且還收到聲東擊西之效，一舉兩得。

還有一件無關緊要的事，就是頭子原來不是老大。搞了半天好像是部隊長級人員，巢穴裡多得是比他更強、階級更高的傢伙。但我嫌麻煩所以心裡都是叫他頭子。這個頭子也在途中丟掉了小命，所以盜賊團就這樣全軍覆沒了。

頭子不是我們殺的喔？是盜賊們反擊射出的箭，好死不死射中了頭子。雖然的確是我們叫他站到前面，也沒幫他療傷就是了。盜賊頭子還說：「這、這跟說好的不一樣！妳說過不殺我了！」鬼吼鬼叫的。

但我們有遵守約定喔？我們沒有下手，是盜賊自己誤傷同夥。

賊窟的牢房裡關著七名男性。三人是貌似戰士的男子，另外四名男子看起來像是一般民眾。救人之前我姑且鑑定了一下，原來是一般冒險者與農民。芙蘭打壞牢房，幫他們解開繩索。所有人似乎都是這幾天之間被擄，沒有人嚴重衰弱。只要幫忙用個回復魔術，應該就能正常走動了。

「真不好意思，得救了！」

「沒想到會被像妳這樣的小妹妹搭救……」

「不不不，看她剛才的身手，以及打壞牢房的俐落動作，鐵定比我們更強！」

冒險者們雖然互相認識，但似乎並未組隊。好像是分別在不同地點被盜賊抓住，帶到這裡來。農民們則是來自同個村子，互相都認識，說是在結伴前往巴博拉的路上遭到盜賊襲擊。他們說因為沒錢，所以沒請護衛。

「之前看那些盜賊人數相當多，外頭現在是什麼情形？」

「全部收拾掉了。」

「啊？全、全部？妳是說全部嗎？」

「嗯？嗯。」

「不，的確沒感覺到氣息。應該是說真的。」

「本來就覺得妳很有本事了，沒想到這麼厲害……被這裡的盜賊團抓住，我們才發現他們人數多得異常，而且高手雲集，但妳卻……」

還真的不是一般的盜賊團啊。被抓住的三人是巴博拉的冒險者，熟知這附近盜賊團的情報。但他們說無論是以前或現在，都沒聽說過什麼五十人規模的盜賊團。我看搞不好是來自外地的落魄傭兵團。

「我問一下，妳接下來有什麼打算？」

「嗯，沒其他事了，我要回大家那邊。」

「妳還有同伴？」

「不是同伴。但他們在等我。」

「好、好吧，我明白有人在等妳。只是，這種規模的盜賊團應該搜刮了不少財物……」

「嗯？」

其中一名冒險者解釋給我們聽。他說討伐盜賊團之後，賊窟等地方儲藏的財寶將歸討伐者所有。畢竟錢財或武具又不會寫上名字。

於是，我們帶著他們在賊窟中尋寶了一下，然後在地下室發現了倉庫。稱不上金銀財寶，倒是有些糧食或衣物跟武器等物資擺在一起。拿去賣掉也許能換點錢？

其中最吸引我們目光的，是裝在具有劣化防止效果的魔法袋裡，像是骯髒樹根的物品。鑑定之下，得知名稱叫做治癒黃薑。乍看之下像是粗一點的牛蒡，實際上卻是魔法植物的根。經過仔細處理後不但對異常狀態具有療效，還能當成辛香料使用，屬於高級品。這樣的東西眼前擺了一大堆。

『天啊，真是挖到寶了！』

多虧料理技能的效果，我能理解這種植物的滋味。講得明白點，味道很像薑黃，而且鮮味十足。用在咖哩裡，想必可以讓風味更為深沉香濃。比起治療效果，這點更讓現在的我高興。這可不是說想得到就能立刻弄到手的玩意。真是太幸運了。雖然對原主不好意思，這次就讓我們拿來善加運用吧。

我們正歡天喜地時，冒險者們在我們背後討論一些事情。好像是在說他們的裝備也被丟進了這間倉庫裡，於是他們在商量有沒有辦法可以請我們把裝備還給他們。因為這間倉庫裡的武具，目前基本上是屬於芙蘭的。

年紀最大的男子對我們開口道：

「打、打擾一下，有件事想跟妳商量……」

「什麼事？」

「是這樣的。這間倉庫裡有我們的裝備，能不能請妳還給我們？」

「當、當然我們不會白白跟妳伸手的。」

「是啊是啊。只要妳願意把武器還給我們，要我們搬東西還是什麼都行喔？」

「讓我們三個來搬的話，應該可以搬走一半以上。」

原來如此。照常理來想，芙蘭一個人不可能把這些戰利品全部帶走。所以他們是提出充當搬運工幫忙把戰利品帶出去，藉此取回裝備品作為報酬就對了。

「所以——咦？」

「嗯？」

啊，不可以這樣！人家冒險者話還沒說完呢！不要只顧著把辛香料收進次元收納空間！

「妳、妳會用時空魔術啊。這樣啊……」

「真有妳的……」

「看來是不需要我們了……」

每個人都一副拚命做的自我宣傳，以白費力氣告終的傷心表情。

（師父，可不可以還給他們？）

哦，原來有好好聽人家說話啊。

『哎，應該沒差吧？』

反正也沒有什麼含藏驚人魔力的最高級武具。更何況如果是能用魔法武具武裝全身的那種冒險者，想必不至於栽在盜賊手裡。

「裡面如果有你們的東西，去拿沒關係。」

「咦？可以嗎？」

「嗯，因為我用不到。相對地，有件事想拜託你。」

「只、只要是我能做的，妳儘管說！」

「我們會參加料理比賽。到時候請你來買，並跟大家做宣傳。如果其他人也願意答應我的話，你們的東西都還給你們。」

「做這點小事就行了嗎？當然沒問題！」

「我們會大買特買！不會太貴吧？」

「我們會到處宣傳的！」

冒險者們與農民們都對芙蘭感激不盡。也是啦，只不過是幫攤販做宣傳就能拿回私人物品，一般來說應該沒這種好事。除了要還給他們的裝備品以及隨身物品之外，我們正忙著把其他東西收納起來時，一名斥候型的冒險者不知怎地開始連連輕敲牆壁。

「欸，這面牆的後面，好像有房間喔？」

看來似乎暗藏了密室。冒險者一邊觸碰牆壁，一邊開始尋找入口。然而芙蘭才沒那種耐性等他們慢慢磨菇。

「借過。」

「喔，好。可是又沒有門，妳要——」

咚轟！

芙蘭施展劍聖技，一擊就破壞了牆壁。看到芙蘭一揮劍就在岩壁上開出大洞，冒險者們都嚇傻了。大概是重新感受到彼此的實力差距吧。

『哦哦，是寶庫耶。』

雖然沒到金銀財寶灑滿地的地步，但也儲藏了不少金幣銀幣等等。另外還放了個奇怪的盒子，好像當個寶似的。盒子是鐵製的，看起來相當堅固。打開一看，裡面只有一個裝滿謎樣液體的奇妙玻璃瓶。散發幽光的光球，在偏藍色的溶液裡微微搖盪。乍看之下只像是瓶藥水，但絕不會是普通的藥水。我能從中感覺出極強的魔力。此外，盒子內側貼有類似軟墊的東西，一看就知道是用來保護這個瓶子。

『來鑑定看看好了。』

但不知道是不是某種魔術的效果，鑑定不管用。只能勉強得知名稱，似乎叫做魔魂之源。我不知道它的效果，不敢打開看看。再說，看它收藏得比貴金屬類更慎重，有可能是相當珍貴的物品。總之先放進次元收納空間再說。

『該拿的都拿完了，該回去了。』

「嗯。」

耗費了不少時間。假如按照預定計畫的話，現在早就回到巴博拉了。

芙蘭帶著救出的幾名男性，回到馬車的所在位置。

途中我們請這些喊著肚子餓的男子吃串燒與三明治，幾名農夫還邊吃邊哭。講了半天大概還是很害怕吧。像是受到他們所影響，冒險者們也紅著眼眶向芙蘭道謝。看來答應做宣傳的事也不用擔心了。

「啊，她回來了！」

「喂！我們在這裡！」

馬車好像也順利修好了。盜賊們的屍體都已收走，但另外有明顯被巨大野獸咬死的幾具哥布林屍體躺在地上。看來在等候的期間還真的遇襲了。幸好有把小漆留下來。

「妳沒怎樣吧？不過我也不認為區區盜賊能奈何得了妳就是了。」

「嗯。輕鬆搞定加上大豐收。」

「馬車那邊都修理完畢了。那麼，那邊那幾位就是被盜賊抓走的人嗎？」

「是啊。芙蘭小妹妹救了我們一命。」

我們一面簡單解釋在盜賊巢穴發生的戰鬥，一面迅速做好出發的準備。

馬車有五輛之多，因此救出來的幾名男性也剛剛好可以坐上去。只是都擠得挨肩擦背，比較像是勉強塞進去的。

芙蘭也坐上帶頭的馬車。一方面也因為距離巴博拉只剩一小時路程，我們決定擔任護衛與他們一同返回巴博拉。反正在車上打聽到了比賽的各種情報，也替黑尾巴亭做了宣傳，算是一段滿有意義的時間。

一小時後，我們順利抵達巴博拉，跟村民與冒險者們告別，然後馬不停蹄地來到冒險者公會。目的是肢解在水晶牢籠獵到的魔獸。

我們申請使用解體室後，人員立刻帶我們前往地下房間。

『比亞壘沙那間大好多啊。』

這樣的話就算是特大號的獵物也能解體了。而且創水魔道具等等也一應俱全，連設備方面都完勝亞曼沙。

『那麼，先從古林博斯帝開始。』

「好。」

我從次元收納空間取出金毛豬。

『好，從放血開始吧。』

「嗯。」

有些魔獸的新鮮血液可以用來製藥或是當作食材。因此我用念動接住流出的血，直接放回次元收納空間。不適合食用的內臟等部位也都沒丟，好好收起來。

「獠牙好粗。」

『聽說毛皮也能賣到好價錢喔。』

我想要的只有肉，但素材也到手了不少。阿匹斯與古林肯比也順利解體完成。這下就煮得出豬肉、牛肉與雞肉咖哩了。不過咖哩用的肉也要挑部位，不是所有得到的肉都能用就是了。

『肉以外的素材就乾脆賣掉吧。』

「嗯。然後要做什麼？去露西爾商會？」

『不，我還有東西要調查。』

我想知道在盜賊巢穴拿到的謎樣玻璃瓶是什麼。這麼大的城鎮應該有很多鍊金術師，不知道能不能找個人請教？

針對這件事跟芙蘭討論了半小時後，我們賣掉魔獸素材拿了錢，來到冒險者公會的三樓。我們在櫃台請服務小姐介紹鍊金術師，她建議我們找巴博拉冒險者公會專屬的鍊金術師。櫃台小姐說，對方是一位技藝超凡的術師。

既然是公會專屬術師，想必是真的很有本事。我們決定委託那位鍊金術師替謎樣玻璃瓶做鑑定。

負責帶路的精靈小姐（五十歲）在一扇門上輕輕敲了兩下。門上有著「尤金研究室」幾個字。這一區似乎都是生產系的設施。其他房門則刻有醫務室或工房等文字。

「請進——」

「失禮了。」

房間裡有一位裹著寬鬆長袍的壯年男性。長及背後的斑白長髮全往後梳。柔和的笑容，戴著給人知性印象的圓眼鏡，渾身散發著十足的學者或研究者氣質。雖然瘦，但個頭或許還算高吧？只是，他的眼睛很特別。眼白的部分像是滴了墨汁一樣黑，虹膜則是美麗的翡翠綠。而且完全不曾眨眼，看了甚至有點發毛。

還有，髮際線附近長出了某種細長的東西。是觸角嗎？眼睛也好觸角也好，外表看起來挺嚇人的。芙蘭與精靈小姐都一派白然地面對對方，所以我只是輕微吃驚，但如果在城鎮外頭碰到的話應該會讓我很有戒心。

「尤金老師，這孩子說有問題想請教您。」

「哦？好可愛的小妹妹啊，妳是冒險者嗎？」

「嗯，我是D級冒險者芙蘭。」

「D級？那可真是厲害。」

對方似乎屬於稱作半蟲人的種族，或許就是獸人的昆蟲版吧。而且還加個半字，可能代表他是混血。

眼睛與觸角好像繼承了蟲人的特性。但混血都這麼明顯了，普通的蟲人是否更像昆蟲？有點感興趣。

還有，小姐說他技藝超凡應該是真的。鑑定之下發現鍊金術滿級，且擁有鍊成術這種高階技能。稱號也有道具專家、毒物大師、藥水大師、鍊金高手等等，鍊金術相關技能一應俱全。看來值得期待。

鍊金術師請芙蘭在椅子上坐下，然後彬彬有禮地做了自我介紹。

「那麼重新做個自我介紹。我叫尤金，是冒險者公會的專屬鍊金術師。」

這麼有本事，卻不隸屬於鍊金術公會？

「你沒有加入鍊金術公會？」

「哈哈哈，是啊。以前曾經加入過，但後來為了徒弟的醜聞引咎退出，然後就被冒險者公會收留了。」

「可是，那件事又不是尤金老師的錯。竟然要您為了已經獨立的徒弟鬧的醜聞負責，根本就是故意刁難。」

精靈小姐一邊端茶水一邊幫尤金說話。看來背後有很多隱情。

「沒辦法，因為他的確做了壞事，而且用的是我教他的技術。」

「但我還是覺得逼您退出公會太過分了！」

小姐語氣帶點慍怒，聽得出來她對鍊金術公會不抱好感。不過這或許也顯示了尤金的德高望重。

「尤金加入冒險者公會，會不會讓你們跟鍊金術公會關係惡化？」

芙蘭問得很有道理。逼退的成員沒多久就被其他組織接收，鍊金術公會想必不會太高興。

「當然有嘍？在鍊金術公會的公會會長新舊接替之前，那可是照三餐地找我們麻煩呢。」

「但那在五年前就結束了啊。畢竟現在的公會會長是穩健派嘛。」

「可是，還是有人會來酸言酸語喔？有些鍊金術師還把冒險者視為眼中釘。」

原來還對公會之間的關係產生了影響。這樣不會使得尤金在冒險者公會裡的立場變糟嗎？假如跟鍊金術公會交惡，我覺得冒險所需的道具大半以上都會變得難以入手，感覺有人會反過來怨恨尤金。

「尤金不會被冒險者討厭嗎？」

「沒這種事，我看感謝老師的冒險者還比較多吧？」

「為什麼？」

「多虧有老師培育後進的鍊金術師，我們公會現在能夠自行生產道具了。於是道具就不再是鍊金術公會的獨家專賣，引發了價格競爭。結果使得各種道具降價，冒險者等於是從中得利。」

「不過也有鍊金術師到現在還在為這件事記恨，來跟我抗議就是了。」

原來如此。雖然被攆出鍊金術公會的尤金值得同情，但我們也因此才有機會輕鬆認識技藝超凡的鍊金術師，運氣真好。

「可是，我們現在跟鍊金術公會建立了合作關係，還開始進行人才交流了不是？」

「哎，是沒錯，但鍊金術公會派來的鍊金術師感覺都愛做不做的。不愛做事，卻有種偷偷摸摸刺探我們的感覺。」

小姐嘟噥著把鍊金術公會數落一頓之後離去，尤金重新請芙蘭坐下。

「那麼在妳提出來意之前，請用。」

「謝謝。」

是茶嗎？黑黑的，看起來很像烏龍茶。

「嗯。」

芙蘭嘶嘶有聲地啜飲茶水。芙蘭舌頭怕燙，只能小口小口地喝。這種地方真的很像貓。

「咦？妳喝了沒事？」

尤金驚奇地看著喝了茶的芙蘭。什麼意思？難道茶裡有毒？但我用鑑定看過，就只是叫做奧布茶的普通茶飲。芙蘭的狀態也沒出問題……

「沒有啦，我很愛喝這種茶，但第一次喝的人常常會苦到噴出來。現在我已經把欣賞這種反應當成一種樂趣了。小妹妹妳敢喝嗎？」

「嗯。好喝。」

「妳這麼說真讓我高興！竟然喝得出這種茶的好！」

就有點類似千振（註：一種藥用植物，又稱當藥，苦味強烈）茶嗎？喜歡的人很喜歡，但不喜歡的人就喝不下去。

「很苦，但味道很好。」

芙蘭的味覺可是很敏銳的。她的味覺不會只感覺到苦或辣，而是能夠清楚品嘗出其中的鮮味或甜味。所以才會不管是不是奇形怪狀，只要好吃就都敢吃。

「嗯嗯，就是啊！真高興能認識同好。要不要帶點茶葉回去？」

「求之不得。」

芙蘭點頭後，尤金拿了一小袋茶葉過來。拿給她的時候還喜孜孜的。看來認識一個跟自己有同樣飲食品味的人真的讓他很高興。

「用這種茶葉沖泡，就能泡出這麼好喝的茶？」

「其實還有一個祕密，我是用魔力水泡的。其實也沒有特殊效果，就只是帶有些微魔力的水而已。」

「含有魔力，就會變好喝？」

「哦，妳不知道嗎？人類的舌頭有個能夠感受魔力的部分，所以才會覺得魔獸肉好吃，而魔力水也是同樣的道理。只要用注入魔力的水泡茶或是煮湯，味道就會差很多。」

「如果魔力會讓味道變好，對料理注入魔力不就好了？什麼料理都會變好吃。」

原來如此，的確有道理。就像是添加一點鮮味進去。

然而，尤金表情遺憾地搖了搖頭。

「不，行不通。魔力也是有分種類的，好像必須是素材本身具有的魔力，否則反而會讓味道變差。這種魔力水也是，是湧泉本身就含有魔力的天然魔力水。我覺得做好料理再注入魔力，想藉此讓味道變好恐怕是行不通的。」

嗯——真遺憾。本來以為可以當成比賽的奇招，看來沒那種好事。

「再說，魔力太強也不好。」

「是這樣嗎？」

「是啊，據說吃太多富含魔力的食物，會漸漸變得只想追求魔力的刺激，而嘗不出其他味道。」

人類也有味覺異常的問題，有些人非得吃特辣才過癮，也有人什麼都要加砂糖。或許魔力也一樣吧。

「例如魔族天生就身懷高度魔力，也有著強大的魔力感受能力。據說他們特別喜愛含有豐富魔力的食物。但由於自幼就不斷攝取魔力豐富的食物，使得其他味覺與我們有著相當大的差異。應該說好像只要含有魔力，其他味道都不重要。以前有個魔族朋友親自下廚請我吃飯，吃完那頓飯的過程簡直有如地獄。」

原來是這樣啊……講到這個，以前我們在魔族死靈術師讓恩的研究所受邀用餐時，芙蘭也是吃得很痛苦。除了那次以外，我從沒看過芙蘭把食物剩下。那大概也是讓恩的味覺被魔力弄亂了吧。

我也得多注意芙蘭的三餐才行。不要依賴魔力，只能把它當成一種隱藏風味。我正在對今後的三餐重新下定決心時，芙蘭似乎把茶喝完了。她把杯子還給尤金，低頭致謝。

「很好喝，謝謝招待。」

「不會不會，粗茶不成敬意。那麼，來聽聽妳的來意吧。」

「想請你看看這個瓶子。」

「哦？」

芙蘭拿出鐵盒，從中取出魔魂之源交給尤金。

不愧是能幹的鍊金術師，似乎立刻就知道是什麼了。

「魔魂之源啊。妳這件東西挺有意思的。」

尤金以手貼額，臉上浮現驚訝的表情。看來是很稀奇的物品。

「在盜賊巢穴找到的。這是用來做什麼的？是魔法藥嗎？」

「呃，說是魔法藥或許也對……這是用來製作人工魔石的。」

「人工魔石？」

「在製作使魔等等的時候會需要，而這就是那種魔石的最基本原料。這個特別難以鑑定，表示它水準相當高，能做出力量強大的魔石。」

「有多少價值？」

「嗯——最少十萬，最高可達一億。」

「一、一億？也太值錢了吧！不過，視它能夠創造出的魔石而定，或許是有這個價值！而且他也說可能可以做出高水準的魔石……」

「看不出能創造出什麼樣的魔石嗎？」

「很遺憾，一般都是用鑑定來判斷，但這瓶魔魂之源會擋鑑定。這麼一來，就只能向生產者洽詢……」

尤金把玻璃瓶與鐵盒的每個角落都檢查過一遍。

「但沒有任何刻印或記號……看不出來是在哪裡製作的……」

「可是，那裡沒有其他東西了。」

「這樣啊。如果是這樣，目前也只能花時間慢慢查了。」

「……不能做成魔石嗎？」

說得對。就算無法辨識，做成魔石就無所謂了。然而，事情好像沒那麼簡單。

「把魔魂之源做成魔石所需的器材或魔法藥，會隨著魔石種類而有所不同。第一步必須先查出這瓶魔魂之源是哪種魔石的原料，否則可能沒辦法做成魔石喔。」

似乎沒辦法隨便用掉了事。要是能做成魔石的話就能讓我吸收了。這麼一來，坦白講根本沒用處，可能得在收納空間裡當一陣子的擺飾了。

「調查魔魂種類大概需要多少時間？」

「最快也要三天，久的話差不多十天吧？」

咦？還滿快的嘛。還以為要花上好幾個月呢。芙蘭應該也有同樣想法，顯得有點吃驚。

（師父？）

『嗯——就讓他保管應該沒差吧……』

尤金看起來值得信賴，應該不會拿了東西就跑掉。更何況他如果那樣做，會被冒險者公會通緝。

「不過話說回來……」

尤金板起臉孔瞪著鐵盒。

「怎麼了？」

「這個盒子雖然沒有刻印，但跟鍊金術公會的藥品運輸用盒子長得完全一樣。我想在製作與運輸上，必定有國內外的某個公會經手。」

「可是，我是在盜賊巢穴裡找到的。」

「就是啊……但是……」

他開始為某些事情傷起腦筋來了。

「怎麼了？」

「沒有，沒什麼。只是心裡有點疑問。」

「疑問？」

「妳是冒險者，又是發現者，告訴妳應該沒關係吧。一般來說呢，遺失散發如此強大魔力的魔魂之源，可是大事一件。對方必定會聯絡冒險者公會等組織，也應該會來委託冒險者奪回失物。」

「但是卻沒有？」

「對啊，我沒聽說。有些國家會限制魔魂之源的製作，遺失這種物品卻默不作聲，有可能是因為事情曝光時會出問題。真要說起來，對方拿這樣的東西想做什麼？得問問鍊金術公會才行。」

這是無所謂，但希望他別提到我們的事情。

「這是當然。我發誓不會提到芙蘭小姐的名字。」

他沒在說謊。看來也沒辦法了，畢竟聽起來茲事體大。不過也是因為這樣，我才不希望他提到芙蘭的名字。

「知道了。」

「謝謝妳。」

「還有，我想暫時請你保管魔魂之源。可以請你幫忙查查看這是什麼的魔魂嗎？」

「這樣好嗎？這可是很貴重的物品喔？」

「嗯。我信得過你。」

芙蘭眼神直率地注視著對方點頭後，尤金顯得有些害臊地抓了抓頭。聽到小孩子以言詞表達出這麼直率的信任，或許是真的滿害羞的。

不過，尤金旋即變回嚴肅的表情，小心翼翼地拿起魔魂之源。

「好。這個就由我保管吧。」

「嗯。麻煩你了。」

這下魔魂的事就不用擔心了。反正到底是什麼東西，遲早應該查得出來。之後芙蘭就與尤金緊緊地握手之後，離開了研究室。

「聽說計畫出亂子了？」

「黑市奴隸商人遭人檢舉了。」

「什麼？你是說用來跟雷鐸斯王國維繫往來的奴隸商人們嗎？」

「嗯。我不知道他們為什麼挑這種繁忙時期搞這種麻煩，不過好像是領主親自下的指示。」

「領主親自出馬？那邊不是都打理妥當了嗎？」

「似乎是配合月宴祭來訪的外國貴賓提出強烈要求。害得預定用來利用的很多黑市奴隸都被騎士團救走了。」

「這下可麻煩了。」

「而且那個巢穴還被某人襲擊，準備好的素材等物資似乎都被搶走了。」

「治癒黃薑也是嗎？」

「嗯，被洗劫了。」

「嘖。何人所為？」

「似乎是跟冒險者發生了衝突……」

「那幫人雖然佯裝成盜賊團，實際上大多不都是那個商會召集而來的傭兵嗎？會那麼容易就被區區冒險者打敗嗎？」

「如果倒楣被高階冒險者發現，還是有可能吧。說穿了就只是一群落魄的傭兵。」

「唔嗯……真是棘手。計畫上的差錯有辦法修正嗎？」

「這就難說了……因為要做那個東西，治癒黃薑不可少。」

「不能用其他東西代替嗎？」

「不能。不對，如果有時間做研究的話大概有辦法，但計畫都已經起跑了嘛？」

「也是。或許只能拿儲備物資省著用了。」

「嗯。或者也可以請你用儀式設法解決。」

「那邊就放心交給老夫吧。雖然準備上會變得有些困難，但還不至於辦不到。」

「拜託你了。」

「唔嗯。這麼一來，無論如何都得把那女孩弄到手，你看呢？」

「那個啊。那件事好像也變得有點棘手了。」

「不是已經成功讓孤兒院欠債了嗎？」

「可是，那位仁兄的弟弟似乎有點失控。他擅作主張，讓計畫出錯了。」

「本來不是說為了還債，要讓那女孩變成奴隸再弄到手嗎？」

「嗯。但他要求的不是女孩而是什麼祕傳的湯品食譜，所以沒能把那女孩抓來。」

「搞什麼東西？真是，沒一個像樣的傢伙……」

「唉，畢竟就是個對計畫一無所知的丑角，當然也不明白事情的嚴重性嘍。」

「還有好幾天的時間。只能掌握時間讓他設法解決了。」

「嗯。我這邊也會盡量想辦法的。」

第三章　月宴祭之夜

離開冒險者公會後，我們討論接下來的計畫。

『去露西爾商會採購材料。然後呢，請人家帶我們去那間餐廳廚房。』

「嗯。」

『還有，半路上應該有一間孤兒院，順道去看看吧。』

「孤兒院？」

『不是說他們有望奪冠嗎？』

「可是，去了又沒飯吃。」

『是沒錯啦。』

就我們所聽說，幾乎所有攤販都會停留在自己的據點前面。如果是龍膳屋的攤販，就在龍膳屋的店門口；如果是孤兒院，就在孤兒院的設施前方。因為這樣補給速度比較快，也能利用據點的知名度。既然這樣，掌握一下競爭對手的所在位置應該沒壞處。反正就在去商會的路上。

就這樣，我們前往傳聞中的孤兒院，原本只是想路過看看不進去……

「呀啊啊！」

「嗚哇──！」

「喂！負責人給我滾出來！」

卻聽見小孩子的慘叫，以及男人品行不良的怒吼聲。

聲音似乎來自於環繞孤兒院庭院的石牆內側。聽起來不太妙。

我們無法坐視不管，於是從入口悄悄偷窺了一下庭院。

「別告訴我妳沒看過這份食譜！」

一個一副流氓德性的龐克頭男子，伸直了手臂把一張小紙條拿到眾人眼前，大聲怒吼。相對之下，一位穿著類似修女服的整齊服裝、略顯消瘦的中年女性讓孩子們躲在自己背後，與男子對峙。與其說是消瘦，說成面容憔悴更貼切。

「我、我當然知道那是什麼。可是不是說好只要把那個給你們，你們就會收手嗎？」

「我說了要妳交出你們在比賽販賣的湯的食譜對吧？」

「所、所以我不是給你了嗎？」

看來不只是金錢糾紛或逼人出售房地產。聽他們提到食譜，也許是料理比賽的相關糾紛？

「妳真以為拿這種全都是少許或適量的粗糙食譜，能打發得了我？」

「不是，可是，我平常都沒有在抓分量……」

「什麼？聽妳在放屁！用蔬菜碎渣隨便亂加調味料煮出來的湯，最好是可以通過初選！」

「可是，我真的平常就都沒有在抓調味料的分量啊！」

男子拿在手裡的小紙條，似乎寫著傳聞中的孤兒院特製湯品的食譜。聽起來好像是男子用上某種手段——感覺不是什麼溫和的手段就是——弄到手的食譜寫得不夠完整而讓他火冒三丈。如果真如男子所說，食譜全都寫著適量或少許，會被嫌不夠完整也不是沒道理。

只是問題在於，為自己辯解的女性完全沒在撒謊。

她似乎是真的平常就沒在抓分量，這樣還能煮出去年第四名的味道？真讓我感興趣。

鑑定之下，發現這位女性——伊俄女士太厲害了。竟然擁有料理9、敏銳味覺以及食神加護這幾項技能。她是真的受到料理之神的寵愛。

這位女士所說的適量或少許，應該是每次情況下的最適當分量吧？因為是無意識地憑感覺做調配，才會寫成適量與少許。結果總是能用當下的材料煮出最好的滋味，即使是便宜的材料也能美味無比。

但是，男子不懂這個道理。

「少跟我鬼扯這些！」

「噫咿咿咿咿！」

唉，可想而知啦。

（師父，我去救她。）

『下手不要太重喔？』

沒弄好可能會害孤兒院惹上麻煩。

（嗯，知道了。）

然後，芙蘭衝了出去。她無聲無息，瞬間縮短與男子之間的距離。男子完全沒發現芙蘭已從背後悄然逼近。

「聽清楚了，現在再給我食譜也沒用了！拿別的東西出來！把那個叫夏綠──呃啊！」

芙蘭的腳踢力道穿透了小流氓的後腦杓。一招就被打昏的男子，翻著白眼撲倒在地。奇怪了──？我剛才說下手不要太重，她不是說知道了嗎？有說對吧？

『芙蘭小姐？這樣下手不算重嗎？』

（？我沒殺他，也沒砍他啊？）

我開始搞不懂下手太重的定義了。好吧，打都打了還能怎麼辦？總之先讓這男的躺著吧。

「咦？咦？」

「妳還好嗎？」

芙蘭走到跟不上狀況直眨眼睛的伊俄女士身邊，出聲關心。

「我、我沒事。呃，現在是怎麼……啊啊，你還好嗎？」

伊俄女士跑去關心剛剛還在威脅自己的男子。嗯──全身上下散發的濫好人感還真是一點不假。只是，她似乎被男子凶巴巴的相貌嚇得不敢靠近，看來性情很懦弱。

「這、這這、這該怎麼辦？他、他長得好可怕……」

「不會要命的，放著不管沒關係。」

我們安撫陷入混亂狀態的伊俄女士，問問看發生了什麼事。

這段期間，小漆都在陪孩子們玩。起初孩子們都怕牠，已經在哭的小孩子還哭得更凶，但牠仰躺著露出肚子一陣賣萌之後，好像就漸漸打成一片了。才經過短短幾分鐘就跟孩子們玩在一塊。

伊俄女士腦袋混亂到沒辦法好好說話，但我們耐著性子慢慢聽她說，終於勉強弄懂了事情的經過。

巴博拉孤兒院這幾年來，由於領主不再補助援助金，只能到處設法籌錢。

孤兒院原本就手頭拮据，之後更是變得每天能溫飽就感激不盡了。她說當時只像是先斬後奏般收到蓋了領主印章的正式文件，覺得不服氣而去找官員投訴卻不被理睬。只是，正所謂天無絕人之路，出現了一位商人伸出援手。商人表示願意用低利息借錢給孤兒院，於是就借了，沒想到……

「償還的期限異樣地緊湊，兩個月就要還三十萬戈德根本是不可能的事。可是，想去請商人延緩期限，卻不知道人到哪裡去了。」

「嗯？不知道人在哪裡？」

「是的。院長千方百計尋找商人的去向，卻好像找不到。那位商人似乎沒有在巴博拉做職業登記。」

找著找著償還期限就過了，利息又再次增加。

嗯——事有蹊蹺，不如說根本就有鬼吧？裝出一副善人樣接近需要錢的人，花言巧語一番讓對方借高利貸，然後急著催款。搞不好連竄改借據之類的事都做得出來。然後，如果還不出來，就拿其他東西抵債。

有點奇怪的是，對方要的竟然是湯的食譜。一般不是會索討土地之類的嗎？

「那個小流氓，是那個商人的手下？」

「是的。說是可以等我們還錢，相對地必須交出食譜。」

果然是跟比賽有關的舞弊行為？如果是這樣，那還得在很久之前就開始布局，而且花了足足三十萬戈德。不，花掉的經費想必更多。

做到這種地步，我不認為對方只想得到食譜，但又似乎沒有要求孤兒院退出比賽什麼的。

還是搞不太懂。本來想從男子口中問出真相，但隨便引發暴力事件會給孤兒院添麻煩；再說，我們也沒有直接被對方怎麼樣。如果自己愛管閒事，搞到跟哪個奇怪的組織為敵就沒意思了。

（師父，這男的怎麼處理？）

『嗯——不得已了，就這樣擺著也於心不安，來動點手腳好了。』

（嗯！）

事已至此，沒被小流氓看到芙蘭本人或許正好，多的是辦法瞞混過去。我稍微跟芙蘭討論了一下之後怎麼做，教芙蘭演戲。

『——就像這樣。辦得到吧？』

「嗯！」

『好，那妳加油吧。』

「知道了——恢復術。」

「嗚？」

芙蘭對小流氓使用恢復術後，男子一如我們的計畫醒了過來。很好很好，第一階段過關了。

他好像頭還在痛，用手按著後腦杓。

「醒了沒？」

「啊？我是怎麼了……」

而且走運的是，男子似乎沒弄清楚昏倒前後的狀況。這樣應該有很多藉口騙得過他。

「你話講到一半突然昏倒了。」

「我嗎？」

「嗯。我是正好路過的冒險者，剛好會用回復魔法，就順手救了你。」

沒錯，就是「先生你昏倒跟我們無關喔」作戰。反而還要宣稱是我們救了他，跟他邀功。

「後腦杓怎麼怪怪的……」

「你昏倒的時候，好像撞到了後腦杓。」

「是……這樣嗎？奇怪？怎麼跟記得的不太一樣？好、好吧，給妳添麻煩了。」

「突然昏倒是重病的徵兆，講話講到一半昏死過去可能是末期症狀。你可能會死。」

「什麼？」

「你會全身噴血，痛得尖叫，掙扎打滾。」

呃不，我是有叫妳挑起他的不安，但會不會講得太誇張了？誰會相信一個外行人講的這種話？

「什、什麼？真的假的？我、我該怎麼辦？」

還真的信了咧。也許是芙蘭會用回復魔術，讓男子錯把她當成專家了。

「勸你今天先回去休息比較好。」

「這、這樣就沒事了嗎？」

「嗯。只要立刻睡一覺，基本上都會好。」

「原、原來如此！給、給我聽好，我今天就先走人了。我、我還會再來的！」

剛清醒的混亂也發揮了效果，男子似乎立刻就相信了芙蘭的彆腳演技。他對孤兒院的人撂下狠話，就倉皇失措地開溜了。

『小漆，去追他。』

（咕嚕。）

這下如果能追查到真面目不明的債主就算撿到了。就算沒成功，只要小漆能記住男子或是其同夥的氣味，在比賽當中就能提高警覺，怎樣都不吃虧。因為假如是與比賽相關的騷擾行為，對方說不定也會對我們做些什麼。

五分鐘後。

「今天很謝謝妳。那個，真的就只要這點東西嗎？」

「嗯。」

芙蘭在孤兒院裡接受款待。伊俄女士說給不了任何謝禮很過意不去，於是芙蘭試著問問看能不能讓她喝點湯，沒想到她立刻就答應了。

「我開動了。」

「請、請用，但真的不是什麼很好的東西……」

對他們來說，這似乎就只是用蔬菜碎渣簡單煮成的湯，伊俄女士一直顯得很不好意思。然而，看芙蘭的反應就知道有多好喝了。

「唔……嘶嘶……呣……嘶嘶。」

『怎麼樣？』

我向一邊不甘心地呻吟，卻仍然喝個不停的芙蘭問道。

（好喝。）

『比我煮的湯還好喝？』

（嗯……蔬菜的高湯滋味絕妙，簡直奇蹟。）

那可真是厲害。不同於其他店家，這份湯的材料就只有井水、蔬菜碎渣與鹽巴，沒別的了。連胡椒都沒放。芙蘭問過了所以不會錯。這樣竟然能煮得比我的湯更可口，真的超強。全巴博拉廚藝最好的，該不會其實是這位女士吧……

「妳會參加比賽嗎？」

「是的，我會。」

「用這種湯參賽？」

「是呀。大家都是善心人士，知道我們孤兒院經濟拮据，所以即使一碗要價十戈德也願意買。真是太感激了。我們每年幾乎就靠這場比賽維持一年的生計。」

她似乎因為自卑，而以為大家是出於同情才會買湯。好吧，事實上應該也有幾張同情票，但芙蘭喝了都驚豔的美味湯品一碗只要十戈德，就算不訴諸同情一定也賣得好。

話又說回來，十戈德啊。跟我們的咖哩麵包價格一樣，但他們的湯淨利率高多了，畢竟一份的成本要不要一戈德都令人懷疑。

『真是個強敵……』

這樣看來，去年拿第四名真不是蓋的。芙蘭正喝著特製的湯療癒身心時，有人衝進孤兒院裡來。

「大家都沒事吧！」

「大姊姊！」

「妳回來了！」

差不多十五、六歲吧？來人是個銀色直髮剪到齊肩程度的美少女，給人一種冰清玉潔的嬌弱印象。

看來是孤兒院的相關人士。孩子們滿面喜色地擁向少女。

穿在身上的衣服有點特殊。就只是在薄如蟬翼的長條白布中央開個用來露出頭部的洞套在身上，腰部綁條腰帶束起來的服裝。布料底下穿著比基尼式的貼身衣物，但大腿與上臂都暴露無遺，同樣還是遊走尺度邊緣。一身穿著換個觀點來看甚至有點煽情，但少女的冰清玉潔讓它看起來更像是巫女或神官裝扮。

看她跑進來時的柔軟身手，絕不會是個普通的鎮上姑娘。話雖如此，身上穿的衣服也不像冒險者的風格。

更吸引我注意的，是掛在腰上的金屬圈，大小大概是呼拉圈的一半。看起來不像是裝飾品……也許是祭典用的服裝？

總之來鑑定看看吧。

名稱：夏綠蒂　年齡：16歲
種族：人類
職業：戰舞士
Lv：30／99
生命：106　魔力：198　臂力：68　敏捷：141
技能：閃避6、歌唱5、風魔術3、瞬發3、戰舞7、戰舞技6、體技3、體術4、舞蹈8、水魔術3、氣力操作、魔力操作
獨有技能：破邪
固有技能：魅惑之舞
稱號：戰巫女、祛邪師
裝備：魔鋼戰環、雪猿演舞服、珍珠狼涼鞋、抗魅惑手環、美顏腳環

鑑定之下，看到了許多有趣的資訊。戰舞士？這職業真有意思。這個叫戰舞的技能是否就是她的主要技能？

戰舞：結合跳舞與戰鬥的體術技能
戰舞技：可魅惑觀者，或是給予同伴活力的舞蹈
破邪：對邪神眷屬給予的傷害加倍。具有邪氣封印效果
魅惑之舞：強化舞蹈的效果

就是一般RPG等作品當中常見的舞孃嗎？而且不只能夠支援，也能直接加入戰鬥。掛在腰上的金屬圈似乎不是裝飾品，而是武器。

「夏綠蒂，妳怎麼會跑來？」

「是艾瑪來告訴我的，說那些傢伙又來了。」

看來是孤兒院的孩子去搬救兵了。憑這名少女的能力值，那種小流氓應該還對付得來。不過話說回來，她究竟是什麼人？不過，對方似乎也抱持著同樣的疑問。

「呃，這個女生是？」

「她是冒險者芙蘭小姐。是她在危急時刻救了我們唷？」

伊俄女士把芙蘭擊退小流氓的事情告訴夏綠蒂。夏綠蒂一聽，臉上浮現了驚訝表情。

「咦咦？妳是冒險者？」

「嗯。D級冒險者芙蘭。」

「真、真厲害。妳年紀比我小，階級卻比我高？」

只是，語氣當中沒有懷疑或侮辱的色彩。而且聽到芙蘭是中堅冒險者，似乎立刻就相信了。

好吧，我們解救了孤兒院的危機或許也提高了她對我們的觀感……

但伊俄女士與夏綠蒂人會不會都太好了？害我有點擔心起她們來。

「芙蘭妹妹，謝謝妳。我叫夏綠蒂。」

「舉手之勞。」

畢竟就只是從背後踢一腳，說謊把人打發走而已嘛。人家還請芙蘭喝湯，說不定我們才是幸運的一方。

「夏綠蒂是冒險者嗎？」

「是的。雖然還只是E級。」

雖然等級高，但畢竟不是戰鬥職業。可能沒辦法搆到D級吧。

「妳是這間孤兒院的護衛？」

「噢，不是的。我只是在這裡長大，所以幫伊俄老師做點事。」

「夏綠蒂當冒險者賺的錢幾乎都捐給我們孤兒院了。其他離院生雖然生活不容易，但也都願意捐錢……我本來是不想害大家操心的。」

伊俄女士顯得滿臉歉疚。然而夏綠蒂面帶笑容，搖頭回應這番話。

「您怎麼這麼說呢？我能這樣長大成人，都得感謝這間孤兒院以及各位老師收留過我。我現在只是在盡力報恩罷了。」

「夏綠蒂……真對不起。要是我們能更堅強一點就好了……」

「您不用道歉，是我自願這麼做的。再說，只要再撐一下就到料理比賽了。大家努力多賣幾碗湯吧。」

「嗯，妳說得是。我會努力的。」

我其實還滿怕看到這種情節的。如果是刻意作戲的話只會掃興，但我感覺得出來這兩人是真心關懷對方，要是我有淚腺的話鐵定眼眶已經溼了。

我正在為兩人的對話小感動時，一個小女生來到餐桌旁，看來是來幫忙收喝完的湯盤。是個身材瘦小、臉上帶著雀斑的小女孩。

這時，小女孩把一個小盤子端給了芙蘭，裡面只放了一片餅乾。

「這是？」

「我的點心。不過，送給大姊姊吃，謝謝妳救了老師。」

雀斑小女孩靦腆地笑著，拿餅乾招待芙蘭。她自己應該也很想吃，卻願意這樣做……真是個乖女孩！雖然我家的芙蘭沒人能比，但這個女孩也是個乖女孩！

「那，我們一人一半。」

「好。」

芙蘭把餅乾掰成兩半，一半拿給她，小女生笑咪咪地收下了。真可愛。芙蘭也輕輕點了個頭，摸摸小女生的頭。

「好吃嗎？」

「嗯。好吃。」

平常芙蘭都被當成小孩子看待，有機會在年紀比自己小的孩子面前當姊姊似乎讓她很高興。伊俄女士與夏綠蒂，也都帶著溫馨的微笑看著她們。

不過話說回來，那領主真是不可原諒。竟然棄這樣充滿好心人的孤兒院於不顧，援助金說中斷就中斷！可是在領主宅邸見面時，我看他不像是那種人……不，那個人一副就是貴族作風，也許只會用數字評量平民的價值吧。只要稅收穩定，或許根本不會把老百姓的生活放在心上。

我們直接跟他陳情很簡單。只要有福特王子他們出手相助，或許是能改善孤兒院的待遇。但是，我不認為這種庇護能長久維持下去。等我們離去，王子他們回國之後，八成又會發生同樣的事吧？

當然，我們會跟領主抗議。但除此之外，也需要別人伸出關愛的手。

（就是她了。）

『妳說得對。跟她取得聯絡吧。』

（嗯。）

透過公會，可以傳送訊息給其他分部。只要使用這項服務，應該可以向亞壘沙發出訊息。

「阿曼達一定不會默不作聲。」

A級冒險者，鬼子母神阿曼達。她擁有孩童守護者的稱號，是以喜歡小孩聞名的半精靈冒險者。她在亞壘沙也有經營孤兒院，據說長年致力於支援世界各地的孩童。她一定會在這件事上提供幫助。

我們決定聯絡阿曼達。不過除此之外，我們還有其他能做的事。

『我們也來盡一份力量吧。』

「嗯。」

總之在離開孤兒院之前，我們留下了以前在亞壘沙以及達斯大量採買的食材。幾乎都是穀物類、薯類或魚乾肉乾等等能夠長期保存的食物，再來就是料理比賽用不到的食材。數量不是很多，只希望能稍微改善他們的伙食。

「給、給我們這麼多的糧食？這、這樣好嗎？」

「謝謝妳。我一定會回報這份恩情。」

伊俄女士與夏綠蒂對我們深深鞠躬，直到最後一刻都沒直起身子。我們在兩人與孩子們的目送下離開孤兒院後，芙蘭開口說：

「師父，我們去冒險者公會吧。」

『嗯，妳說得對。』

我們離開孤兒院後，立刻就前往冒險者公會。然後在櫃台請服務人員代送訊息。

「送到亞壘沙就行了嗎？」

「嗯。」

「正好有老鷹可以飛一趟，一定為您送到。」

本來以為是不是有可以遠距離通話的魔道具，結果竟然是使用傳信鴿。不，使用的是有人役使的老鷹魔獸，所以應該是傳信鷹？

雖說是國內，但走陸路至少得花上一個月的亞壘沙只要一天就能送到，速度真夠快的。一問之下，才知道似乎是以特殊技能馴服了叫做風飛鷹、能夠高速飛行的威脅度E魔獸加以運用。

只是聽說整個公會只擁有少數幾隻，在巴博拉也只有兩隻。目前正好有一隻可供使用，真是幸運。但收費也比較貴就是了。單程就要價一萬戈德呢。

會不會太貴了啊？我一時猶豫，心想是不是該把這筆錢直接捐給孤兒院。

就以前聽到的說法，阿曼達應該是不能離開亞壘沙的。當時說作為對北方雷鐸斯王國的嚇阻力，她有義務常駐於亞壘沙。

不，就算是這樣，我們還是需要阿曼達的幫助。她應該擁有各種門路，也比我們更具影響力。我們還是決定支付一萬戈德，寄信過去。

信上寫了我們的近況以及孤兒院的艱困處境。最後再補上一句：「孩子們生活困苦，不知道有沒有辦法可以幫助他們。」雖然完全在依賴她，但阿曼達比我們能做太多事了，這次還是拜託她吧。這不是只限於我們的問題，而是關乎孤兒院的將來與明天的三餐。有任何門路都該用上。

「那麼，這邊收下您的信件。請放心，我們會立刻讓飛鷹出發。」

「麻煩妳了。」

寄信的事就這樣搞定了。那麼，接下來嘛——

「嗷嗷。」

『哦，小漆回來啦。』

剛走出冒險者公會，我們就跟正好回來了的小漆再度會合。

看來小流氓逃回去的方向，跟露西爾商會的位置完全相反。本來是想開始替料理比賽做準備……但都幫到一半了，就幫到底吧。

芙蘭讓小漆走在前面帶路，在巴博拉鎮上前進。

本以為要前往下層居民街，結果好像是往普通住宅區走。

『這裡嗎？』

「嗷。」

小漆把我們帶到位於住宅區一隅，一棟占地廣大的大宅第。四周有著高逾五公尺的圍牆環繞，是一棟跟住宅區景觀毫不搭調的浮誇宅第。占地還蠻廣大的，是什麼王公貴族的住處嗎？不對，那樣的話應該會把宅第蓋在貴族街才對。到底是用來做什麼的建築物？

我們姑且到門口看看，但想也知道沒有門牌。我們決定在附近打聽情報。這種時候小孩子都不會引人懷疑，真是占便宜。

一個冒險者到處打聽宅第的主人是誰，換做普通情形的話早就啟人疑竇了。但拜芙蘭的外表所賜，每個人戒心都很弱。幾乎都是一問就告訴我們了。可惜小漆體型不夠小，否則也可以來個可愛小狗作戰。

總之如果對方是男的，就讓芙蘭微微偏頭，抬眼看著對方上前攀談。這一招幾乎就把每個男的迷死了。

「欸，叔叔？」

「什、什、什麼事啊，小妹妹？」

「我有問題想問叔叔。」

「嗯嗯，妳想知道什麼？叔叔什麼都可以跟妳說喔？」

諸位男性，如果害你們開啟了奇怪的大門，先說聲抱歉了。

面對女性則用自然的態度去請教。與其亂耍小心機，面無表情的正直態度似乎反而能提升好感度。

「阿姨，請問一下。」

「什麼事啊？」

「那棟宅第好大，是哪位貴族的家嗎？」

「噢，那個啊？的確，或許這附近就屬它最大了。」

「而且很沒品味。」

「啊哈哈，是啊。的確很沒格調。不過，大家都不知道那是誰的宅第。」

「不知道？」

這句話真令人意外。想不到竟然有婆婆媽媽們的井邊人脈網打聽不到的情報。

「不過，偷偷告訴妳，大家在猜可能是一些壞人拿來做壞事。因為幾乎只有晚上才有人在那宅第進出。」

聽起來果然不是什麼正派的宅第。再加上有小流氓進出，這裡應該是犯罪巢穴不會錯了。

「地下組織之類的？」

「啊哈哈，竟然想到地下組織去了，妳講話真好玩！他們總不至於把據點設置在這種住宅區裡吧。另外也有傳聞說看過領主老爺那邊的馬車進過宅第喔。」

「領主跟宅第有關？」

「這就難說了，只是馬車上有領主老爺的紋章而已，坐在裡頭的不見得就是領主啊。」

我們就像這樣跟幾個人打聽過情報，但沒問出關於屋主身分的明確答案。只是，街坊鄰居似乎都在猜宅第可能是被一些宵小拿來做壞事，大家都壓低聲音勸我們不要靠近那裡。

『小漆，裡面有不少人對吧？』

（嗷。嗷嗯嗷。）

小漆猛點頭。看來裡頭人數相當多。

『嗯──直接闖進去未免有點魯莽……』

我們不知道對方的戰鬥能力。況且目前來說只是可疑，並沒有犯罪的證據。現在如果衝動行事，被當成罪犯的搞不好反而是我們。

沒辦法，今天能找到這個地方就該收手了。

『小漆，記住這裡的味道了嗎？』

（嗷。）

『好，那就請你多加戒備了。』

（嗷嗷！）

我不知道那個小流氓或他的雇主會不會來找麻煩，但有所提防總是比較好。現在總算可以去露西爾商會了，到那裡再多打聽點情報吧。

一小時過後。

「那麼，這些就是全部了，對吧。」

「嗯，謝謝。」

「不會不會。比賽加油喔。」

倫吉爾船長帶我們來到露西爾商會所準備，原本用來經營餐飲業的閒置物件。

如同事前所聽到的，他帶我們來到一間歇業的餐廳。烤爐與爐灶等等都擺著沒動，後面還有取水區。而且露西爾商會的人似乎有定期打掃，沒有積灰塵。

而在寬敞的外場部分，堆滿了我們訂購的辛香料、蔬菜、麵粉與食用油。

分量相當驚人，多到把原本的餐廳外場都塞滿了。我們清點過，確定委託的東西都湊齊了。竟然一天就能準備這麼大量的材料，不愧是大型商會，動作真快。

（要收起來嗎？）

『嗯，總之先收納起來吧。』

收進次元收納空間比較好拿出來，也可以預防變質。

芙蘭不斷地把食材收進次元收納空間。倫吉爾船長帶來的搬運工們在一旁張口結舌地看著。他們千辛萬苦搬進來的整袋小麥與整桶蔬菜等重物，被一個小女孩接二連三地變不見，會吃驚或許是當然的。

倫吉爾船長還認真開始獵才，問芙蘭願不願意受僱成為露西爾商會的專屬人員。

他早就知道有次元收納這種技能，但似乎要等到親眼目睹使用現場才發現到它的有用性。而且我們的次元收納好像比一般時空魔術師的收納力更強。
「一般的時空魔術沒辦法把這些東西收起來？」
「就我所知道的魔術師，能收納這些的三分之一就算不錯了。」
畢竟我們的不是時空魔術，而是稱為次元收納的技能。或許是因為比一般時空魔術師更專精於單一能力，收納力也就比較大。想必是令商人垂涎三尺的一種技能。
除了食材，我們也收到了販賣用的紙袋等物品。紙在巴博拉的普及程度令我吃驚，連一般市民都在日常生活中使用紙張。以這個世界的情況來說，羊皮紙似乎是作為魔術用途，普通紙則是一般用途。
外表看起來就跟地球使用的茶色紙袋完全一樣。只是厚度不一而且表面粗糙，品質比地球產的紙袋差多了。
大小有兩種。一種是可以裝兩個咖哩麵包的尺寸，另一種則裝得下六個。把裝得下兩個的紙袋縱切一半，也可以用來包裝邊走邊吃的一個麵包。用剪半的紙袋夾住咖哩麵包，看起來甚至挺時尚的。好吧，我是說如果看起來時尚就好了——
還有，為了讓它好拿，我打算把紙袋頂端開個洞做成提袋。
「這種紙袋還有庫存，不夠的話可以接受追加訂單。」
「嗯，知道了。」
最後我們提起小漆找到的謎樣宅第問了一下，結果他似乎有點頭緒。
「我想，應該是伊斯勒商會擁有的宅第吧。」

「伊斯勒商會？」

「一個大量僱用曾為傭兵或是盜匪出身的奴隸，斂財手段無所不用其極的商會。」

伊斯勒商會是吧，我記住了。

「有風聲說他們與貴族互相勾結，或是與地下組織狼狽為奸，建議妳還是別接近他們為妙。我們露西爾商會也對他們有所提防，盡量不與他們扯上關係。」

號稱是商會，也許實際內情更接近暴力組織。

最後，倫吉爾船長把這間出租物件的鑰匙遞給芙蘭。似乎表示租借契約就此成立。

「那麼，這個給妳。」

「謝謝。」

廚房到手了，食材也湊齊了。這下就準備齊全了。

不對，還得跟料理公會進行申請才行。必須將預定使用的材料與製作的料理詳細填入事前拿到的單子，交給料理公會才行。同時也得交出試作品與食譜。

『好，等做好試作品，就去料理公會吧。』

「嗯。終於要開始了。」

芙蘭精神奮發地握起拳頭，表現出幹勁。看來是真的很想讓咖哩得到讚賞。

後來，我們立刻開始試做咖哩麵包。不過我本來就有製作咖哩的經驗，做起來意外地簡單。

我調整材料與水量，做出了甜味、中辣與大辣的咖哩。依序使用了豬肉、牛肉與雞肉。不對，用的是魔獸肉，所以應該說成豬肉、牛肉與雞肉風味才對。

反而是咖哩麵包用的特製麵包耗費了我不少心力。重複幾次嘗試錯誤後，才做出了理想的成果。而且我用了點小工夫讓它可以從外觀分辨口味，成果相當完美。

『好，大概就這樣吧。』

我檢查炸好的咖哩麵包。嗯，做得還不錯吧？比起地球的麵包店賣的同種商品，看起來似乎毫不遜色。

「師父，試吃就交給我。」

「嗷嗷嗷嗷！」

正把咖哩麵包放在鐵網上瀝油時，兩個明明吃過點心的傢伙猛搖尾巴靠過來。

『再等一下，現在還很油。』

「啊——」

「嗷嗚……」

可能是等不及了，饞鬼二人組巴著咖哩麵包開始苦等。看得再專心，也不會比較快完成啦。

加了豬肉的原味版本，炸成恰到好處的金黃色；加了牛肉的中辣口味，麵團裡揉入少許辣椒讓顏色變紅；加了雞肉的特辣口味，炸衣撒上類似西洋芹的香草增添風味。每種口味都試做了六個。

炸好的咖哩麵包放在鐵網上靜置大約十五分鐘，稍微擺涼之後就完成了。

一半要當成樣品交給料理公會，所以收進次元收納空間。剩下的就給淌著口水乾瞪眼的芙蘭他們當點心。

『好啦，可以吃嘍。』

「嗯！」

「嗷嗷！」

對「停住」狀態的兩人說一聲「好」之後，他們一齊撲向了咖哩麵包。

「好吃好吃。」

「嗷呼嗷呼。」

芙蘭三口就把原味咖哩麵包吃掉了。看著芙蘭動著小嘴咀嚼，我問她對咖哩麵包的感想。

『怎麼樣？』

「這也是一種最強料理。咖哩飯是無上料理，咖哩麵包則是終極料理。」

「嗷！」

這是在演哪本美食漫畫啦！算了，好吃就好。

「這個也很好吃。」

「嗷嗷嗷！」

小漆的反應比原味的時候更好。看來小漆果然比較嗜辣。

『芙蘭覺得呢？』

「難分軒輊。」

所以中辣的話芙蘭也敢吃。那麼特辣呢？

「好辣，可是很好吃。可是好辣。」

成好了。

「嗷嗷嗷嗚！」

看來芙蘭果然比較喜歡到中辣程度，小漆最喜愛的似乎是特辣。販賣的比例如何決定呢？畢竟特辣比較挑客人……第一天就先原味四成，中辣四成，特辣兩成好了。

『治癒黃薑的效果怎麼樣？』

「嗯……吃不出來。」

「嗷。」

所有咖哩都加了從盜賊巢穴入手的治癒黃薑。加它是為了增添咖哩的深度，但它同時也具有治療效果。只要經過仔細處理，應該能夠發揮與異常狀態回復藥水同等的治療效果。

我沒有魔法藥的相關知識，但聽說治癒黃薑會被視為食材，料理技能也幫助我妥善處理了黃薑。如果成功了的話應該可以淨化體內環境。

只是如果沒有任何異常狀態，似乎就無法實際感受到它的效果。我加它的目的並不是想得到療效，所以無效也沒差就是了。

『看來味道沒問題，那就去料理公會吧。』

「嗯，好。」

半小時之後，我們順利交出了樣品。不過也就只是在料理公會提供試吃並交出食譜而已，不可能出問題就是了。

『那就回去備料吧。』

「嗯。」

接下來要整晚製作咖哩麵包了。我的計畫是大量做好擺在次元收納空間。在攤子裡炸的部分純粹只是用來吸引客人，大部分的商品事前就先做好。這樣一來就可以賣個不停，不用擔心補充的問題。就算很不幸地剩下一堆，也不過就是變成芙蘭他們的點心。

「哦，這不是芙蘭小妹嗎！」

「科爾伯特？你怎麼會來？」

科爾伯特在料理公會的大廳跟我們打招呼。

「沒有啦，其實我正在找妳呢！妳說妳今天會過來，所以我在等妳。比賽不是就快到了嗎？想說也許可以幫點忙。」

科爾伯特激動得鼻子直噴氣地逼近過來，還真是充滿幹勁啊。

「沒有啦，我真的只是想幫忙喔？絕對沒在打妳師父的料理的主意！」

原來如此，是這麼回事啊。也沒關係，只要願意幫忙的話，要請幾頓都行。

（師父？該怎麼做？）

『難得人家熱心，就問問他能不能找到店員吧？』

本來是想請倫吉爾介紹的，但冒險者的話還能充當護衛，正合我意。

「我在找當天的店員。會算帳又會下廚的話更好，最好可以請到三人。」

「包在我身上！明天就幫妳找齊！」

「薪水不會小氣。」

「好，那一定找得到沒問題。我要帶最棒的人才過來！」

這下僱用店員的問題也搞定了。再過兩天比賽就要開始，看來可以順利參賽了。

『芙蘭，妳要幫我的忙喔？』

「嗯，我會加油。」

『也麻煩小漆看門嘍。』

「嗷嗷！」

從料理公會回到餐廳廚房的我們，默默地進行準備。

首先是調合香料。按照咖哩麵包的口味把香料分好，分別混合在一起。這個步驟即使說是美味關鍵也不為過，我們花時間仔細調勻。

喂，小漆，不可以抽動鼻子聞來聞去，鼻子噴氣會把香料弄飛！啊啊，芙蘭也是，打噴嚏弄得香料滿天飛！

『總之，調合香料讓劍形態的我來做就好。』

「嗯。」

「咕嗚……」

芙蘭就幫忙處理食材吧。

「交給我吧。」

「噉？」

『嗯——沒有事情可以給小漆做耶。』

「嗚嗯嗚嗯……」

『不是，你纏著我也沒用啊。』

「噉噉噉！」

雖然我欣賞你的幹勁。

「噉……！」

『用後腳站得這麼高也沒用！』

後腳都在簌簌發抖了，要不要緊啊？不過，小漆也能幫忙的事情啊……這我得想想了。

小漆能用的部位，不就是前腳或嘴巴嗎？嗯——用嘴巴銜住，可以怎樣……

『啊，有了。請你做點奶油好了。』

「噉？」

『等我一下啊。』

我從次元收納空間取出用木桶盛裝的魔獸奶。這也是從倫吉爾那裡進的貨，只有幾桶而已。價格非常貴，但應該很值得。當然直接喝也很好喝，但還不只如此。可能是成分上的關係，只需要激烈搖晃就能做出奶油，比牛奶輕鬆多了。

我本來打算一邊用魔術縮短時間一邊用這種魔獸奶製作奶油，不過這次就讓小漆來賣力吧。我讓小漆變回原本的大小。

『小漆，啊——』

「嗷——嗷呼？」

我讓小漆張開大嘴，讓牠銜住裝了魔獸奶的木桶。

『聽好嘍，絕對不可以咬碎喔。這是木桶，要小心。』

「嗷呼。」

『那好，再來就是搖晃這個木桶。用盡你的力氣搖個不停。』

「嗷、嗷呼……？」

『是你跟我說想幫忙的吧？別多問，做就對了。』

「嗷、嗷呼！」

以我的一句話為號令，小漆開始激烈地甩頭。照這種氣勢，搖個一小時應該就能做出大量奶油了。

後來，我專心在調理工作上，不知不覺間到了黃昏時分。哇——專心做事真的會讓時間過得很快。

附帶一提，持續搖頭搖了一小時的小漆，現在仍然窩在房間牆角。即使是小漆，大腦被持續搖晃個一小時似乎還是會受到不小傷害。

太陽差不多就快完全下山了。

『芙蘭，準備工作暫停一下，我們去參觀月宴祭吧。』

然後，太陽下山後祭典才要正式開始。

「嗯。攤販。」

『不是，聽說還有節日遊行之類的喔？』

「嗯，會有很多好吃的。」

『哎，是沒差啦。』

只要芙蘭開心就好。

「小漆，走了。」

「嗷、嗷呼……」

芙蘭從後門走出去，小漆腳步蹣跚地跟上。對於都這副德性了還聽令行事的小漆，就給牠一個忠犬的稱號吧。雖然只是我心裡叫叫而已。

「人好多。」

「嗷。」

走出去一看，路上已經擠滿人潮。

天上星星閃爍，但人潮就像大白天一樣——不對，根本是人山人海。在落盡的夜幕之下，城鎮點亮的大小燈火與人群的喧囂，讓暗夜的寂靜在這一天完全銷聲匿跡。

再加上滿路的攤販，真的就跟地球的緣日（註：與神佛結緣之日，通常是神佛誕生、降臨之日，當天會進行祭祀或奉養儀式吸引信徒前來，所以在寺廟或神社旁也會出現攤販擺攤）一樣。只是沒有賣炒麵、法蘭克福香腸或巧克力香蕉。

取而代之地，有插在竹籤上的一夜干魚乾，還有不知道是什麼肉的串燒、不知道是什麼生物的燉舌頭等等，販賣著各種在地球絕無機會一睹的食物。

『真是生氣勃勃。』

「嗯，嚼嚼。」

『咦？妳已經開吃了？』

「嗯，烏賊風味燒。」

「喀喀。」

『小漆吃的是帶骨肉？出來到現在差不多才一分鐘耶，太快了吧？』

小漆剛才不是還在暈頭轉向的嗎？

「是好吃的東西在呼喚我。」

「嗷。」

看來食欲還是勝過一切。芙蘭與小漆這邊晃晃，那邊晃晃，就這樣一路前進。

來到廣場旁邊時，就開始聽見音樂。不是像緣日囃子那種「嗶～呷啦」的笛聲，而是更有異國風情的音樂。該說是介於拉丁與亞洲少數民族之間嗎？

我們往樂聲傳來的方向走去，看到一個五人樂團在路上演奏樂曲。有小提琴形以及風笛形的樂器等等，樂器的形狀到了異世界好像也差不多。

「祭典真好玩。」

「嗷！」

正在邊逛街邊享受祭典時，就聽見一陣格外大聲的歡呼聲。

『哦，有某種東西過來了。』

「好大。」

從大街的另一頭，有某種巨大的物體讓人群讓路，慢慢移動過來。

『是山車（註：在日本的節日祭禮中登場的巨大彩飾花車）。上面有人耶？』

「巫女。」

『哦——這麼說起來，的確是穿著比較神祕的服裝。』

鑑定之下，得知職業是神諭者。真的能聽見神明的聲音嗎？不愧是神明實際存在的世界。

後來，我們聽說神殿前的廣場將舉行祝詞與舞蹈的奉納儀式，本想跟去看看，卻被擠在人群裡進退不得。原來大家想的都是同一件事。再這樣下去，也許會趕不上奉納儀式。

『芙蘭，我們從上面看吧。』

「嗯。」

雖然有點奸詐，但就讓我們從特等座觀賞儀式吧。

我們溜出人群，跳上了住宅屋頂，然後直接取道屋頂趕往廣場。

有時使用空中跳躍，有時以樹木作為立足點跳上夜空，來到了一座高大尖塔的屋頂。尖塔就位於即將舉行奉納祭祀儀式的神殿前廣場旁邊，從這裡想必能夠把廣場一覽無遺。

巨大廣場中擠滿成千上萬的人，形成互相推擠的滿員電車狀態。要是照正常方式走地面，恐怕已經被那個人潮擠爆了……個頭嬌小的芙蘭鐵定完全看不見前面。選擇來這邊真是做對了。

視線轉向大街，看到再過不久山車就會抵達廣場。時機剛好。

廣場搭建了這天專用的祭壇與舞台等設備，一切準備似乎都已到位。
我們從尖塔上頭眺望著廣場一段時間，就看到山車停在神殿前面。
『來了。』
「嗯。」
下了山車的巫女，開始吟唱獻給神明的祝詞。
觀眾們的喧鬧聲也平息下來，寂靜中只響起祝詞與樂團演奏的神祕音樂。這次的音樂帶點和風，感覺有點類似雅樂笙或和琴。
當祝詞漸入高潮之時，巫女以外的另一名女性來到廣場正中央，開始跳舞。看起來比芙蘭稍稍年長一點，是個體型纖柔的美少女。她任由齊肩的銀髮隨夜風飄飛，用上全身悠然起舞。
「夏綠蒂？」
『沒想到會在這種地方再次見到她……』
正是白天在孤兒院認識的少女夏綠蒂。
不同於那時的溫柔表情，此時她面容嚴肅，一心一意地不停展現舞姿。
「好美。」
『是啊。』
雖然很想就這樣一直看下去，但我們的意識轉向了廣場以外的地方。
（……有種令人討厭的氣息。）
『是啊，似乎也不是一般游客。』

我們看著通往廣場的窄巷。廣場大到可供祭典舉辦主要活動，因此不只是大道，而是有著大小各異的巷道遍布附近。

在這些巷弄之中，自下層居民街延伸而來、格外窄小的一條巷弄傳來令人警覺的氣息。顯然是做好了戰鬥準備的戰士氣息。更進一步探測氣息，發現有股強烈的惡意與敵意朝向夏綠蒂。

這條巷弄通往神殿背面，比較少有人路過。只要順著這條路通過神殿境內登上舞台，要逼近夏綠蒂或許意外地容易。

（師父。）

『是啊，不能放著不管。』

（嗯！我去！）

還沒討論作戰，芙蘭就急著衝了出去。

『啊，等一下！祭典正在進行，不能把事情鬧得太大喔！』

（知道了。）

芙蘭運用空中跳躍繞到貌似戰士的五名男子背後，無聲地降落。

鑑定之下，得知站在正中央的男性隊長——博蘭本領高超。以冒險者來說相當於D級，是劍技魔術雙全的實力派。他有個稱號叫嗜虐者，恐怕不會是什麼正派人士。

其他男子也都頗有本事。從技能或稱號看來，恐怕都是些不走正路的人。

「欸，你們在做什麼？」

「唔！什、什麼時候冒出來的！」

芙蘭一問話，男子們嚇得身體一震轉頭看她。然而，一看到出聲問話的只是個小女生，隨即用安心的神情呼一口氣。

「喂，小鬼，給我滾。」

「否則打到妳哭，知不知道？」

「你們在趕路嗎？為什麼？有什麼事需要打擾祭典嗎？」

「嘖！」

面對打破砂鍋問到底的芙蘭，一名男子神情惱怒地轉向她。然後用略為壓抑過的聲調衝著她怒罵：

「少囉嗦！妳敢再開口我就殺了妳！」

「你們想去做壞事嗎？你們是壞人嗎？」

然而，這點程度嚇唬不了芙蘭。看到芙蘭表情文風不動地問個不停，男子額頭青筋暴突瞪著芙蘭。他一聲警告都沒有，直接伸手想抓住芙蘭。芙蘭一個後撤步輕鬆躲掉，但如果換成普通小孩的話早就被抓住胸襟、雙腳離地了。

「什……這死小鬼！」

男子正要使出更多技能時，博蘭阻止了他。

「喂！沒時間了！別理她！舞蹈表演要結束了！」

「抱、抱歉。」

「我們要抓的不是這小鬼。別浪費時間！」

「是！」

那請問你們要抓的是誰？好吧，等會盤問一番就知道了。

「呃啊！」

「嗚啊啊！」

男子們不理會芙蘭逕自往前走，但帶頭的兩人忽然倒地。兩人按住腿，發出痛苦的呻吟聲。

「發、發生什麼事了？喂——呃啊！」

「有、有東西在這裡！」

是小漆。雖然因為祭典的關係，整座城鎮點亮了無數燈火，但還是沒有白天來得明亮。我們現在所在的窄巷更是一片黑暗，跟平日的夜晚幾乎無異。當然，不具有夜視技能的男子們不可能看得見腳邊狀況。

應該也看不見小漆藏身於黑影之中，發動奇襲的模樣。

事實上，他們應該搞不懂自己遭受了何種攻擊。頭一個被打倒的博蘭，躺在地上瞪著芙蘭，那眼神是在懷疑芙蘭就是下手的人。但是，他似乎隨即明白到這是不可能的事。他從芙蘭身上調離目光，開始東張西望。

想必是因為芙蘭不但從頭到尾幾乎沒移動半步，而且也沒有做出任何動作的跡象。在這種狀態下還試圖冷靜地掌握狀況，不愧是有點本事。

「繼續往前跑……呃啊！」

「欸嗚！」

結果五個男人束手無策，就這麼被小漆封住了動作。所有人都被牠從影子裡咬碎腳踝，倒在巷子裡。竟然在夜裡碰上操影魔狼，運氣太背了。我看小漆似乎因為製作奶油憋了一肚子火，所以才讓牠發洩一下，沒想到做得這麼漂亮。

『那就來盤問這幾個傢伙——不，等等。』

再來只剩下從這幾個男的口中問出情報……但此時我們察覺到有另一種氣息靠近，一時停下腳步。

不過，這股緊張感隨即得到解除。跑進巷子裡來的是三名士兵。

看來是男子們的慘叫傳到了巷子外頭，碰巧被巡邏士兵聽見了。

「喂！怎麼了！」

「妳還好嗎？」

「這怎麼回事！」

嗯——整件事情可能會變得有點棘手。首先，這下我們就不能盤問男子們了。一看就知道絕非善類、一副流氓傭兵德性的幾個男人重傷倒地，最起碼為了治療傷患，士兵們一定會把這幾個男人帶走。更棘手的是，我們也有可能被一起帶走。就算堅稱我們跟這幾個倒地的男人無關，我不認為士兵會老實放我們走。我們沒那閒工夫配合士兵調查好嗎？

「到底發生了什麼事……妳、妳知道事情的經過嗎？」

士兵倒不至於認為是芙蘭下的手，但目光多少帶點疑心。

「我來看祭典，結果聽這幾個傢伙在討論要去抓某個人。」

「哦？原來如此。那麼，這個狀況是怎麼一回事？」

「不知道。就自己倒下了。」

「……妳是說妳跟這事無關？」

「嗯。」

這種藉口實在騙不過士兵，眼神當中的疑心反而更強了。

士兵原本像是面對圍觀民眾的偵訊口吻，變成了對相關人士的盤問。

「事情不就發生在妳眼前嗎？」

「太暗了看不清楚。」

「我告訴妳——」

「喂！」

然而，旁邊一名同袍士兵，打斷了正要繼續質問芙蘭的士兵。

嗯？這人有點眼熟。這名士兵帶著頗為嚴肅的表情對同袍們耳語幾句。

「這個女孩就是那個——」

「什麼？她是領主大人的——」

「外國的王族——」

噢，我想起來了。就是我們要去領主宅邸時跟我們問話，負責盤查的士兵。

「非、非常抱歉占用您的時間！」

「感謝您協助逮捕匪徒！」

態度忽然有了一百八十度轉變。但也是啦，對他們來說，芙蘭是大貴族的熟人，身分地位高到事前都先通知士兵們不可無禮了，或許無可厚非。本來想盤問芙蘭的那位士兵，甚至還臉色鐵青地開始發抖，讓我有點同情起他來。

「我什麼都沒做。」

「是！您說得是！」

看來說什麼都沒用了。總之還是趁騷動擴大之前離開這裡吧。

「我可以走了嗎？」

「請慢走！」

「嗯。」

這下似乎不用浪費時間了。只是，回去之前得給個忠告才行。

「這幾個傢伙相當強悍。建議你們多叫些人來。」

「感謝您的忠告！」

「喂，吹哨子叫人。」

這樣就不用擔心被他們跑掉了。士兵們雖然受過鍛鍊，但比起那些襲擊者還是太弱。雙方實力差距太大，要是看對方一條腿受傷就大意，搞不好被打倒的是士兵們。

不過話說回來，那幾個男人的目的到底是什麼？單純只是想妨礙祭典？抑或是有其他目的？好吧，後續問題這座都市的士兵或騎士自然會去解決。

「還沒結束。」

『看樣子趕上看結尾了。』

我們回到尖塔上，夏綠蒂還在跳舞。舞步比剛才激烈許多，節奏也更快，可以想像就快收尾了。

「……夏綠蒂好厲害。」

『是啊。』

不過話說回來，真是曼妙的舞姿。看著看著，不知不覺間就被她的舞姿迷住，肅靜地專心欣賞。而且她的全身上下似乎散發著微光。

看來是周身纏繞著魔力。是儀式的效果嗎？與美麗的藍白色魔力燐光相映成趣，夏綠蒂整個人散發的神聖氣質足足提升了數倍。簡直有如女神降世婆娑起舞。

就連從她髮絲上飛濺的汗珠，都顯得晶瑩剔透。

芙蘭把身體埋進坐在身邊的小漆的毛皮裡，凝目注視夏綠蒂表演的舞蹈。

我與芙蘭就這樣一言不發，經過了至少幾分鐘吧。

視野下方舉行的夢幻儀式也終於迎來尾聲。

伴隨著格外響亮的「鏘啷——」一陣鈴鐺聲，夏綠蒂擺出一手筆直朝天、一手掩面的姿勢停住不動。

緊接著，夏綠蒂的身體與整個舞台發出的藍光竄過地面，整個會場的地面也一瞬間散發同樣的藍白光芒。真是神祕的光景。

還不只是這樣。

藍白光芒通過之後，場地充滿了極其神聖的力量。甚至使得沒有相關知識的一般市民流下眼淚，臉上浮現清新舒暢的表情。

看來這不只是獻給神明的舞蹈，還具有魔力淨化的功效。一些低級靈來這麼一下應該已經升天了吧？這下我更在意那些想妨礙這場儀式的男人究竟是什麼來頭了。

「結束了。」

『真的很美呢。』

「夏綠蒂很美。」

芙蘭臉上浮現的表情，一半是對這場美妙舞蹈終究必須結束的不捨之情，一半是對於有幸看到如此美妙舞蹈的滿足感。她似乎看得很開心，真是太好了。

『好，差不多該回去繼續準備材料了。』

「嗯！我會加油。」

似乎成了一段不錯的放鬆時間，這樣就可以繼續幹活了。之後我們一邊隨意逛逛攤販不買，一邊回到租下來的餐廳。

『好，接下來要加快速度了。芙蘭你們可以去休息沒關係，剩下的我來就好。』

今天要徹夜幹活。事前已經跟賽巴斯丁說過今天會晚歸或是根本不回去，所以應該不會怎樣。更何況就算要在這間租下來的房子過夜，芙蘭與小漆也完全沒問題。次元收納空間裡有準備寢具，況且有屋頂就已經比露宿野外好很多了。

「不要緊，我要幫忙。」

「嗷。」

『是嗎？那就再請你們幫點忙吧。』

「嗯！包在我身上。」

可能是看過儀式，充電完畢了，芙蘭與小漆都幹勁十足。

『那麼，芙蘭妳繼續處理蔬菜。』

「好。」

『小漆嘛……就再弄一桶這個吧。』

「嗷、嗷嗚……」

我再拿一桶魔獸奶給小漆。又到了甩頭時間了。這下子，這次咖哩麵包所需的分量就很充足了。真要說起來，奶油好像是相當高檔的食材，在市面上購買的話即使是牛奶奶油也貴得嚇人。這樣做的話只要付魔獸奶的錢就好，而且不但無添加鹽分，味道更是新鮮美味，一舉兩得。

『好啦，加油啊。』

「嗷嗚……」

小漆像是放棄抵抗般銜住木桶，走到天花板較高的餐廳外場部分。然後再次開始上下甩頭。

『那我就來準備麵團好了。』

嗯……？

怎麼搞的？腦袋昏昏沉沉的。
我剛才在準備咖哩麵包的材料——然後怎麼了？
總覺得記憶好像蒙上一層霧靄，想不起來前一刻的狀況。
四周一片黑暗。連一道光線都沒射進來，伸手不見五指的黑暗籠罩著我。
咦？是視覺方面的功能出錯了嗎？故障了？畢竟我也不知道我的視覺是什麼原理，怎麼能保證哪天不會突然故障？
就在我不知道自己發生了什麼狀況，各種想法在腦袋裡打轉時，就看到一道光線射進了黑暗空間。看來並不是視覺出現異常，好險。不，還是一樣不妙。這裡究竟是哪裡？
我環顧四周，但還是沒印象。
這是個十公尺見方的空間，四面八方都是既非石頭也非木頭的某種灰色神奇物質。
應該說，這種連個入口都沒有的地方，我是怎麼進來的？
正當我眼睛轉來轉去東張西望時，離我大約十公尺遠的牆邊忽然浮現一個人影。
是個大叔。不對，說成中年型男或許比較貼切。
眼前的壯年男子把一頭閃亮的銀髮全往後梳，身穿類似和服便裝的長袍。體型偏瘦，但看得出來渾身都是結實肌肉。眼睛細長而銳利，但嘴角浮現的酷酷笑意減緩了眼神的凶惡感。此外，從嘴角露出的長長犬齒，也讓男性身上散發一種野性味。帶點紳士風範卻又野性十足，兩種相反的印象並存於這個不可思議的男人身上。
只是，明明呈現如此具有存在感的模樣，卻完全感覺不到氣息。簡直就像在看一個幻影。我本來想再靠近一點仔細觀察……

『我不能動了。』

我的身體完全無法動彈。對方也沒有主動靠近過來。

『你是誰？』

男子沒回答我的疑問，只是開始比手勢。

他把手放在嘴巴前面開開合合。

『這是什麼的手勢？』

「——」

『咦？什麼？我聽不見。』

「——」

『啊，你該不會是不能說話吧？』

看來被我猜對了。男子就像在說「沒錯」，手指筆直地指向我。但他好像還有別的事情要告訴我，再次開始比手勢。

看來不是要進入轉生情節。我一面稍稍鬆了口氣，一面細心觀察男子的動作。

男子雙手並用，在半空中比了個倒三角形。什麼意思？男子一面比出倒三角形，一面讓它前後移動。

『倒過來的金字塔？』

「——」

好像猜錯了，男子也在搖頭。啊——完全看不懂。

或許是感覺到我的困惑了，男子開始比另一種手勢。他忽然擺出空洞的表情，嘴巴半張，雙手向前伸出。然後就這樣，做出慢慢往前走的動作。

這我就懂了。

『殭屍嗎？』

男子用力比了個大拇指。看來是猜對了。

男子重複做出殭屍與飛天倒三角形的手勢。殭屍啊～講到殭屍，我只會想到浮游島的地下城而已。不，等等喔？

『欸，你比的倒三角形，該不會是浮游島吧？』

「——」

看來是答對了。男子再次翹起大拇指。

『再來又是什麼？』

男子雙手擺到腰邊，腰部略為往下沉，然後像是往全身灌注力道般開始簌簌發抖。接著，男子的身體冒出魔力般的微弱光芒。

『界王〇？』

「——」

好吧，我也覺得不是。男子再度開始反覆擺出同一種姿勢。

『嗯——怎麼說呢，是表示要發揮某種超強力量嗎？』

哦，看來雖不中亦不遠矣。只是似乎不是標準答案。男子彈了個無聲的響指，做出「就差一點！」的動作。

『還是說是解放隱藏的力量？』

聽了這個回答，男子手指筆直地指向我。這就是正確答案？在浮游島，解放隱藏的力量？

「啊，潛在能力解放！」

好，最佳答案出來了。男子欣喜地豎起雙手的大拇指，接著他把右手拿到嘴巴前面握拳又張開，像是比出說話的手勢。

解放潛在能力，然後說話？

『巫妖？』

男子用雙手比個叉叉。好像猜錯了。

『嗯……解放潛在能力時講過話的對象？除了巫妖以外還有……播報員小姐？』

又得到一個叉叉。

『啊，講到這我想到了，有聽到一個謎樣男聲。那人跟我說了很多播報員小姐的事情！』

這似乎就是正確答案了，男子不住點頭。然而，他隨即擺出膜拜般的姿勢開始跟我低頭，好像在跟我賠罪一樣。先是說話手勢然後是叉叉，最後是低頭道歉。一直重複這些動作。

我想他大概是在為了那時對話的某些內容跟我道歉……那時他跟我說了什麼？我試著回想對話內容。

『我說啊，你是什麼人？』
『嗯——其實應該再晚一點才要公開我的真面目……實際上預定不用一個月之後，我們就會見面了喔。不過只有精神體就是了。』
『哎喲——不要吊胃口，告訴我嘛——現在告訴我又不會怎樣。』
『你很不莊重耶……』
『不是啦，總覺得你好像不是外人～』
『好吧，也罷。就告訴你吧，我的名字是——』
對話應該是就到此結束了。他如果跟我道歉……
『是因為你說過很快就會見面，卻沒能做到？』
他點點頭。
『你說好會告訴我你的真面目，但你不能說話，有困難？』
他再點點頭。
看來，他果然就是時常只聞其聲不見其人的那名男子。可是，為什麼今天無法進行對話？
男子擺出潛在能力解放姿勢，然後指指自己，接著雙膝跪地吐舌頭，裝出氣喘吁吁的表情。
『是解放潛在能力造成的嗎？』
看樣子就跟播報員小姐一樣，我發動的潛在能力解放對這名男子也會造成影響。他繼續比出更多手勢。

揮劍的動作，然後是……是什麼啊，蛇拳？讓手像蛇一樣扭動，隨後把雙手筆直伸向前方。就像蛇張開血盆大口，吐出某種東西的手勢。

『劍、蛇、吐出某種東西……？』

「——」

男子做出新的動作。劍的根部——握柄嗎？從握柄冒出一條蛇，纏在劍上？

『我知道了！是跟巴魯札的那場戰鬥！當我體內的什麼封印失控的時候，你說要發洩那份力量……！』

「——」

看樣子是潛在能力解放與力量的失控，兩件事情導致男子減損了力量，以至於無法進行對話。

『你就在我體內嗎？』

他點個頭。

『你就是我轉生當天，跟我說話的那個人嗎？』

他點個頭。

果然是這樣啊。既然這樣，有件事得問清楚不可。

『你到底是誰？』

我說出了最令我在意的疑問。

然而，男子一臉複雜的表情搖搖頭。好吧我只是問問，他不能說話也無從回答。

『我們還會再碰面嗎？』

男子一聽，手指筆直指向正上方。我跟著往上一看，天花板不知何時消失不見，月亮出來露臉了。

『月亮……？』

可是，為何要挑在這時候看月亮？

不，撇開潛在能力解放的影響不算，我只有在轉生到這世界的第一天，跟這男的有過對話。換言之，應該就是上回月宴祭的時候。然後，今天也是月宴祭。

『跟月宴祭有關嗎？』

他點點頭。

好像被我說對了。這樣啊。也就是說——

『下次月宴祭時，我們還能再碰面？』

男子咧嘴一笑。然後，他用力翹起了大拇指。

不知怎地，男子的身影就這樣慢慢變淡。咦？這麼快就結束了？

『等……我還有很多事情想問耶！』

然而聽到我的喊叫，男子再次擺出賠罪姿勢後，整個人就像一陣煙般突然消失不見。大概是時間到了吧……

『真是，每次都在講到重點的時候消失！』

我才剛叫完，事情就發生了。

『……啊！』

咦？發生什麼事了？視野忽然變得清晰可見。同時思維也變得條理清晰。

我急忙環顧周圍，發現我待在租來的餐廳廚房。

眼前擺著做到一半的咖哩麵包。

怎麼搞的？作夢？我在作夢嗎？我一把劍還會作夢？

明明就不需要睡眠……應該說，就算想睡也睡不著。

而這樣的我，會做事做到一半打瞌睡作夢？

記得之前好像也有過類似的情形……

我看看時鐘，指針完全沒往前走。感覺好像被狐狸捉弄了一樣。

『剛才的那個真的……只是夢？』

我雖然這麼想，不知怎地卻有種確信。我確定剛才看到的光景不是夢。那名男子也是真有其人，來找我講話。

『下次月宴祭是三個月後啊。大叔，下次你可得回答我一堆問題喔。』

你說過你在我的體內，所以一定有聽見吧？

「聽說計畫又出錯了，現在到底什麼情形？」

「我才想問呢。一開始我派伊斯勒商會的小嘍囉去孤兒院，他卻講些莫名其妙的話倉皇逃了回來。」

「莫名其妙的話？」

「說什麼自己可能生病了，直到最後都在鬼叫。不過嘛，我已經讓他不用再擔心什麼病痛了。」

「後來怎麼樣了？總不會就這樣罷手了吧？」

「當然不會。為了抓住那個少女並妨礙儀式，我派出傭兵想來個一箭雙鵰，卻一去不返。」

「傭兵？莫非是老夫那些手下？」

「就是他們。你不是說過可以隨我使喚嗎？我就接受你的好意借用了。一個叫博蘭的男人，還有另外幾人。」

「博蘭啊。他戰鬥能力高強，而且遇事冷靜，具有卓越的狀況判斷力。講到任務的達成率，他在老夫的手下當中應該是名列前茅。但你說他沒回來？」

「嗯。」

「出了什麼事了？」

「我比你更想知道。」

「真要說起來，憑博蘭的實力要對付幾個巡邏士兵或下級騎士應該不成問題。這樣想來，也許是發生了某種意外狀況……」

「哎，這大概是唯一的可能了。但是這樣不但導致我們沒抓到夏綠蒂，破邪儀式也舉行了。害得我散播於下層居民街的邪神水帶來的影響大幅降低。」

「嘖，真是糟透了。」

「就是啊。治癒黃薑被某人搶走，沒抓到夏綠蒂，事先暗藏的邪神水邪氣也被祛除……」

「簡直好像我們的計畫都被看穿了……只是巧合嗎？」

「這就不知道了。對方的行動的確像是事前早已知道我們的計畫……其實我請伊斯勒商會運送的奇美拉魔魂，也似乎被某人搶走了。」

「此話當真？」

「東西遲遲沒送到，負責人被我一逼問就招了。原本似乎是跟治癒黃薑一起儲藏在那座倉庫。」

「那麼，搶走東西的也是同一個人了？」

「八成是。伊斯勒商會的人跟我找藉口，說現在正在尋找替代的魔魂之源……」

「奇美拉魔魂的替代品？哪裡可能有這種東西。那東西價值萬金——不，可能都還不只。畢竟除了你從雷鐸斯王國的鍊金術公會非法挪用的那個魔魂之源以外，其他應該都被銷毀了。」

「就是啊。不懂那個東西有多大價值的蒙昧無知之輩就是這樣才讓人頭痛。我已經派人去找了，但不知道找不找得到。」

「你的計畫也可能得重新研究一下了。」

「這也是沒辦法的。」

「傷腦筋，還真是狀況連連啊。」

第四章　**蠢蠢欲動者**

四月一日。

月宴祭最主要的奉納活動結束，來到第二天。

不過，節慶活動還在持續當中。作為獻神祭祀儀式的月宴祭已在昨天結束，今天開始就是真正讓民眾享樂的節慶活動了。各種活動令人目不暇給。

因為芙蘭不感興趣所以我們沒打聽地點，不過聽說還會舉辦什麼俊男美女選拔賽。徹夜不眠不休地製作料理的我們——雖然芙蘭他們滿早就睡著了——此時來到了冒險者公會。目的是跟一個人碰面。

「嗨，小妹妹。我帶店員候補過來嘍。」

沒錯，我們之前拜託過科爾伯特幫忙介紹店員。科爾伯特帶著三位女性冒險者走過來。她們似乎就是店員候補。

「午安。」

「妳好～」

「午安安。」

對方並未因為芙蘭是小孩就擺出看不起人的態度。她們都把芙蘭當成自己的雇主，有禮貌地低頭致意。應該說，我有見過她們。

「這幾個傢伙是Ｄ級隊伍，緋紅少女。」

「我們又見面了呢。」

正是我們去打獵找肉回來時解救的、擔任馬車護衛的女性冒險者三人組。

原來是Ｄ級隊伍啊。冒險者有分個人階級與隊伍階級，個人階級就像芙蘭他們所擁有的，顯示了個人的能力層級。

相較之下，隊伍階級則顯示了多人隊伍的戰力。以她們來說，就等於是被認定為三人集合可達到相當於Ｄ級的實力。她們似乎前後衛搭配合宜，做出過不少的實績。

而且，所有人都擁有買賣或算術技能。以冒險者來說很少見。

「容我重新自我介紹。我是隊長茱蒂絲。」

一頭藍色長髮的女性，伸出手來想跟芙蘭握手。

「我父親是行商人，小時候跟著父親做買賣累積了一些經驗，所以有基本的買賣與料理技能。」

原來如此。如果從懂事時起就在行商人父親身旁耳濡目染，或許是能學會買賣技能。在外旅行也有機會煮飯。更重要的是她長得漂亮又懂禮貌，作為店員應該完全適任吧？

「我叫美雅～隊伍的打雜工作都是我包辦～」

留著紅色短鮑伯頭的女性低頭致意。她講話慢吞吞的，技能卻跟她給人的印象恰恰相反，屬於盜賊系。一聽之下才知道，採買食材、管理備品或裝備，以及在地下城裡的伙食等等全都由她負責。技能給人樣樣通樣樣鬆的感覺，但交涉、算術與料理等等我們需要的技能一個不缺。長得也很好看，達到店員所需的標準。

「莉狄亞。」

最後一名少女，或許跟芙蘭有那麼點像。黑髮、白皮膚、面無表情。除了頭髮長度及腰，其他外表特徵都跟芙蘭很像。不過，還是芙蘭比較可愛啦！

「……」

「……」

莉狄亞與芙蘭互相注視了半晌。雙方表情毫無變化，形成一段奇怪的空白時間。

「……」

然而，就在芙蘭的頭微微往旁偏了一下的瞬間……

「……我輸了！」

莉狄亞忽然雙手雙膝著地，垂頭喪氣。

「喂，莉狄亞？妳這是幹嘛？」

看到同伴突然做出怪異行為，連茱蒂絲也嚇了一跳。

「我認輸了。她不是我這種刻意塑造的假面癱，是真正的面癱角色。」

「喔，是喔……」

「而且如果魔劍少女的傳聞屬實，就表示她年紀比我小卻是劍術高手，還能靈活運用火焰魔術。」

哦，名聲已經傳得這麼遠了啊。也許我們比自己想像得更有名氣，不知道是好是壞……

「我完全成了她的低階版，我的個人特色只剩下長頭髮了。」

「身、身高不是也贏她嗎？」

「只要魔劍少女一長大，這點差距馬上就被追過了。」

「可、可是，妳看嘛，妳不是有智神的加護嗎！她擁有智慧神加護這項技能唷？」

這種加護似乎能讓魔術或知識系技能的熟練度容易上升，對冒險者們而言似乎是相當有用的技能。

這位隊長真是辛苦。在解釋給芙蘭聽的同時，還要對莉狄亞又讚又誇。

而且莉狄亞還擁有稱為魔法陣的有趣技能，似乎是能夠製作護符等物品的技能，挺有意思的。

「使用魔法陣一定要會算術，所以我能算帳。雖然不會料理，但是會調合。」

「總、總之我們會努力的！」

「我也是～」

好吧，反正在解救馬車時已經看過她們的人品，況且又是科爾伯特推薦的人選。而且還具備相關能力，是我們求之不得的人才。

我們表示願意僱用她們，立刻開始討論報酬問題。我們不懂行情，幸好有科爾伯特一絲不苟地幫忙協調。B級冒險者真不是白當的。

最後講好報酬包括這段期間內的伙食，以及每人一萬戈德。我覺得三個人才三萬戈德怎麼說都太低價了，但對方表示當店員之類的工作危險性較低，這個報酬金額已經算不錯了。

我們也是D級，但到處狩獵了不少高階魔獸。無法否認比起一般的D級冒險者，對金錢的感覺有點麻痺。再說，她們的主要目的似乎是這三天期間的伙食。好像是因為科爾伯特再三對她們吹捧我的廚藝。好吧，只要這樣能讓她們賣力工作，我也高興就是了。

「這可是挑嘴的科爾伯特先生大力稱讚的美食呢。」

「一定很好吃！」

「我等不及了。」

「唔嗚，真羨慕妳們……」

科爾伯特豔羨地看著三人。

「我、我說啊。雖然我不能當店員，但有沒有其他我能幫忙的事？」

還講出這種話來。呃，這我就得想想了，目前沒什麼事情想拜託他做……

「是我自願幫忙的，不收報酬喔？只、只要供餐就好了。」

到底是有多貪吃啊，讓我不禁覺得跟我們這邊某兩位有點像。光是供餐就能請到B級冒險者是不可多得的機會，就請他幫忙打打雜好了。

「好吧，如果你願意負責雜事就僱用你。」

「真、真的嗎？太棒了！」

「我們從明天起也要請妳多指教了！」

「「請多多指教！」」

就這樣，包括店員在內，我們得到了四個助手。

從冒險者公會回到租借的餐廳，我們再次開始為比賽做準備。準備已經進入最終階段。麵團做好了，內餡也萬無一失，再來只要包起來油炸即可。不過這個包餡油炸的部分又是另一番工夫了。

芙蘭無法長時間專注在一件工作上。因此，只能由我來賣力幹活。炸油滋滋啪啪的噴濺聲不絕於耳，金黃色的咖哩麵包一個個起鍋。

『嗯──天色已經這麼暗了啊。我太專心了，完全沒注意到。』

從上午開始做事，現在太陽都下山了。

『比想像中更花時間耶。』

芙蘭在外場部分跟小漆進行修行。不過不能打鬥得太激烈，因此只是放出魔力畫出立體圖案，半修行半玩遊戲。不如說芙蘭可能沒把這個當成修行，所以根本就只是在玩遊戲。我看我拿些點心過去好了。

『嗯？』

正在為芙蘭準備餅乾與果汁時，無意間我感覺到一股氣息。芙蘭他們似乎也感覺到了，停止修行窺探周遭的氣息。

『有客人來了。』

而且是不速之客。畢竟來者可是好幾個消除氣息的人，而且包圍著這棟屋子慢慢逼近。但除了他們之外，還有個正常走過來的氣息。

「要抓起來嗎？」

『嗯——可是他們又沒對我們做什麼。』

也不知道目的是什麼。只有一個靠近過來的人往後門走去了。總之先跟這傢伙接觸看看好了。正如此打算時，廚房後門有人來正常地敲門。來看看是什麼樣的人物吧。芙蘭一面保持警戒，一面問道：

「誰？」

「抱歉深夜時分來打擾。我來是有點事情想拜託妳。」

「拜託我？」

「是的，希望妳能聽我說。」

嗯，光聽講話語氣，似乎挺有紳士風範的，前提是只聽語氣的話。即使隔著一扇門，都能感覺到陣陣強烈的惡意。由此可知這種溫和的態度只是表面功夫。

總之我從窺視窗確認了一下對方的外型。外頭站著一個穿著像是商人的花美男，乍看之下實在不像是壞人。要不是惡意感知技能有所反應，我們搞不好也會上當。

但是一經鑑定，發現這傢伙表裡完全不一。首先職業就是詐欺師，還擁有恫嚇、謊言與偽造等技能，絕不是個好東西。雖然戰鬥力較低，但從另一種意味來說仍是個不想扯上關係的對象。

「有什麼事？」

「可以請妳讓我進去嗎？」

「你不能就站在那裡說話嗎？」

「想找妳談的問題比較複雜。」

芙蘭隨口應付對方的時候，我從窗戶往外看。那些人也許自以為藏身於黑暗之中，但擁有夜視與氣息察覺技能的我看得一清二楚。

好吧，幾乎都是小角色。職業是盜賊，同樣也擁有強奪或竊盜等技能。只有一個暗殺者等級較高，必須留意的大概就這傢伙了。這個暗殺者的直接戰鬥力也不是很高，只要留意偷襲就不成問題。

該怎麼辦呢？他們還沒有對我們做什麼……不，都已經有盜賊逐步包圍住處了，就視為敵對行為應該無所謂吧？如果我們先發制人會有問題嗎？我開始覺得可以認定他們已經對我們出手也不為過了。反正這些人講得明白點就是壞蛋，這應該也能說是正當防衛吧？

『芙蘭，妳放那傢伙進來以免他溜掉。我趁這段時間去把外頭清理乾淨。』

「嗯，好。」

「噢，妳同意了啊！」

詐欺師錯把芙蘭的回答當成同意，高興地說道。

「你可以進來了。」

「那麼，打擾了。」

詐欺師進到屋子裡來。小漆立刻繞到他背後，在門口躺下。這下等於是完全堵住了出口。雖說已經縮小了體型，但小漆是狼，對於不具戰鬥力的詐欺師來說想必極具威脅性。雖不至於臉色大變，但我眼尖地看到他瞄了一眼小漆。

「哈，哈哈，好可愛的狗狗啊？」

「嗯？小漆是狼。」

「牠、牠是狼啊？」

「狼型魔獸。」

「魔、魔獸？」

「從魔。很強悍，隨便就能要人性命。」

芙蘭隨口說說，同時把門也喀嚓一聲鎖上了。對詐欺師施加的壓力倍增。我看到對方完全維持不住表情，嘴角陣陣抽搐。

我決定在被詐欺師看到之前，速速前往屋外。我用時空魔術的短距跳躍傳送到強盜們的正後方，觀察情形。畢竟對方還沒真的對我們下手。也許只要打昏他們，抓起來就好？還是只留下可能握有情報的暗殺者，其他都殺掉……？

「喂，對付一個小丫頭需要這麼多人嗎？」

「說是為了確保萬無一失。」

「嘖，真是麻煩。何必還搞什麼交涉，直接打死她把東西搶走不就得了？」

「有什麼辦法？上頭就這樣命令啊。雖然我也覺得直接殺掉的確比較好，免得留下後患。」

「我說啊，在殺掉之前玩兩下沒關係吧？」

「嘻嘻嘻，你這色胚。」

嗯，說得對。直接殺掉才不會留下後患嘛？反正你們這些人渣活著也只會給人添麻煩嘛？最重要的是你們說要把芙蘭怎樣？殺掉？玩兩下？

『喂。』

「啊——？」

『去死吧。』

我一口氣砍下一臉蠢相轉過頭來的強盜腦袋，然後立即收納。他們一定沒想過自己會遭到偷襲吧。分明擁有危機察知技能，卻連即時反應都做不到。比想像中更不堪一擊。

好，我得稍微加快動作了。雖說除了暗殺者以外都是小角色，但好歹擁有氣息察覺技能，一定很快就會發現同夥的氣息消失了。

我照著幹掉第一人的步驟，一個接一個地除掉襲擊者們。這差事太輕鬆了。

到了我收納第四人的時候，包括暗殺者在內的其餘兩人也終於察覺到異狀。他們的氣息稍有紊亂，但還在猶豫著該不該逃跑時，就成了我的劍下亡魂。

我斬殺盜賊，再用雷鳴魔術麻痺暗殺者。暗殺者還留有一絲意識，但被我用念動重擊頭部，使其昏迷。

『好，先回去再說吧。』

我用念動抬起暗殺者，從詐欺師看不見的外場死角回到廚房裡。

「——賣給我。」

看來詐欺師已經談到主題了。

「魔魂之源？」
「是的，我知道妳從盜賊巢穴拿到了魔魂之源。我想請妳把那個賣給我。」
「什麼東西？」
「不用再裝傻了，我已經針對妳做過一番調查了。如何？我願意出一萬戈德。」
喂喂，太小氣了吧。那可是至少值十萬戈德，搞不好還價值上億的珍寶耶？你就出一萬？是把芙蘭看扁了，還是根本沒打算認真交涉……？
我看是後者吧，從他讓暗殺者等人躲在外頭這點就能判斷。大概是打算一談不攏，就要動粗吧。更何況他是從哪裡得知魔魂之源落入了我們手裡？
照理來講應該只有尤金知道那個在我們手裡……會是他洩漏消息嗎？不，如果是那樣的話，這些人不會來找我們，因為魔魂之源已經由尤金保管。得把情報來源調查清楚才行。
「我不知道你在說什麼。」
「剛才我已經說過，我都查清楚了。再怎麼隱瞞也是沒用的。」
「我不知道那是什麼。」
「唉，真是嘴硬。乖乖把東西賣給我，對妳比較有好處喔。」
哦？給人的感覺有點變了，開始散發出些微的威迫感。
「不用再談下去了。給我滾。」
只是對芙蘭完全無效就是，甚至有可能只覺得對方嗓門變大了點。
「別急別急，別這麼說嘛。我沒拿到魔魂之源，是走不了的。」

這已經是威脅了吧？如果芙蘭是普通女生，很可能已經被嚇壞了。
但芙蘭只是略顯不快地皺起眉頭，表現得毫無懼意。
「我說了我不知道那是什麼。你是笨蛋嗎？」
甚至都有點動怒了。大概是因為正在玩遊戲——更正，是正在修行卻被打擾，多少有點不高興吧。
「……妳別得意忘形了，臭丫頭。區區一個冒險者敢反抗我們，可不是受傷就能了事喔？」
終於露出本性了。
「這是我要說的，不就是個詐欺師還敢得意忘形。你們打擾師父做事，罪該萬死。」
啊，原來是在為了我生氣啊。害我覺得有點窩心。
「很好，我就讓妳到陰間去後悔！」
男子撂下狠話，轉身就走。大概是想叫外頭那些男人來助陣吧。
「咕嚕嚕……」
但小漆倏地起身，露出獠牙擋住男子的路。
「喂，這是幹什麼？」
「我倒想問你，你以為你出得了這間屋子嗎？」
「什……！我遲遲不歸，我的部下們可不會默不作聲喔。」
真是沒有半句新鮮詞。好吧，這傢伙的敗因就是把芙蘭當成普通小丫頭，毫無戒心地踏進這個屋子。毫無戒心到不配當詐欺師，只能算二流。

「叫得了人你就叫叫看。」
「我就叫給妳看。喂，你們幾個！幹活了！」
即使人在屋內，叫這麼大聲外面的人應該也會聽見。男子大概是算準了部下們會大舉闖進屋子裡吧，臉上浮現下流的邪笑，看著芙蘭。
然而再怎麼等，都沒有發生任何事情。
「為、為什麼……」
「外面那些傢伙已經被師父收拾掉了。」
「妳、妳還有同夥嗎！怎麼可能，我沒聽說啊！」
芙蘭就這樣輕而易舉地制伏了鬼吼鬼叫的詐欺師。雖說芙蘭是冒險者，但對方想必很難相信她竟然用一隻細瘦手臂就壓得自己動彈不得。男子面帶強烈混亂與些微恐懼交雜的表情，抬頭看著芙蘭。
好，得來問出情報才行。一般來說要盤問詐欺師應該是件難事，但我擁有謊言真理技能，說謊對我不管用。
「妳、妳想做什麼！敢對我做這種事，妳等著遭殃吧！」
「你從哪裡得到我的情報的？」
「妳猜呢？我也不知——嘎嘎嘎嘎！」
芙蘭對倒地的詐欺師放出較弱的電擊。詐欺師在毫無防備的狀態下挨了雷鳴魔術，一邊慘叫一邊痙攣了幾秒鐘。我不想在廚房鬧流血事件，空手或電擊最有效了。

「哈啊，哈啊……」

「再問你一遍，你怎麼知道魔魂之源在我手裡？」

「妳以為我會說——嘰嘎嘎嘎嘎嘎嘎嘎！」

還挺頑強的嘛。不得已，我們決定把暗殺者一起抓來盤問。

『小漆，把暗殺者搬過來。』

「嗷。」

也就是讓他們看另一個人被痛打的模樣，激發他們的恐懼。

「怎……怎麼會？」

看到小漆從食堂把暗殺者拖過來，詐欺師低呼一聲。大概是想都沒想到這種等級的暗殺者會這麼容易就被抓住吧。又或者是為了竟在不知不覺間就被抓到而驚訝？

半小時後，兩個憔悴不已的男子一邊流淚，一邊把知道的事情全招了。

虧我們還小心不讓他們流血，結果還是弄得滿地眼淚、唾液與小便。晚點用個淨化魔術吧。

「所以，你是伊斯勒商會的人？」

「是……」

把問到的情報整理一下，得知這兩個傢伙是伊斯勒商會的人。有可能就是這個商會派小流氓騷擾孤兒院，沒想到在這裡也聽到他們的名稱。

想得到魔魂之源的，似乎是隸屬於伊斯勒商會的一個異端鍊金術師。混入冒險者公會的鍊金術師當中有人聽命於伊斯勒商會，魔魂之源的情報似乎是那人從尤金那邊竊聽到的。

我們入手的魔魂之源一開始是異端鍊金術師從遠方訂購的物品，正在經由非法運輸途徑送來此地。難怪那個盜賊團在裝備以及據點設備上異樣地充實，原來還真的不是一般盜賊團，而是背後有伊斯勒商會撐腰。八成是用來將各種非法活動偽裝成盜賊所為的外部組織吧。很好很好，這下就能放心使用那些治癒黃薑了。

芙蘭想問出鍊金術師人在哪裡，但詐欺師並未被告知正確地點。我們只成功問出鍊金術師作為據點的一個地方。

果然就是以前小漆找到的，那棟伊斯勒商會的宅第。

暗殺者雖然也是伊斯勒商會的人沒錯，但情況似乎與詐欺師有點差別。暗殺者雖受僱於伊斯勒商會，但這只是表面上的名義，實際上則是為一個名叫燐佛德的魔術師效命。他說燐佛德是個法力強大的魔術師，來自其他大陸，底下聚集了眾多罪犯以及流浪傭兵。

而現在他為了得到在巴博拉活動的據點，而與伊斯勒商會聯手。

搞半天這件事也跟伊斯勒商會有關啊。倫吉爾船長忠告過我們別靠近他們為妙，沒想到對方竟自己找上門來。

話雖如此，我感覺詐欺師與暗殺者之間的關係不是很好。原本隸屬的組織就不同，所以無法完全信任對方也很合理，但兩人之間可說是嚴重不和。

對暗殺者來說，付了錢就以為燐佛德一派成了自己手下的伊斯勒商會，似乎只是些分明沒多大本事卻自以為了不起的雜碎罷了。

伊斯勒商會對於燐佛德一派，則似乎抱持著愛講大話卻成不了什麼事的印象，把他們當成浪費資金的害蟲。聽起來似乎是暗殺者的幾個同夥搞砸了一件重要工作，伊斯勒商會正忙著湮滅相關證據。

雖說上下不和，但對方怎麼說也是頗有規模的大型組織。既然對方主動招惹我們，我想有必要把對方的情況調查清楚。可是，闖入可能跟貴族有關的地點，風險又太大……

正在猶豫不決時，兩個男人發出窩囊的聲音開始求饒。

「我、我已經把知道的都告訴妳了！」

「真的沒有隱瞞任何事情了！」

「嗯。」

「放、放了我吧……」

哎，想也知道不可能放他們一馬。只是，這兩個傢伙是不可多得的人證。我們沒殺他們，只把他們弄昏。然後用魔絲生成製造出絲線，把倒地的兩人手腳捆綁起來。

『這下出了一堆麻煩問題了。』

一旦被伊斯勒商會盯上，今後很有可能繼續被找碴。

倫吉爾船長提過伊斯勒商會的事，不過既然他有所了解，露西爾商會以外的商會等組織應該也握有伊斯勒商會的情報。但他們仍然能在巴博拉繼續活動，可見一定有著挺硬的後盾。之前聽說可能有貴族與他們同流合汙，看來也不是謠言。有傳聞說看過領主的馬車進入那棟宅第，如果是真的，對方的後盾甚至可能就是克萊斯頓侯爵。

不過，這下就很難找領主商量孤兒院的事了。假如伊斯勒商會是聽命於領主的組織，就會變成我們笨笨地去找幕後黑手尋求庇護。

又得應付比賽，又得思考如何對付伊斯勒商會，一下子變得忙碌起來了。最安全的作法是退出比賽離開城鎮，可是……既然芙蘭已經在許多事情上表現出幹勁，我絕不能做出這種選擇。況且也得為孤兒院想想。

『沒辦法了。除了保持最大程度的戒心，也不能怎樣了吧。』

總之，先去確認領主羅德斯是否真是幕後黑手再說。目前一切都還只是傳聞，我想把事情搞清楚。要做的事很簡單，就照正常方式去見領主，誘導對方回答問題再用謊言真理判斷虛實即可。所幸我們目前暫時住在領主宅邸，想見到他不難。

『那就先回宅邸一趟吧。』

「嗯。」

我們把為了比賽準備的所有東西收進次元收納空間，接著把逮到的兩人塞進原本用來裝蔬菜的大布袋，綁在小漆背上。這樣就算兩人醒來也逃不掉。

考慮到半路可能遇襲，我們故意放慢腳步，但沒遇到什麼襲擊者。

我們被士兵擋下了一次，但一報上名字對方就即刻放行。看來芙蘭已完全被當成領主的相關人士，名字在士兵之間都傳開了。

從後門進入領主宅邸時，不知道是怎麼察覺的，賽巴斯丁前來相迎。不愧是管家，做事毫無紕漏。

「您回來了。」

不過我得說，被管家出來迎接真讓人有點興奮。

而且小漆揹著的袋子明顯地在扭動，裡面還傳出疑似人類發出的呻吟聲，他卻面不改色。只有視線朝向那裡就是了。

「兩位殿下正在等您，我想立刻就會有人將您請去房間。」

不去見王子他們還不行啊。不過在領主宅邸裡，事事以福特王子他們為優先也是理所當然。

「那個袋子……可以讓我來保管嗎？」

一定是不希望我們帶著可疑物品，進入王子殿下他們的房間吧。不，假如領主是整件事的幕後黑手，那賽巴斯丁也是敵人了。現在把人交給他，搞不好會被滅口。

「不用。」

「不，可是……」

「嗯。不要緊。」

「但是……」

賽巴斯丁似乎無論如何都想代為保管。然而，芙蘭也不退讓。

「好吧。」

「您願意諒解了嗎？」

「嗯。不能這樣帶進去的話，我就讓他們乖一點。」

「咦？」

芙蘭從小漆背上拿下袋子，連續給了袋子好幾發氣絕電壓。袋子痙攣般顫抖了幾次後，很快就一動也不動了。

「這樣就沒事了。」

「好、好吧。」

賽巴斯丁的眼神浮現出明顯的恐懼。結果還是賽巴斯丁讓步，讓小漆繼續揹著包袱，我們被帶到了王子等人的房間。

福特王子、薩蒂雅公主與席里德一起上前迎接我們。

「嗨，妳終於回來了。」

「妳回來了。」

王子與公主都顯得由衷喜悅，跟芙蘭說話。這兩人也太喜歡芙蘭了吧。

「嗯。都搞定了。」

「比賽準備得還順利嗎？」

芙蘭點點頭，俐落地豎起大拇指做回應。

「記得妳說會推出加了咖哩的料理，對不對？後來做成了什麼樣的料理呢？」

「這我也很好奇。」

「這個。」

面對顯得興味盎然的福特等人，芙蘭拿出大量的咖哩麵包放到桌上。

當然是所有種類。我也很高興有人幫忙試吃，因為芙蘭與小漆無論我讓他們吃什麼都只說好吃，所以不適合負責試吃工作。

「喔喔！是麵包嗎？」

「是不是在裡面包了咖哩？」

「嗯，咖哩麵包。至高無上的料理。」

「這、這麼厲害？」

「嗯。」

「請一定要讓我嘗嘗。」

兩人伸手去拿咖哩麵包。當然沒人試毒，但大概也沒那必要了，在錫德蘭都不知道吃過幾次芙蘭拿出來的料理了。侍從席里德也沒出言阻止兩人，照席里德那種個性竟然只是默默看著，芙蘭還真是深受信任。

「真好吃！」

「這可真美味。我從沒吃過這樣辛辣美味的食物！」

看來還滿受好評的，我放心了。所以咖哩麵包也適用於王族品味了？

「咖哩果然是最強的。」

「嗯，我懂芙蘭妳的意思。」

「就是呀。」

芙蘭一臉跩相看著吃咖哩麵包的王子公主。每次他們表示好吃，芙蘭就贊同地不停點頭。

「我們不方便去吃攤販的料理。能在這裡吃到真是太好了。」

王族大概沒辦法去逛攤販吧。可是，難道不能派人去買嗎？

「可以派人去買。」

「對王族來說有點困難。可能會被質疑是不是對領主準備的料理有所不滿，找人試毒什麼的也很囉唆。」

一旦貴為王族，做什麼似乎都會產生政治意涵。

這時孩子們也過來了。講到這個，最近都沒看到他們。而且他們的臉上似乎帶有些許陰霾，不知道是怎麼了？這裡是貴族宅邸，是不會被人講了壞話？

「你們怎麼了？」

芙蘭用擔心的語氣詢問。然而，福特王子給她的回答根本沒什麼大不了。

「噢，好像是身體不大舒服。」

「那個，好像是吃壞肚子了。」

說是孩子們從昨晚就身體不適，一直躺到現在。但一聽到芙蘭回到宅邸，就跑來看她了。會不會是在貴族的家裡吃了高級料理，腸胃一時不能適應？

「還好嗎？」

「不算太嚴重，沒事。別管這個了，我也可以吃那個麵包嗎？」

「嗯。」

喂喂，不是吃壞肚子了嗎？都這樣了還要吃？芙蘭這個美食至上主義者認為大多數問題只要吃好料就能迎刃而解，所以似乎不覺得哪裡奇怪，但換作是我，肚子不舒服的時候絕對不會想吃油膩膩的咖哩麵包。

然而，原本流浪街頭的兩個男生，似乎跟芙蘭一樣貪吃。看到眼前的稀奇食物好像沒有不吃的道理。個頭最高的索夫拿起咖哩麵包後，矮個子的坦尼爾也伸手去拿咖哩麵包。只有年紀最小的女孩阿爾媞還在猶豫。

「好、好好吃喔！」

索夫已經一口往咖哩麵包咬下去了。

「這麼好吃，再多都吃得下！」

坦尼爾也三口就把咖哩麵包吃完了。之後，兩人爭先恐後搶著吃放在桌上的咖哩麵包。食欲真旺盛。而且不知是不是心理作用，臉色好像也慢慢有了改善。會不會是發揮了治療效果？

這種麵包具有治療異常狀態的效果，難道對腹瀉也有效？好吧，既然說是可以治癒身體狀態，或許也有可能淨化體內的毒素治好腹瀉吧。剩下阿爾媞一個人由於兩人連聲喊著好吃好吃，似乎也開始想吃咖哩麵包了。結果還是伸手來拿。

『芙蘭，差不多該進入正題了。』

「？」

啊，我看她是咖哩麵包受到稱讚就滿意了吧，表情像是忘記原本的目的。

『我們是來確認領主是不是敵人的吧？』

「對耶，忘了。一時粗心。」

「怎麼了，芙蘭？」

「其實我來是有事拜託你們。」

「哎呀，是什麼事呢？只要芙蘭小姐妳開口，我們會盡量幫忙的。」

芙蘭回答福特王子的詢問後，薩蒂雅公主神情熱切地抓住了芙蘭的手。

「嗯。我想見領主。」

「見羅德斯閣下？為什麼？」

於是，芙蘭先把這幾天發生的事情說給兩人聽。

她講起替孤兒院解圍的事，以及在盜賊巢穴收穫豐富的事。又說我們以這些事情為契機，跟伊斯勒商會結下了樑子。然後誠實地告訴他們，伊斯勒商會或許有領主做靠山。

「芙蘭小姐，妳每天過得真是風波不斷呢。」

「看來芙蘭不管到哪裡都是芙蘭……」

兩人聽到都有點傻眼了。

「所以，我想見領主，確認他是敵是友。」

「原來如此。但是，對方是世故老練的貴族。我不認為他會誠實以對喔？」

「這不用擔心，我有這兩個傢伙。」

「這兩個傢伙？」

「嗯。」

芙蘭從小漆背上拆下袋子，把裡頭的東西直接扔到地上。

「呀！」

抱歉。兩個成年男性被團團綑綁的模樣，對薩蒂雅公主來說或許刺激太強了。

「他們是伊斯勒商會的成員，想對我下手。我要讓他們在領主面前自白，觀察反應。」

「原來如此……我知道了。席里德，立刻安排我們與羅德斯閣下會面！」

「是。」

就這樣，席里德幫我們跟領主約好會面。不愧是王族，不用五分鐘領主就親自過來了。

「殿下有何吩咐？」

「抱歉在羅德斯閣下百忙之中把你找來。」

「不會，只要殿下有事召見，沒有什麼事情比這更優先。」

嘴上這樣說，眼神卻略顯不安。想必是因為晚上聽到王族有要事面談，忽然被叫來的關係吧。他僅只轉動眼睛在房間裡四處張望，想盡量找到些線索。然後他看到被扔在地板上的兩個伊斯勒商會成員，睜圓了眼。

「他、他們是什麼人！」

看起來像是發自內心大吃一驚。假如是在演戲就太會裝了。

「你不知道？」

「妳在說什麼？我怎麼可能會知道？」

「這兩個傢伙是伊斯勒商會的成員，想對我下手。」

「這是怎麼回事？」

感覺像是真的一無所知，不過還是再套一下話好了。

「你知道孤兒院嗎？」

「妳說的孤兒院，是庶民區的孤兒院嗎？」
「嗯。他們被斷了援助金，求助無門。」
「什麼？」
難道他不知情？不過也是，小小孤兒院的補助金，領主或許不可能一一掌握清楚。不過，芙蘭還是把事情始末告訴了領主。
她說給孤兒院的援助不知為何冷不防就被取消，向機關申訴也得不到任何補償。導致孤兒院被資金周轉壓得喘不過氣，可能因此上了詐欺師的當。而那個詐欺師又是屬於伊斯勒商會。
芙蘭又暗示整件事情，給人領主與伊斯勒商會是一丘之貉的印象。
「正好在補助金被取消的時候出現詐欺師，未免太巧。」
「妳、妳是想說我涉及這種近乎詐欺的行為嗎！」
「我沒這麼說。可是，孤兒院收到了蓋有領主正式認可印章的文件。伊斯勒商會掌握這件事的消息來源又是個謎。」
「怎、怎麼可能！我沒有給那種文件蓋章！」
「你都記得？」
「當然了！這點小事都記不得，怎麼當得了大城市的領主！」
哦哦，真是斬釘截鐵。但是，他沒在說謊。克萊斯頓侯爵似乎對孤兒院的事是真的不知情。換言之不是侯爵做的，而是有個官員假冒其名跟伊斯勒商會狼狽為奸嗎？
「可是，能不經過我同意就使用裁決章的人，就只有……」

侯爵神情凝重地喃喃自語。看樣子是某個與侯爵關係親近的人背叛了他。

「那麼，你跟伊斯勒商會毫無瓜葛了？」

「這還用說嗎！」

羅德斯憤慨不已地如此叫道。他說的是真話。換言之，那些傢伙的靠山並不是領主。不妙，現在還是乖乖道歉吧。

「……對不起，我不該懷疑你。」

「無妨，我才該道歉。這下可以確定的是，我的家族當中有人做出了蠢事……」

在這情況下居然會跟芙蘭低頭致歉，我可能有點小看這位侯爵大人了。看來這號人物比我想像得更明公正義。

「羅德斯閣下，抱歉。我們也得向你致歉。」

「我們竟然對你起了點疑心，真不應該。」

「聽到剛才說的事情，會懷疑我是當然的。換作是我也會懷疑對方……那麼，這兩個伊斯勒商會的男性成員就交給我，妳沒有異議吧？」

「嗯。可以。」

本來是打算如果克萊斯頓侯爵裝傻撒謊，就用這兩個傢伙的證詞來推翻。現在得知侯爵不是幕後黑手，這兩個人就毫無用處了。我還想請侯爵接收這兩人呢。

「是嗎？那麼請稍候。喂，進來吧。」

羅德斯朝著房間外頭出聲呼喚。一位體格強壯的青年隨即走進房間。

青年的外貌與羅德斯有些神似，金髮碧眼的相貌五官就像個標準的貴公子，但肉體卻包覆著厚實的肌肉，身高恐怕也超過一百九十公分。渾身明顯散發出專業戰鬥人士的氣質。

「這小子是我的長子菲利普。」

「在下名叫菲利普·克萊斯頓，日後還請多多關照。」

實力相當了得。鑑定顯示的能力值直逼科爾伯特。

「菲利普目前擔任騎士團長，在月宴祭期間很難撥出時間，現在才終於有時間回來宅邸。本來是想讓這小子向兩位殿下致意……」

羅德斯命令菲利普將伊斯勒商會的兩人帶走，進行審問。當然羅德斯也向他解釋了狀況，但菲利普的回應令人感到有點意外。

「父親大人，如果是伊斯勒商會的手下，昨天已先捉拿到了幾人。」

意想不到的是除了這兩個傢伙，還有其他成員落網。

「罪名是什麼？」

「他們涉嫌於昨天的奉納儀式當中強擄舞者，妨礙儀式進行。記得殿下的朋友也有參與捉拿過程。」

這話讓福特偏了偏頭。然後他立刻看向芙蘭。

「你說我們的朋友？」

「是的。殿下說過您有位叫做芙蘭的冒險者朋友，對吧？」

「嗯？我嗎？」

說芙蘭參與捉拿過程，難道是小漆在巷子裡打倒的那五人組？我們把人交給士兵去處理，看來有好好關進牢裡。只是似乎被他們講成芙蘭在捉拿時提供了協助。

「呃——這位小姐就是芙蘭閣下嗎？」

「嗯。」

「聽說您是本領高強的冒險者，本來還以為是個高頭大馬的女子，想不到竟然是像您這樣楚楚可憐的小姐，真令我吃驚。」

看起來像個樸拙的粗人，終究還是大貴族的長男，好像隨便就能說出些肉麻兮兮的話來。只是，話語當中聽不出負面情感，似乎只是把心裡的想法誠實說出來而已。以大貴族的長男來說似乎有點太直率了，但最起碼不像是壞人。

「然後，昨天抓到的那幾個小賊，結果也是伊斯勒商會的手下。似乎有人命令他們趕在儀式舉行之前擄走擔任舞者的夏綠蒂小姐。」

伊斯勒商會真是無所不在。

「為什麼要對夏綠蒂下手？」

「這就不得而知了，但似乎可以確定目的是妨礙儀式。再說她相貌出眾，與其殺掉，對方自然會覺得擄走另有用處。」

菲利普說出向男子審問得來的情報。雖然沒什麼新情報，但由此得知整個伊斯勒商會似乎正在積極地進行某種活動。我們抓來的兩人被菲利普帶走，羅德斯也表示會火速查清事件之間的關聯性，就離開了。領主的裁決章遭人盜用是大事，當然得加快動作了。

我們在菲利普離開之前問了幾個問題，他一切照實回答。看樣子真的就跟外表一樣忠厚老實，是個不擅長要心機的騎士團長。

這下領主與長男就是清白的了。能夠得知這點已經是一大收穫。

「這麼一來，這座城鎮可能會掀起一點風波……」

「是呀。我們也得稍微當心點才好。」

「嗯。這樣比較好。」

「芙蘭妳接下來有什麼計畫？」

「回去廚房，繼續為明天做準備。」

「不會出事嗎？今天就先在宅邸住一晚會不會比較好？」

「我還有小漆在，不要緊。」

結果我們還是回絕了苦苦挽留的王子殿下等人，離開了宅邸。畢竟他們倆都知道芙蘭與小漆的實力。

最後還是放我們走了。

還有，我們離開宅邸前留下了大量咖哩麵包，是要給各位佣人的。畢竟多次驚擾到了大家嘛。就算說跟家裡的貴族老爺有點人脈關係，宅邸裡的事務大多都是佣人在處理，給他們一點謝禮不會吃虧。況且這幾天我們可能都會在半夜出入宅邸。

『為了明天，做最後衝刺吧。』

「嗯！」

隔天早上，我們在料理公會聆聽比賽的最終注意事項。

本以為昨晚會再度遇到伊斯勒商會的襲擊，結果完全沒有。只是，我不認為事情這樣就結束了，不能鬆懈大意。敢再來就給他們好看。

「那麼，最後再重申一遍。評選於十二點開始，參賽者於十點從料理公會出發，請在兩小時內選好擺攤地點。只要是在港灣區、商業區或是一般居住區，任何地點都行。只不過如果地主等人拒絕，就必須另選地點。此外，比賽禁止在十二點之前開始營業。違反規定將被視為失去比賽資格，請特別注意。」

周圍聚集著跟我們一樣準備參加複選的人。在場的都是各店店主，以及每個人各帶一名的幫手。想必是因為更多人來就擠不下了。

跟芙蘭一同前來的是科爾伯特，三位店員女孩在外頭替攤子做準備。

「我說啊，妳師父又不來了嗎？」

「嗯。他在某個地方守護我。」

要問在哪裡的話，其實就是芙蘭的背上。不過話說回來，芙蘭還真吸引眾人的目光。

「那就是傳聞中的——」

「得到麥卡老翁美味評價的——」

「年紀還那麼小就——」

似乎並不是看芙蘭是小孩就輕視她。

聽起來，那個叫麥卡的評審員似乎很有名氣。先不論什麼廚師的自尊，他的確說過我們的料理好吃。看來是這件事傳開了，使得大家對芙蘭很有戒心。跟我們待在一塊的科爾伯特神情驚訝地問她：

「芙蘭，妳師父難道是在麥卡老翁的推薦下通過初選的？」

「嗯？你說誰？」

「麥卡老翁啊！料理公會的幹部，美食專家！」

據他所說，料理公會的幾位高級幹部，有權推薦自己認可的店家或廚師晉級複選。只是，麥卡是以評價極端嚴格出了名的人物，常常一個人都不推薦，所以得到麥卡推薦的黑尾巴亭受到矚目是當然的。我就在奇怪第一階段審查怎麼那麼簡單，原來是推薦名額啊。

「我一定會讓那傢伙認輸。」

「喔喔，好驚人的氣魄……！」

「一定會晉級決賽。」

「當然！所以我們可得好好加油！」

然後所有解說結束，複選參賽者們走出料理公會。公會前面的廣場上擺滿了參賽者的攤販。當然，我們的攤販也在裡面。高掛著我們訂做的招牌，屬於調理設備較少的那一種餐車。外觀不是日本人聽到攤販會想到的那種，比較類似有著遮陽篷頂般彩色布製屋頂的西洋式攤販。說成在某夢想與魔法的王國賣爆米花的那種攤販，大家應該就能理解了。

實在太搶眼了。誰教我們有三位俏麗女僕跟著呢？

「今天我們會一起努力工作。」

「請多指教！」

「呵呵，是不是很可愛？」

沒錯，三個店員女生與芙蘭，都穿著科爾伯特準備的哥德蘿莉女僕裝。就是有皺褶又充滿哥德風格，超級無敵可愛的黑白女僕裝。科爾伯特啊，你是從哪裡借到這種服裝的？幹得好啊！雖然毫無防禦力而且完全不方便做事，但超可愛所以沒關係！

其他參賽者也都請了漂亮女生當店員。看來不管在哪個世界，讓可愛女生來賣東西都能達到促銷效果。不過嘛，沒有一個女生比得上芙蘭這個美少女就是了。

「昨天妳請我吃的咖哩麵包太好吃了！我說真的！但是光靠那個能不能通過初選有點難說，這件服裝算是祕密武器啦。」

「還有，我跟科爾伯特先生想了很多販賣方式喔。芙蘭小姐妳儘管放一百二十個心吧。」

茱蒂絲看起來也充滿幹勁，用力拍了拍胸脯。看來昨天請大家吃的咖哩麵包、咖哩飯與其他餐點的衝擊性太強了。芙蘭告訴他們只要突破初選就請大家吃更豪華的料理，大家一聽都卯足了勁要贏。

「我也會努力當店員的～」

「我用我的性感魅力吸引男人們。」

美雅精神奮發，雙手握拳打起精神；莉狄亞微微掀起自己的裙子擺出性感的撩人姿勢。有幹勁是好事，但是這種姿勢太不檢點了，快住手！

後來，我們加入其他攤販的行列，開始前往目的地。黑尾巴亭的餐車由科爾伯特來拉，本來想讓小漆來拉，但那樣可能有點太引人側目了。

前往事前挑好的販賣預定地點的途中，有一群人跟在後頭，我還以為是來妨害營業的或是怎樣，結果好像只是普通的客人。聽說他們會跟著挑中的攤販走，選拔賽一開始就立刻排隊購買。這種客人似乎專挑看起來搶購率較低的新參賽攤販來買。

他們人數逐漸增加，跟著我們魚貫而行的人數已超過五十人。初次參賽的我們只有這點人潮，但聽說知名參賽者會帶著大約三百人大陣仗地移動。

我可能有點小看這場比賽了。規模大得超乎預料。

芙蘭注視著陸陸續續跟在攤販後頭而來的客人，也顯得十分吃驚。

「人數好多。」

「哈哈哈，巴博拉的三月祭，可是克蘭澤爾王國的三大祭典之一喔？祭典期間舉辦的各種活動當中，奉納儀式、吟遊詩人比賽加上料理比賽，都是名聞遐邇的活動。要是這點程度就會嚇到，那可是沒完沒了。」

「三大祭典的另外兩個是？」

「王都的新年祭，以及烏魯木特的地下城祭。」

「新年祭就有點像是巴博拉的月宴祭～」

他們說就是前一年最後一場月宴祭，與新年祭典同時舉行的一大節慶活動。不過祭典的內容聽起來，的確跟巴博拉的月宴祭挺像的，有奉納儀式以及林立的攤販。不同之處大概只有活動的細節，以及國王的致詞。
地下城祭又是什麼樣的祭典？好像跟月宴祭不一樣。
「地下城祭是熱血沸騰、粉身碎骨的冒險者祭典。」
咦？怎麼聽起來怪危險的？
「好吧，莉狄亞說得沒錯，的確是相當激烈的祭典。」
「會做些什麼？」
「名稱叫做地下城祭，其實說穿了就是武鬥大會啦。」
「就是在克蘭澤爾～冒險者人數最多的城鎮舉行的武鬥大會～」
武鬥大會啊，好像很有意思。無論要不要參加，應該都值得走一趟去看看吧？
「什麼時候舉辦？」
「四月底，從現在算起一個月後就是了。為了紀念在烏魯木特發現地下城的日子而舉辦祭典。」
時期也正好。反正我們本來就打算之後要去烏魯木特，這真是聽到了好消息。
聊著這些話題，很快就到了目的地。
「好，我們到了。」
武鬥大會是很令我們好奇，不過現在還是專心比賽吧。我們來到冒險者公會等設施比鄰相接的大廣場。總之就是選了人夠多，似乎能吸引排隊人潮的地點。不過攤販前面已經排出了五十幾人的隊伍就是了。各位居民似乎也很懂規定，隊伍很整齊，也沒有一個客人還不到十二點就要我們開賣。

我們決定占據廣場北側時鐘塔前的位置。然後，我們從芙蘭的次元收納空間拿出咖哩麵包，一一擺好。接著掛起寫著一個十戈德的看板，油鍋也擺到了爐子上。

「這個好厲害喔～是芙蘭小姐設計的嗎～？」

「師父想的。」

「哦哦，真不愧是妳師父，竟然連這種用品都懂。」

「商人也會使用類似的用品，但我還是第一次看到這麼大，可以放所有硬幣的款式。是專為攤販用途設計的嗎？」

「嗯，對。」

「魔劍少女的師父真是多才多藝呢。」

「嗯，師父很厲害。」

店員們異口同聲地讚美我準備來代替收銀台的木製硬幣計算整理盒。我只是用木頭複製了地球上的硬幣計算整理盒，但在這世界好像挺稀奇的。我不但配合每種硬幣的大小削出溝槽，還輔以刻度表。茱蒂絲不失商人女兒的本色，對這件用品極感興趣。

看樣子用起來沒問題，想必可望進一步提升販賣速度。我想出的作戰方式就是設置三個收銀台，進行大量販賣。

準備做得差不多了，芙蘭他們為了提早解決午餐，在稍微遠離攤販的地方坐下。因為比賽一開始就一定會非常忙碌，之後說不定會沒有時間休息。應該說但願如此。

「來，這是午飯。」

看到芙蘭拿出的午餐，科爾伯特他們發出歡呼。

「等好久了！」

「可以說我們就是為了這個才接下委託呢。」

「早餐也好吃到沒話說！」

「那個蛋沙拉三明治……口水快流出來了。」

簡單製作的特製蛋沙拉三明治大獲好評，於是午餐也採用了三明治。除了蛋沙拉三明治以外，我又試著準備了燒肉、照燒雞肉與酥炸鮪魚排……

「好吃——！」

「啊，不要搶我的份啦，莉狄亞！芙蘭小姐也是！」

「哼哼嗯哼。」

「弱肉強食。」

「好，那這個我要了～」

「啊啊！連美雅都這樣！」

「這個果汁也好濃！超好喝的！」

名為午餐實為戰場。準備了多達五十個的三明治，轉眼間全進了五名冒險者的肚子，甚至好像還不夠吃。到現在還在爭吵誰從誰的旁邊偷了東西，或是哪種口味自己完全沒吃到等等。等會還要請她們當店員，不會為這種事鬧彆扭吧？

附帶一提，攤販有料理公會的監視員幫忙看管。職員會負責監視違規行為，每個攤販都有一人跟著。另外他們也會統計銷售量，監視攤販是否有在事前申請的素材上作假或是動其他手腳。聽說假如試著收買或是欺騙職員，就會立刻被判出局。我們本來想請監視員也吃份三明治，但對方回絕了。

只是，監視員的眼睛直到最後都盯著三明治。做這份工作真吃虧。

「好吃——！不過，攤販的商品可是比這還好吃哩！」

「我們還恨不得自己全部包下來呢。」

科爾伯特與莉狄亞裝模作樣地嚷嚷。幾個看熱鬧的人聽到這些話，都跑去排隊了，隨便數數都有一百人以上。看來這下有得忙了。

而我的這份預感，也的確成真了。

「好的，原味三個，中辣兩個。」

「特辣四個！」

「收您三十戈德。」

即使過了下午三點，客人仍然絡繹不絕，總是有一百人左右在排隊。我們已經從次元收納空間做了四次補充。芙蘭把店員工作交給莉狄亞她們緋紅少女去做，自己負責炸咖哩麵包讓香味四溢，科爾伯特則是負責整理隊伍或是其他工作。

「嗨，小妹妹，我來光顧了。」

傳。

「嗯。」

「我有幫妳到處宣傳喔。」

我們從盜賊手中救出的農民們，以及冒險者們也都來照顧生意。而且好像沒忘記幫我們做宣傳。

「一個十戈德！我們有三種口味：小孩子也可以吃的原味、辛香料香氣十足的中辣，還有讓人嘴巴噴火的特辣！」

科爾伯特對排隊的客人如此說明，誘導群眾事先想好要買什麼口味。畢竟我們的攤子重視速度嘛。茱蒂絲也說過，過半數的人事前就會決定好要買哪一家店的東西，但也有很多人不會。她說對這些人而言，隊伍較短的黑尾巴亭可以想到就輕鬆排個隊。真是一項有用的情報。

應該說，隊伍這樣還叫短？那其他店是排到多長啊？換作是我死都不排。上輩子我曾經跑去吃美味鬆餅名店，卻因為隊伍排得太長而意興闌珊，結果到隔壁拉麵店吃了煎餃定食就打道回府。

「添加了珍貴魔法植物的療癒美食！只有這裡才吃得到！不但具有排汗美肌的功效，還能清除體內毒素，快來嘗嘗最強美食！」

科爾伯特拿治癒黃薑作為主打向群眾叫賣。使用了對一般人而言屬於高級品的魔法植物，似乎是很大的一個賣點。

然而，出現了一群來給生意興隆的攤販潑冷水的傢伙。

「喂喂喂喂！賣這什麼東西啊，看了就不想吃！」

「少給我賣這種算不上麵包的廚餘！」

唔哇，來了幾個世紀末的人種。龐克頭配上鉚釘皮夾克，一身毫無奇幻感的穿著。擺明了來妨礙生意的，大概是其他參賽者僱用的小流氓吧。

我看了一下能力值，弱到不行。凶神惡煞般的外表或許可以嚇唬一般民眾，但碰上冒險者只能算是菜鳥。不過，對付一般廚師的話大概這個等級就夠了吧？

「快給我滾，聽見沒！」

「反正一定超難吃！看了就想吐！」

「要不然我們來幫你們關店好啦！直接動手幫你關！」

小流氓說完，拿出了像是棍棒的東西。客人尖聲慘叫。

然而，下個瞬間他們就全數倒地了。

本來還在炸咖哩麵包的芙蘭，不知何時站到了小流氓們的背後。好吧，其實在那些傢伙一說咖哩麵包難吃的瞬間她就行動了。

遭到芙蘭用雷鳴魔術麻痺身體，三個小流氓動彈不得。

我很想快點繼續做生意，但也想獲得情報。

『芙蘭，總之這樣就夠了。之後由我來。』

（嗯，好。）

『小漆，把所有人帶過來。』

「嗷。」

我命令小漆把小流氓拖到攤販後面的巷子裡，讓他們繼續躺在攤販前面人難看，也會嚇到一般客人。

我創造出分身，把小漆拖過來的小流氓們搬到後巷更深的位置，然後用石牆術做出牆壁把他們包圍起來。接著我又使用了寂靜術，徹底做好防慘叫處理。這下不管牆壁內側發生什麼事，慘劇內容都不會傳達到外頭。

『不管發生什麼事……哼哼哼。』

然而虧我醞釀了半天氣氛，什麼慘劇也沒發生。連一滴血都沒流。

好像是在一旁待命的巨狼版小漆太可怕了。牠只不過是稍稍低吼一聲，就嚇得小流氓滿臉恐懼地發出慘叫，看來應該會乖乖說實話。我用創造出來的分身質問男人們：

「我有話要問你們。只要據實以報，我保證不會傷害你們。」

「我、我什麼都告訴你！我說就是了！」

「拜託你把那頭怪物弄走！」

小流氓們淚流滿面地哀求我。怎麼搞得好像我才是壞人？氣得我很想一拳打過去，但及時想起現在先問話要緊。

「那好，首先——」

之後一切順利。無論我問什麼，所有人都誠實回答，毫無半句虛假。

這些傢伙沒有膽量或氣概成為冒險者或傭兵，似乎就是一群只敢在鎮上勒索一般民眾，連流氓都算不上的不良少年。凶神惡煞般的嘴臉讓我一時沒看出來，其實所有人都未滿二十歲。

「你們這種不良少年，怎麼會來找黑尾巴亭的麻煩？拿錢辦事嗎？」
「是、是人家僱用偶們的！」
他們說昨天晚上，有個陌生男子僱用他們。對方出手大方，給了每個人一萬戈德。
委託內容是騷擾指定的攤販，把攤子砸了。聽起來似乎有多個混混集團受僱行動。這幾個傢伙說他們平常是大約六個人一起混，今天把人數拆成兩半各自行動。而雇主指定這些傢伙襲擊的，就是黑尾巴亭與巴博拉孤兒院。
我試著問出雇主的身分，但他們似乎毫不知情。看來真的只是臨時僱用的跑腿小弟。沒辦法了，早早交給衛兵處理吧。
「喂。」
「請、請說。」
「我現在要把你們交給衛兵。人家問你們什麼，你們都要乖乖回答。」
「好、好的！」
「但是，不准把我們的任何事情說出去。敢洩漏祕密我就殺了你們。」
聽到我出言威脅，幾個小夥子鐵青著臉直點頭。
「我、我們絕對不會說出去！」
「我們保證！」
話雖如此，不良少年這種智力水平在黑猩猩以下的單細胞生物，天生就是好了瘡疤忘了痛，還會再重蹈覆轍，得給他們個警告才行。我用魔力讓手指發光，依序戳向幾個小夥子的額頭。

「你、你這是……？」

「我對你們下了詛咒，只要把我的事情告訴別人，我就會知道。」

「噫！」

其實我什麼都沒做，只是虛張聲勢。但是，幾個小夥子似乎相信了。

「勸你們今後還是重新做人吧。下次碰到你們時如果還在幹蠢事，這頭魔狼必定會追殺你們到天涯海角，把你們生吞活剝。」

「我、我們會改過自新的！」「再也不敢做壞事了！」「所以請饒我們一命吧～！」

就這樣，不良少年們被科爾伯特叫來的衛兵帶走了。

看到他們自始至終一臉恐懼，科爾伯特滿臉狐疑，但沒多問。他似乎在猜是芙蘭做了些什麼，但也就這樣了。因為在這個世界，報復與復仇都被當成正當的權利。對不良少年下點猛藥，想必算在理所當然的範疇之內。

『芙蘭，孤兒院有危險了。』

我立刻把從他們口中問出的騷擾情報告訴芙蘭。芙蘭一聽，神情嚴肅地點頭。

（師父，你去吧。）

『我嗎？』

（我必須待在這裡。所以師父，你去吧。）

差點忘了，這個攤子的負責人是芙蘭。雖然名義上參賽者是我，但登錄的是芙蘭這個代理人。況且還有公會的監視員在，芙蘭不能離開這裡。

拋下芙蘭讓我不太放心，但放著孤兒院不管又會讓芙蘭靜不下心。本來是打算只讓小漆過去的，但好吧……

『那就我跟小漆過去吧。』

（嗯！拜託師父了。攤子就交給我。）

那就速戰速決，去孤兒院救了人就趕回來吧。

『有什麼事就找科爾伯特幫忙，知道嗎？』

（知道。）

『小漆，麻煩你了。』

「嗷呼！」

小漆把我收進影子裡。遇到這種時候，劍的身體真是方便。不是生物所以可以當成道具收納起來，而且從影子裡還能看見外界情形。

『我們走！』

「嗷嗷！」

小漆盡可能不引人注目，但用最快的速度衝過城鎮。路上也曾經被巡邏兵追趕過，但人類的腳程不可能追得上小漆。此外，也許是拜掛在顯眼位置的從魔證所賜，引發的混亂沒想像中來得多。雖然也不是完全沒事啦。對於半路上不小心嚇哭的小男生小女生，就讓我在心裡道聲歉吧。

『看見了。』

「嗷。」

孤兒院的攤販沒起什麼騷動，群眾正在排隊。大概排了三百人以上吧？不愧是人氣名店。

小漆用空中跳躍衝過群眾的頭頂上方，降落在孤兒院的院子裡。孩子們立刻就一擁而上，靠近過來。

「啊──！是小漆！」

「小漆！」

「你怎麼會來──？」

只不過是前兩天相處了短暫時光，孤兒院的孩子們似乎已經記住了小漆。

喂喂，怎麼都不用幫忙啊？正在奇怪時，才知道攤子主要都是年長的孩子們在幫忙，幼小的孩子們只負責炒熱現場氣氛。

被孩子們撫摸一頓，小漆心滿意足，因為一般人看到牠大多都會嚇到。孩子們很喜歡孤兒院的恩人芙蘭養的狗狗小漆，沒有一個孩子怕牠。

只是，並沒有人來鬧事。小流氓都跑去哪了？

反正小漆玩得正開心，就等等看好了。什麼事都別發生最好。但才剛這樣想，狀況就來了。

「喂，這什麼湯啊！我可是花錢買的耶！怎麼放的都是菜渣啊！」

「對、對不起。」

「不是對不起就算了！現在立刻收攤！這樣我就放過妳！」

「可、可是……」

「還敢有意見？」

「嗚嗚……」

好眼熟啊。跟剛才去我們攤位鬧事的不良少年簡直一模一樣，幾個男人正在糾纏伊俄女士與充當店員的孩子們。

「請、請放過我們吧。」

「嗚哇——！」

「噫欸——！」

「吵死啦！」

「搞得我們火氣超大的，得讓你們受點教訓！給我下跪道歉！」

遭到不良少年們威脅的伊俄女士臉色發青，孩子們都哭了出來。太過分了。

『小漆。』

「咕嚕嚕嚕……」

小漆衝出孤兒院威嚇不良少年們，如果他們因此嚇得落荒而逃，我可以只稍微教訓他們一下就好——

「啊啊？哪來的死狗？」

「衝著本大爺吼什麼吼啊！」

明明就很害怕，大概是怕丟臉不願意逃跑吧。他們用棍棒敲打地面，威脅小漆。早知道的話，也許應該用更大的體型現身？但這附近人太多，小漆如果用原本尺寸大打出手的話肯定會引發混亂。那樣對孤兒院帶來的麻煩會比不良少年們多出一百倍。

『不得已了。小漆。』

「打死你——哇啊！」

小漆聽從我的指示衝向了不良少年，就這樣把其中一人撞飛。個頭還算高大的不良少年被撞飛了十公尺以上，變得一動也不動。感覺腿好像有點彎向不該彎的方向，但對這幾個傢伙來說是適當的懲罰。其餘兩人也被小漆接連著狠狠撞飛。小漆快如子彈的強力衝撞，讓不良少年們飛上了天空。

「嗷嗚～～！」

「好耶！」

「小漆好帥！」

「嗷嗷！」

小漆銜著倒在路上的不良少年們，把他們拖到同一個位置。然後跳到層層疊起的不良少年們身上，發出勝利的長聲嗥叫，孩子們都面帶笑容歡呼著為牠助勢。很高興整件事沒讓這些孩子留下心理創傷。

後來，不良少年們被孩子們叫來的衛兵帶走了。只是假如我們沒有過來，情況是不是挺不妙的？不知道是哪裡的什麼人幹的好事，只能說手段還真是卑鄙下流。

『接下來怎麼辦呢？』

要是再派小流氓什麼的來騷擾，我們來幫這次忙就沒意義了。可是從各種意味來說，留在攤位的芙蘭又讓我放心不下。怎麼辦才好呢？正在煩惱時，就看到一個熟悉的面孔跑了過來。

「大家都沒事吧！」

「啊——夏綠蒂姊姊！」

「小漆救了我們喔～」

對耶，還有夏綠蒂在。有她這位冒險者在，要應付五到十個不良少年想必不費工夫。正在奇怪她剛才到哪裡去了，結果似乎是針對伊斯勒商會的詐欺行為被叫去接受訊問，看來克萊斯頓侯爵已經正式開始調查此事。然而，夏綠蒂卻一臉困擾。

「幸好大家沒事。真是，可以不要挑這麼忙的時候叫我過去嗎？」

夏綠蒂嘟噥著說。我們也不是完全沒有責任，不禁覺得有點抱歉。不過既然夏綠蒂已經回來了，孤兒院應該不用擔心了。

而且還有幾位騎士跟著她回來。似乎是因為夏綠蒂本人曾經成為綁架目標，所以替她指派了護衛。

『好，那我們回去吧。』

「嗷。」

騷擾行為的幕後黑手，似乎也沒有在一天之內多次派出小流氓。我們回到攤位之後沒出什麼問題，就這麼迎來收攤的時間。

『那麼，先回料理公會一趟吧。』

「嗯。」

第一天結束，各攤販紛紛回到料理公會交出餐車。必須將餐車交給公會保管，第二天早上再來這裡集合。

科爾伯特做事相當俐落，替我們收集了其他攤販是否也遭到妨礙的情報。看樣子除了黑尾巴亭與巴博拉孤兒院之外，龍膳屋與貴族佳餚這兩家店也遭到了妨礙。

黑尾巴亭有麥卡掛保證，其他三家店則是知名店鋪。他說全都是名列優勝候補的參賽者。

「大家都沒事嗎？」

「沒事，龍膳屋的店主以前可是A級冒險者咧。」

「所以很強悍了？」

「現在就算碰到幾個小流氓也沒問題啦。我還聽說以前店裡使用的龍肉都是店主自己去獵來的。」

哦，前A級冒險者？而且還是屠龍高手？我試著鑑定了一下正在跟料理公會職員談話的龍膳屋店主。

『咦？看不出來已經六十歲耶？』

還以為最多也就四十五歲上下，真是駐顏有術，而且實力強悍。可能是因為退出第一線已久的關係，戰鬥系的技能以及能力值都有退步。光看數值的話大概跟科爾伯特差不多吧。可能比我們在錫德蘭海國纏鬥過一番的黑牙巴魯札更強。不過，假如問我比較不想跟誰打，我會說是這位龍膳屋店主。此人有著無法用數值估量的戰鬥經驗與狡獪頭腦，這些比單純的數值更棘手。我絕不會想與這號人物為敵。

貴族佳餚的代表，是個帶著一堆跟班、看起來高高在上的男人，據說是領主次男擔任代表的商會專屬的廚師。而且這個男人，本身也是領主的三男。領主說過三男是廚師，原來就是這傢伙。不像哥哥菲利普，這傢伙完全沒有戰鬥能力，不曉得是怎麼撐過襲擊的？不，既然是領主的兒子，應該很有錢。大概是精明地僱用了護衛吧。

但是，結果我好像猜錯了。

「聽說他說自己的安危不重要，下跪請對方不要對客人出手。結果對方好像說今天看在他這種氣概的份上放他一馬，就回去了。」

據說這件事變成一段佳話，傳遍了全巴博拉。從明天起，貴族佳餚也許會變得很有人氣。

但也就是說，遇襲的四家店最後都沒有蒙受損害。

雖然真的發生了很多事，總之第一天就這樣結束了。在跟科爾伯特他們分開之前，得把講好的餐點拿給他們才行。總之我拿了幾個大籃子，把整鍋的肉與湯等等裝進去給他們。

「來，這是晚餐的份。」

「喔喔，還特地幫我們裝籃子啊？太感謝了。」

「你們要平分，不要搶。」

「當然了。」

「大家一起分享～」

但我怎麼看到你們早餐午餐都搶破頭……算了，他們喜歡怎樣就怎樣。

「明天也請多多幫忙。」

「沒問題，包在我們身上！」

與科爾伯特等人分開後，我們再次回到租借的餐廳，為的是準備明天要賣的東西。今天的銷售量比想像中還大，所以得多做些咖哩麵包擺著才不會開天窗。真沒想到第一天就這樣大賣。

『芙蘭跟小漆就到旁邊去吃飯吧。』

「嗯。」

「嗷！」

趁這段時間把咖哩麵包炸起來吧。我一面檢查油溫，一面回想襲擊事件。

我認為應該是某個參賽者為了踢掉競爭者而僱用那些人。只是，參賽者多達二十人，假如把他們的贊助商或自家人也算進去，嫌犯可能會超過一百人。能剔除的只有今天遇襲的四家店。

『不，等等喔？仔細想想是不是不太對勁？』

就是貴族佳餚。下跪就回去了？哪有這種好事。孤兒院的伊俄女士也有道歉，卻險些被人砸店。

『很可疑。』

更何況領主的兒子怎麼會連護衛都沒請？一開始懷疑就覺得越想越奇怪，也許該稍微監視一下？如果是清白的也可以少掉一個嫌犯。

『小漆。』

「嗷。」

『你還記得領主那個三男的氣味嗎？』

「嗷。」

『很好，你從今天晚上開始監視那傢伙。』

「嗷嗚！」

既然如此，就請小漆出一份力吧。我得忙著做咖哩麵包，芙蘭則是正在發育，睡眠必須充足。而且明天還得讓她顧攤位呢。

『小漆，拜託你嘍。』

「嗷呼！」

隔天，黑尾巴亭從一大早就盛況空前。看樣子是咖哩麵包在昨天一天就變得名聞遐邇，超過兩百人的隊伍從未中斷。幸好我有做更多咖哩麵包擺著預備。

不過，芙蘭已經沒穿女僕裝了。考慮到可能會遭受各種妨礙，她換回了平常那套方便行動的裝備，真是曇花一現的女僕裝打扮啊。然而到目前還沒有人來妨礙營業，一切都很順利。不是，我也沒在期待什麼狀況發生啦。

附帶一提，貴族佳餚今天有冒險者護衛跟著，聽說是昨天遭受妨礙後臨時僱用的人手。大家都在傳那家的店長很會為客人著想，值得欽佩。

我們攤位的隊伍，也有幾個男人不必要地大聲讚揚貴族佳餚的應對方式。一整個可疑到不行，於是我試著鑑定那些放出風聲的人……

『謊言、演技外加恫嚇啊。』

根本就只是暗樁嘛？能力值組合怎麼看都是小流氓。技能還包含了恫嚇，我不認為這些傢伙會主動稱讚別人。這下是真的很可疑了。再來只等小漆回來，真相就會大白。

正在這樣想的時候，隊伍出了一些問題。好像是有個男的想插隊，跟排隊的客人起了糾紛。科爾伯特與芙蘭急忙過去處理。

一看，鬧事的男人已經被某人壓制住了。看來是排隊的冒險者幫了個忙。

但這個男人很不對勁。分明被制住了，卻一邊喊著些莫名其妙的話一邊不斷掙扎。該不會是嗑了什麼危險藥物吧？

經過鑑定發現狀態變成了邪心。這是一種異常狀態嗎？還有，什麼邪心？跟惡人不一樣嗎？不過，這下嗑危險藥物嗑到嗨翻天的說法就更可信了。

總之芙蘭試著把咖哩麵包塞進鬧事男子的嘴裡。因為假如真的是異常狀態，或許可以吃這個治好。而果不其然，吃了咖哩麵包之後男子的狀態就恢復正常，不吵不鬧。

科爾伯特試著問男子為什麼要吵鬧，卻說不出個所以然來。本以為是嗑了危險藥物，但好像就只是喝醉酒而已。男子表示自從喝了下層居民街免費提供的酒，就記不得之後發生了什麼事。

「跟昨天一樣，今天也辛苦您了。」

「嗯。這傢伙拜託你了。」

「是。好了，快走。」

「好、好啦……」

看來這場騷動不是蓄意行為，而是偶發事件。不過話說回來，今天倒沒碰到多少問題。沒人要來妨礙營業了？

不，說沒問題是騙人的。只有一個問題，就是開始有一些臉孔莫名凶惡的男人來排隊。

看起來像是冒險者或傭兵。他們並沒有危害其他客人，但光是站著好像就會給人威迫感。也有很多客人顯得有點侷促不安。話雖如此，也不能因為人家相貌凶惡就趕人。

感覺似乎是具有療效的咖哩麵包的消息在冒險者們之間傳開了，畢竟治癒藥水千金難求嘛。具有類似效果的食物才賣十戈德，當然會想囤貨了。只是保存期限很短，我是覺得以結果來說買治癒藥水比較划算。

「嗯——我可能講得有點誇大了？」

原來是你搞的鬼，科爾伯特！B級冒險者科爾伯特推薦，美味又具有魔法效果的食物。對冒險者們而言，似乎成了必買的一項商品。

雖然有點給我們找麻煩，但反正沒出問題，對營業額也有做出貢獻。況且對企圖妨礙的人應該也成了一種嚇阻力。看開點放著不管才是上策。

結果今天除了後來又發生一次醉鬼鬧事，就真的沒碰上大問題了。第二天就這樣平安無事地結束，今天又到了返回料理公會的時間。

神經一直維持緊繃狀態，把我累死了……妨礙者與伊斯勒商會是否已經放棄了？

前往料理公會的路上我繼續保持警覺，但還是沒發生任何事。畢竟科爾伯特他們也在，也許是打消了直接跑來妨礙的念頭吧。

回到料理公會，看到其他很多攤販已經回來了。很多店主原本就住在這座城市，大概彼此都認識吧。在料理公會的大廳，一些互相認識的店主們聚在一塊交換情報。

這時出現了一個新來的人影。是領主的三男，還是一樣帶著跟班。沒看到小漆。是不是在監視其他地點？沒差，小漆很聰明，交給牠自行判斷不會出錯。

「今天也一樣生意興隆呢～」

「您這冠軍是拿定了！」

看起來似乎不只店裡員工，連商會的採購負責人以及護衛也帶來了。再來就是些貌似貴族的傢伙。再怎麼說也是領主的兒子，當然會引來些馬屁精。三男的態度看起來趾高氣揚。看他那副自尊自大的架子，怎麼想都不可能為了平民顧客下跪求情。

正在緊盯領主的三男等他露出馬腳時，有人來找芙蘭說話了。令我驚訝的是這人沒散發半點氣息。就算說不像戰鬥中那樣繃緊神經，但竟然能靠近芙蘭而不被我們發現……不是個泛泛之輩。

然而當我看到對方是誰，就恍然大悟了。

「晚安。」

「嗯，晚安。」

「我是龍膳屋餐廳的店主，名叫費爾姆斯。」

前來攀談的正是前A級冒險者兼優勝候補的龍膳屋店主，費爾姆斯。

這人有著微捲金髮，以及細長清秀的眼睛。隔著衣服都能看出肉體結實壯碩，擁有將近一百八十公分的個頭與修長的手腳。他那柔和的笑容，至今想必擄獲了眾多女性的心。就連臉上刻畫的皺紋，都只不過是襯托這名男子魅力的要素，怎麼看都覺得只有四十五歲上下。

跟昨天一樣，今天也來鑑定看看。確實是六十歲沒錯，而且種族還是人類。到底要怎麼凍齡，看起來才會這麼年輕？雖說現在的我們不需要就是了。假如把保持年輕的祕訣賣給貴族夫人，搞不好光靠這招就能發大財了。

「嗯。我叫芙蘭。」

「其實我也吃了你們黑尾巴亭的咖哩麵包。」

哦，幹嘛？是來挑毛病的嗎？

「我必須說，真的讓我非常感動，原來還有這麼多我沒接觸過的食物。聽說是您的師父做的？」

「嗯，師父發明的。」

「太令人佩服了，請將我的這份感動轉達給您的師父。」

說著，他伸手想跟芙蘭握手。能得到這種等級的廚師稱讚真令人由衷開心。

『幫我跟他說我很高興。』

「嗯。師父也會很高興的。」

「請務必跟您的師父一起到我的餐廳光臨。告辭。」

好像只是來打個招呼，說完這些話就走了。哇──從頭到尾都是個爽朗的紳士。讓人有點崇拜。

其他廚師見狀也都來到芙蘭身邊，看來他們也在尋找跟芙蘭說話的時機。也是，芙蘭乍看之下面無表情，或許是有點難以親近的氣質。大家都真心稱讚咖哩麵包，說「很新奇」、「好吃」。感覺還不賴。也有人說：「不是啦，因為妳揹著一大把劍，怪可怕的。」咦？所以其他廚師對芙蘭敬而遠之是我害的？正對自己現有的模樣稍微感到煩惱時，領主的三男也過來了。其他廚師立刻在一瞬間內離開我們。

「來了個討厭鬼。」

「靠老爸的傢伙。」

「就會做表面功夫。」

「我聽說過很多關於那傢伙的壞傳聞。大家可得當心喔？」

我聽見廚師們的低語。這傢伙真是惹人嫌耶。

「我是貴族佳餚的溫特，我也有幸嘗過了妳的咖哩麵包。」

「嗯。」

「新奇、鮮明而強烈，真是一道美饌。」

「嗯。」

「我們各自加油吧。」

完全是在撒謊。那死傢伙，還偷偷擦拭跟芙蘭握手的那隻手，都快擦掉一層皮了！我可是看得一清二楚喔！

「辛苦您了。竟然還得特地對髒兮兮的獸人講客套話。」

「沒什麼，我盡量討好她就是了。這樣行事比較方便。」

以為我們沒聽見就大放厥詞！這麼嫌髒，乾脆幫你砍掉算了！該死，小漆到底在幹嘛啊！要是能快點把證據帶回來，我就能定那臭傢伙的罪了！

「終究只是個標新立異的下賤廚子而已啦。」

現在就放你們一馬，之後再給你們好看……！

在料理公會發生那個場面後，我們心情極度惡劣地回到租借的餐廳。不，芙蘭看起來並未放在心上，所以其實只有我在不高興。

「師父。」

『嗯，我知道。』

芙蘭表現出明顯戒心擺好架式。她的視線朝向租借的餐廳內部。

只因理應空無一人的餐廳內部，傳來了不只一人的氣息。沒點燈，而且能感受到些微敵意。這下熟人來訪的可能性就沒了。就目前來說完全是不速之客、非法入侵，只有殲滅一途。但屋子是租來的，我不想弄壞，也不能被血弄髒。

『只能偷偷靠近，打昏他們了。』

「好。」

我們隱藏氣息，偷偷靠近廚房的入口。外場有兩個入侵者的氣息，廚房也有兩個。

我們用寂靜術消除聲音，打開房門。唔，門仍然是鎖著的。是從哪扇窗戶入侵的嗎？沒差，抓到人再問就好。我們把房門打開一條窄縫往裡面偷看。看不到人影，似乎是躲在東西後面。是打算埋伏偷襲芙蘭嗎？

不過碰上我們的氣息察覺能力，只是白費工夫。

『那麼，我對付右邊的傢伙。左邊交給妳。』

（嗯。）

對整個房間施展寂靜術後，首先由我闖入。我對門後暗處的男子施展雷鳴魔術。在無聲空間裡，遭受電擊的男子嘴巴一張一合地昏倒。

在我背後，芙蘭已經收拾掉另一人。這人也挨了氣絕電壓，陷入麻痺狀態。我們用魔絲俐落地把兩個男人綑綁起來。其他傢伙也很快就抓住了。

意外的是所有人都超過20級，也都有點本事。假如芙蘭只是個D級冒險者的話，恐怕已經死於這場奇襲了。我們讓四個男人躺在地上，開始進行盤問。

總之先把等級最高、貌似隊長的男子叫醒吧。男子在昏倒狀態下腹部挨了一拳，驚慌地扭動身體。

「醒了沒？」

「呃啊，這、這怎麼回事……喂，快給我鬆綁！」

「那要看你如何回答。你們在這裡做什麼？」

「啊啊？我幹嘛告訴妳！竟敢對我們做出這種好事，妳以為能這樣就算了嗎！」

十分鐘後。

入侵者們渾身發抖，乖乖地跪坐著。雖然所有人的臉都變形到面目全非，小失敗大家笑笑就好。

「所以，你們是為了阻止我明天參加選拔，才會企圖襲擊我？」

「是、是滴，正是魯此。」

原本似乎是打算躲在店裡，等芙蘭過來再襲擊她。襲擊事件會不會太多了？可以請你們差不多一點嗎？我們逼問幕後黑手的身分，男子們便說出了一個耳熟的名字。

「燐佛德？這就是幕後黑手的名字？」

「是滴。」

他們說此人目前寄身於伊斯勒商會，是來自其他大陸的犯罪者集團的首腦。又說外表是個儼然一副魔術師模樣的矮小老人，此人似乎與幾個手下一起暫居於那棟謎樣宅第。而這幾個男人就是燐佛德的手下。

『嗯——到底怎麼回事？』

我們礙到了伊斯勒商會的好事，對方也認為充滿謎團的魔魂之源在我們手上。如果是基於這些理由襲擊我們，我能理解。可是，不想讓我們參加料理比賽是怎麼回事？我忽然搞不懂整件事的背後關係了。

最好還是能夠抓到伊斯勒商會的幹部或類似人員，仔細問話……

『結果還是得等小漆回來嗎……』

「嗯。」

「真是夠了！現在是什麼狀況！」

為什麼事事不如計畫！我可是大都市巴博拉的領主克萊斯頓侯爵的次男布魯克・克萊斯頓！這座城鎮怎敢有任何事情不如我的意！

「澤萊瑟！按照你的說法，現在城鎮應該要發生更嚴重的混亂才對！」

我瞪著佇立於眼前的男子。這男的還是一樣笑得邪門，令人發毛。但確實是個有利用價值的男人。

這個男人是鍊金術師澤萊瑟。既是冒險者公會的知名專屬術師尤金的門徒，也是導致那傢伙被逐出鍊金術公會的元凶。目前他藏身於巴博拉的黑社會，專門接些非法委託。雖然是個不怕觸犯天威進行禁忌研究，把魔石嵌入人體製作魔人的狂人，但因為頗有本事，在那類組織之間相當受到重用。我也有委託過他幾次。

例如一些平民不知好歹拒絕成為我的側室，甚至還跑去向父親告狀時，澤萊瑟的特製毒藥就幫助我封住了那些人的嘴。

出於這段因緣，他現在的立場就像是我的專聘術師。

「是。似乎是有人從中作梗。」

「怎麼回事？」

我的計畫走漏風聲了嗎……？

「大人可有聽過黑尾巴亭這個名字？」

「……沒聽過。」

從名字來推測，似乎是間餐館？這跟我的計畫有什麼關係？

「是一個參加比賽的攤販。」

「那又怎樣！」

「據說這個攤販販賣的料理當中添加了魔法植物。其名為治癒黃薑，具有淨化食物成分、療癒體內環境的效果。」

「此話當真？」

但我以為區區一個攤販，沒那本事使用大量的魔法植物。

「千真萬確。我派部下去買了那種料理來檢查，的確具有淨化效果。」

「嘖。如果是這樣，計畫有所延遲就是那些傢伙害的了？」

「是的。因為那個攤販賣的麵包一個只要十戈德。」

「也就是說已經大量賣出了？」

「據推測，一天可能賣出了五千份以上。」

「吃了貴族佳餚賣的料理的人，很有可能也吃了這種麵包……」

我不認為對方是知道我的計畫才會採取這種對策，不過誰敢礙我的事，除掉就是了。

「把那個攤販砸了。」

「我已經僱用了一些人手去做，但都被擊退了。」

「他們僱用了護衛？」

「是的，B級冒險者，鐵爪的科爾伯特一整天都守著攤販。而且聽說身為店主的少女本身也是D級冒險者。」

「燐佛德的手下怎麼了？我不就是為了這種時候才窩藏他們嗎？」

名叫燐佛德的男人，是澤萊瑟的共同研究者。澤萊瑟在大約兩個月前把他介紹給我，這人似乎還另外做些類似流浪傭兵的行徑，底下有很多高強戰士任他使喚。不過，這些人幾乎都做過虧心事，沒有我這個門路，連進入巴博拉都有困難。目前我把他們窩藏在這幢宅第裡。儘管這些傢伙比澤萊瑟更令人發毛，但也常常在需要動用暴力時派上用場。

形式上是屬於伊斯勒商會，但以現況來說算是當成我的直屬部下。

「我派的都是些能打的傢伙，但是……」

「還是不行嗎？店主分明就只是個D級冒險者！」

「他們一個都沒回來。其實我也派伊斯勒商會的人試著與對方接觸，但派出去的人都斷了消息，生死未卜。」

「……這什麼狀況？難道是有人暗中保護她不成？」

「不清楚。據我派人調查到的情報，只知道她是D級冒險者，並且似乎與菲利亞斯王族關係親密。」

「她跟菲利亞斯王族有關係？」

「似乎是。」

「若是如此，有貼身護衛也不奇怪……再多派人去調查這個女孩的情報。」

「當然，已經派人調查了。但聽說她是最近才來到巴博拉，沒有人握有詳細情報。她似乎與露西爾商會有些關聯，但那個商會的人口風大多較緊，無法有效率地收集情報。」

那豈不是連握住把柄威脅她都不行嗎！這麼個下賤的冒險者，竟然害得我的計畫受挫？該死！

「我該動用更多傭兵或商會的人嗎？再怎麼厲害，派個三十人總能殺得了她吧？」

「動作太大，不怕被您父親發現嗎？」

「嘖！」

的確，全巴博拉都有老爸的手下。要是把事情搞砸，我的政變計畫有可能會穿幫。可恨的老爸！真要說起來，都是因為老爸沒有看人的眼光，才逼得我不得不擬定這種計畫。

什麼叫做「布魯克，你不是當領主的料」啊！老哥除了做事認真以外，不就是個毫無可取之處的死腦筋嗎！既沒有我這種足智多謀的頭腦，也沒有身為貴族的自尊！每次一看到他對平民鞠躬哈腰的模樣，就讓我想活活揍死他。比起那種軟弱的男人，我更適合成為克萊斯頓侯爵的繼承人！老爸如果不明白這個道理，我就用強硬手段讓他明白。

我的計畫是在巴博拉引發一場混亂，把責任推到老爸頭上逼他隱居。同時趁亂除掉我哥，由我成為克萊斯頓的當家。

澤萊瑟負責引發這場混亂。起初我本來打算讓這男的製作毒藥，倒進水井或其他地方，但他說那樣頂多只會弄死幾十人就結束了。

澤萊瑟提出的替代方案，就是這次的計畫。的確照這個計畫進行，可以引發波及全巴博拉的破壞與混亂。

我同意了他的計畫。屆時想必會死傷慘重，但死的幾乎都是平民。為了讓我繼承克萊斯頓家，不過是一點小犧牲罷了。

而計畫當中的一個要素，就是溫特．克萊斯頓。也就是我那個蠢弟弟。

就連我這個做哥哥的來看，都覺得溫特是個窩囊廢。生為侯爵家的三男，卻為了小時候吃了王室御膳大受感動這種莫名其妙的理由，跑去從事廚師這種下賤的職業，簡直愚不可及。

不像我讓部下經營商會作為副業，他是真的成了廚師，但又沒有才華憑自己的本事經營餐廳。弟弟的料理我只吃過一次，老實說根本沒什麼。如今他連初衷都忘了，只會量產要價昂貴卻毫無內涵的料理沽名釣譽，淪為一個不值一提的平庸廚師。

但他對於這次的計畫仍然有利用價值，於是我投資他的餐廳，讓他成為我的專聘廚師。那小子跑來報告突破初選的表情實在是……難道他真以為是靠自己的實力晉級的嗎？是我給了料理公會鉅額的獻金，才讓他不用參加初選直接晉級複選，他卻因此就得意忘形起來了。

溫特的貴族佳餚餐廳，每天都會有一堆想跟父親或我維持關係的貴族光顧。而且那些傢伙成天拍馬屁，似乎讓溫特錯把自己當成了料理界權威。但是，其實他根本就沒有能晉級比賽複選的本事。

不過，我有點太小看他的愚蠢了。想不到他竟然會僱用口風不緊的小流氓，做出妨礙他店營業的行為。而且竟然還讓小流氓來襲擊自己的店，上演一場感人故事？真是個蠢材，料理公會都已經開始調查了。不過只要有我關說，想必不會立刻判他喪失比賽資格。

料理公會聚集了一堆不知變通的人種，但也不是所有人都高尚公正。其中也有人歡天喜地地收取我的賄賂。

正因為如此，這次的計畫才得以實行。

我的計畫是在溫特攤位販賣的料理當中加進特殊的魔力水，藉此散播詛咒。摻入料理的魔力水似乎是澤萊瑟與燐佛德研發的特製品。

我不清楚詳細原理，只知道攝取了這種稱為邪神水的魔力水會使人受到詛咒，萌生邪心。這種危險的魔水一旦大量攝取，甚至會使人完全變成暴徒。邪神水的好用之處在於魔力需要一段時間讓身體吸收，會在居民們四散至巴博拉各地之後才發揮效果。

不過溫特似乎以為這種魔力水只有讓味道更好的功效，就盡量為了我繼續散播受詛咒的料理吧。

比賽期間，貴族佳餚的顧客人數約為一天三千人，三天就有將近一萬人。這麼多人一旦開始作亂，必然讓巴博拉陷入嚴重混亂。這時我會放出澤萊瑟等人研究的使魔，讓都市功能完全癱瘓。

這麼一來領主就不能不為此負責。好一點是隱居，更糟的情況下甚至可能被問罪。讓巴博拉這個克蘭澤爾的海洋門戶陷入混亂，罪行就是如此重大。

哼哼哼，光是想像老爸在法庭受審的模樣，就讓我笑得合不攏嘴。

然而我的計畫發展到這個階段，卻出了差錯。什麼吃了就能解咒的麵包？竟敢給我做出這種鬼東西！根據澤萊瑟的報告，犯罪件數比起往年是有所增加，但還在巡邏兵能應付的範圍內。得設法除掉那個什麼黑尾巴亭才行。

「讓那傢伙去辦。」
「這樣好嗎？可能會引發不小的騷動。」
「還有什麼辦法！」
「我明白了。我這就去叫他過來。」

十分鐘後。
一名男子站在我面前。男子是個身高超過兩公尺的大漢，有著紅銅色的肌膚與刻滿全身、為數驚人的傷疤。壯碩的肌肉讓人感覺不到穿鎧甲的必要性。就算跟我說他有食人魔的血統，我可能也會相信。
這傢伙是燐佛德的手下當中最強悍的男子。再怎麼說也曾經是C級冒險者，而且聽說是因為素行惡劣才會停在C級，實力其實不輸B級。我實際上找過部下當中一個曾為C級冒險者的男人與他進行模擬戰，但一瞬間就被解決了。
大漢的名字是桀洛斯里德，人稱狂戰士桀洛斯里德。這人只對提升自己的力量有興趣，是個為了這個目的四處尋覓強者過招的戰鬥狂。跟自己人或同夥打架鬧事是家常便飯，失手殺死對方也是常有的事。
最具代表性的例子，大概要屬讓桀洛斯里德被逐出冒險者公會，在與我國接壤的庫洛姆大陸全境受到通緝的那場事件。當時他受僱於某國被派上戰場，盯上了一個自己人，明明身在戰場卻向那人挑戰，最後甚至殺害了那人……

令人驚愕的是，對方竟然是僱用他的那個國家的王子。王國軍因此指揮體系大亂潰不成軍，失去大片疆土。結果導致桀洛斯里德成為鉅額懸賞對象，遭人緝捕……但桀洛斯里德的說法是這樣強者會主動找上門，他高興都來不及了。

連腦袋都裝滿肌肉的白痴在想什麼我無法理解，只知道他的戰鬥能力的確驚人。

「我要給你一份工作。」

「我有一陣子沒大打一場了，這工作的內容可以讓我打個過癮吧？」

「這沒問題。再說，你也沒別的本事了吧？」

「哈哈哈！說得沒錯！」

不知道哪裡好笑了，桀洛斯里德捧腹大笑。嘖，我就是搞不懂他的這種思維才不想用他。但也沒得挑剔了，等利用完就丟了吧。

（嗷！）

「嗯？好像有什麼聲音……」

桀洛斯里德等人離開房間後沒多久，我好像聽見了某種動物的叫聲。但是不用說，這個房間裡沒有動物。

「可能是太累了吧。」

明明清楚聽見了狗叫聲……算了，大概是心理作用吧。

第五章　邪人變異

清空躲在餐廳裡的刺客們之後，我們繼續補充咖哩麵包的庫存。

不久，就感覺到有幾道氣息靠近租借的餐廳。但我跟芙蘭都沒有特別緊張。

「師父。」

『嗯，好像是小漆回來了。不過，還有其他人的氣息。』

「四個人。」

感覺似乎是小漆領著這四個人回來。究竟會是誰？況且這麼晚了，會有什麼事找我們？雖說既然是小漆帶回來的，應該不是敵人……

「嗷嗷嗷！」

「嗯。我現在就開門。」

打開門一看，攤販僱用的四人進到屋子裡來。

然而，科爾伯特卻靠在茱蒂絲的肩膀上，拖著腿走路。看起來是右腿被砍傷，纏在上面止血的布染得一片通紅。喂喂，這怎麼搞的？

「你受傷了？」

芙蘭也一臉驚愕，趕到科爾伯特身邊。會驚愕是當然的，科爾伯特本領高強，論能力值或技能應該都有相當於B級的實力。坦白講，就連我們也不見得一定能打贏他。我無法想像科爾伯特這等高手怎麼會在鎮上受這麼重的傷。

「讓你們看笑話了。我一時大意。」

「他是挺身保護我們才被砍傷的！」

「如果只有科爾伯特先生一個人～早就打贏了～」

「竟然成了絆腳石，真是失敗。」

解開布條一看，從右大腿的中間到小腿肚附近，留下了一道像是被鋒利刀刃割開的傷口。皮開肉綻，深可見骨。老天啊，要是在地球上現場看到這種傷口，我搞不好會貧血昏倒。

雖說是因為挺身保護緋紅少女的三人，但竟然能讓科爾伯特受這麼重的傷……對方的武藝肯定相當高強。

「靠我們手邊的藥水沒能讓傷口癒合。」

「一開始腿都快被砍斷了！」

而且原本的傷勢似乎比我們看到的更嚴重。

「是小漆救了我們。」

「小漆在危急時刻趕到，擊退了襲擊我們的人～」

「自影子之中發動的突襲非常漂亮，簡直有如暗殺者。」

原來如此，難怪會跟他們一起回來。

「先治好傷口——大恢復術。」

「喔喔，好厲害。傷口漸漸癒合……」

芙蘭唱誦的大恢復術，成功治好了科爾伯特的傷口。幸好從受傷到現在沒經過太久的時間，雖然流失的血補不回來，但應該不會留下什麼後遺症。

「沒、沒想到連回復魔術都有如此等級……魔劍少女太可怕了。究竟想在我心中種下多大的挫敗感才滿意？」

不理會喃喃自語些奇怪的話的莉狄亞，我們先拉把椅子給科爾伯特坐。

科爾伯特大概是腿還在發麻，一個人站不起來，還是得讓三人扶著才坐到椅子上。

看大家應該沒有吃飯的心情，我們端熱茶給他們喝。四人向芙蘭道謝，接過了茶。可能是總算可以安心了吧，科爾伯特放鬆全身力道，深深嘆一口氣。

「發生什麼事了？」

「在料理公會與芙蘭小姐分開後，我們待在那裡把妳給我們的餐點吃完，然後前往旅店。」

「我本來打算送她們幾個到旅店之後再回去。」

他們說在半路上，被一個身高超過兩公尺的大漢擋住了去路。

而且不是路上正好碰到，似乎是認出了長相才叫住她們。

「那人擺明了是衝著她們三個來的。」

「你們確定嗎？」

「確定。那人問我們是不是黑尾巴亭的店員。」

「不只如此，我們還沒回答是或不是，就忽然打過來了～」

「我還嚇得差點閃尿，請不要說出去。」

也就是說三人的長相與名字，已經完全被對方知道了。不只如此，留宿的旅店等情報也很有可能已經洩漏出去。不然對方也不會在回旅店的路上堵人。

「知道對方是什麼人嗎？」

「嗯，他自己說出來了。」

「自己說出來？」

暗殺者還自報名號？

「狂戰士桀洛斯里德。本來以為那些謠言聽聽就好，直到今天才知道都是真的。」

「甚至可以說，比傳聞更可怕～？」

「桀洛——誰啊？」

「什麼？魔劍少女妳沒聽說過嗎？」

「嗯。」

看來是個名人。看到芙蘭點頭說沒聽過，大家都很驚訝。

「嗯，那我來告訴妳吧。」

莉狄亞說給她聽。不過我得說，這個叫桀洛斯里德的懸賞犯，還真是越聽越離譜。舉世無雙的戰鬥狂，一旦盯上哪個人就不分敵我直接開打？而且是殺害了僱用他的那個國家的王子，才變成懸賞犯？根本是個瘋子。又說他原本是C級，但據說實力在那之上。莉狄亞她們原本也以為只是誇張的謠言……

「結果是事實。」

「小漆真的救了我們一命。看來那傢伙再厲害，也沒法應付黑暗野狼的奇襲。他被小漆弄傷，就逃走了。」

「小漆你真棒。」

「嗷……」

只是反過來講，就表示即使是小漆的奇襲也沒能擊敗他，讓他溜掉了。小漆受到稱讚顯得既高興又有些懊惱，想必就是因為如此吧。

以茱蒂絲為首的三個女孩表情都很陰沉。就連常保笑容、散發柔軟溫暖氣質的美雅笑臉也蒙上了陰霾，自稱面癱角色的莉狄亞眼神中也帶有不安。畢竟是被比自己強悍的對手襲擊，會這樣是當然的……但如果她們說不想當店員了，該怎麼辦？

然而，這似乎是我杞人憂天了。茱蒂絲她們似乎反而被激得認真起來，請我們明天繼續讓她們當店員，大概是身為冒險者的自尊心使然吧。科爾伯特好像也頓時變得更有幹勁，鬥志旺盛地說下次絕不會輸。

「那麼，明天可以繼續拜託你們嗎？」

「包在我身上！」

「我們才要請妳讓我們繼續做。」

「好好加油吧～」

「下次一定要給那個大猩猩好看。」

我再次慶幸能請到身為冒險者的她們擔任店員。換成一般人的話早就逃走了。不，大概還沒逃走就被那個叫桀洛斯里德的男人殺害了。

後來，我們伴著科爾伯特前往騎士團的值勤站。我們在那裡告狀，說遭到桀洛斯里德的襲擊。本來還不確定騎士會不會相信我們——

「這是真的嗎，科爾伯特閣下？」

「是啊，我被狠狠砍了一刀。」

「連科爾伯特閣下這樣的強者都……感謝您的通知！」

幸虧科爾伯特是個名人，對方一聽就信了。

而且他們似乎還從我交給菲利普．克萊斯頓的暗殺者口中，問出了桀洛斯里德的情報。聽到這樣的要犯就在巴博拉，本來騎士團好像還在存疑，發生這次的事件才讓他們確定是事實。

這下騎士團應該會加派人手巡邏，以結果來說成功牽制了對方的行動。

茱蒂絲她們今天似乎會在冒險者公會附設的旅館過夜。冒險者公會裡還有其他冒險者在，暗殺者什麼的應該也不敢隨便出手，算是正確的判斷。

「魔劍少女妳呢？要不要跟我們一起住旅館？」

「嗯？我不用。」

「可是……」

「再說，我今晚變得有很多事要忙。」

都被對方找上門來了，可不能吃悶虧。況且小漆好像也帶了些情報回來，麻煩事還是早早解決為上。

「等一下！妳打算去找他嗎？」

「沒有，只是有其他地方要去。」

「那就好……但妳一個人太危險了。」

「不是一個人。還有小漆在。」

「嗷！」

看到芙蘭的神情，科爾伯特知道自己說什麼都無法阻止她，於是輕輕搖頭，給了芙蘭一番激勵的話語。

「……好吧。只是，妳比賽可別不戰而敗喔。一定要在明天早上之前回來。」

「嗯，沒問題。」

芙蘭對科爾伯特重重點頭後，輕盈地跳上變回原本尺寸的小漆背上。

『小漆，你有發現到什麼對吧？』

「嗷！」

「那麼，就去那裡吧。」

小漆用力點頭。

「嗷嗷！」

『全速前進！』

「嗷嗚～～！」

小漆大聲遠吠，弓起全身之後一口氣衝出去。牠運用空中跳躍，飛也似地在一棟棟房屋上方奔馳而過。

「好舒服。」

芙蘭吹著夜風，瞇起眼睛。入夜的風很冷，但對於以具有耐寒能力的黑貓系列裏身的芙蘭來說猶如清風徐徐。

『幸好是晚上。』

「嗷？」

對啦，我是說過全速前進沒錯，但沒想到牠就這樣堂而皇之地在鎮上狂奔，要是在白天的話一定顯眼到不行。即使如此，也不是完全沒有目擊者，我聽到在窗邊觀星的居民發出慘叫。真抱歉打擾各位清朗的夜晚。

『該不會就是那棟宅第吧？』

在小漆前往的方向上，有著伊斯勒商會擁有的那棟宅第。

然而，我猜錯了，小漆抵達的是伊斯勒商會那棟宅第隔壁的小宅子。那棟宅第很大顯得宅子很小，但也占地廣大到在住宅區裡格外顯眼。

我們原本就有消除氣息，但小漆又使用幾次闇魔術完全隱藏氣息。也就是說這個地點值得小漆如此小心翼翼了？我與芙蘭也啟動技能到最大限度，完全消去氣息。這是我們現在能做的最大限度的隱身方式。

確定氣息消失後，小漆凌空一躍登上了宅子的屋頂。但卻完全沒發出半點聲響，果然厲害。

（嗷。）

『那邊嗎？』

小漆讓身體小型化，然後在宅子的寬廣屋頂上碎步前行。

我們尾隨其後，只見小漆在一個地方駐足。牠就這樣從屋頂略為探出身子，往下偷窺。

『所以是下面這個房間嗎？』

（嗷！）

我從窗戶往室內偷看了一下。房間裡有兩個男人。沒想到經過鑑定，其中一人竟顯示為布魯克・克萊斯頓。

『克萊斯頓？該不會是領主的次男吧？』

（嗷！）

另一人的名字是法辛納斯・托爾麥奧。誰啊？不，繼續看下去就知道了。再偷窺一下吧。

「桀洛斯里德任務失敗跑回來了？沒用的東西！」

「不過，似乎已經讓科爾伯特受傷了。這麼一來，就只剩那幾個小姑娘了。」

他們在談桀洛斯里德的事。看來這兩個傢伙果然就是幕後黑手。

「既然這樣，就快點增派傭兵去解決她們！無論如何都要阻止那個攤販繼續販賣什麼咖哩麵包！那玩意害得我摻在溫特料理裡的邪神水效果被淨化，計畫都被拖延了！」

「我、我會盡快安排！」

「動作快，計畫已經來到無法回頭的階段了。多少引起一些騷動也無所謂，別管那幾個店員了，我要你今晚就做掉那個叫芙蘭的小姑娘，不得失手！」

你說的那個叫芙蘭的小姑娘，現在就在這裡喔？

整件事的細節聽得不是很懂，總之好像是在貴族佳餚的料理裡下了毒還是什麼。然後吃了咖哩麵包，毒素就會失效。

『竟然在不知不覺間妨礙了這些傢伙的陰謀，我都不知道耶。』

「好吃驚。」

『但也因為這樣讓我們被盯上了就是……』

領主啊，你孩子是怎麼教的啊！長男是還好，但次男竟然利用地下組織搞陰謀，三男好像還跟他狼狽為奸！

「該死！沒想到被搶走的治癒黃薑竟然反過來害了我……！」

「那個什麼邪神水的，沒有治癒黃薑就做不出來嗎？」

「澤萊瑟那傢伙是這麼說的。說是要顛倒屬性，把它變成毒物。但話又說回來，竟然把珍貴的魔法植物做成只值十戈德的廢物料理，腦袋是不是有病啊！」

（廢物料理？）

啊，不可以啦，芙蘭！殺氣都漏出來了！布魯克他們打了個冷顫，直搓身體。看來是被芙蘭的殺氣煞到了。不過，他們似乎覺得是心理作用，隨即再次開始談話。幸好房間裡沒有高手。

『芙蘭，妳得先忍忍。』

（嗯……）

「這陣子伊斯勒商會頻頻出錯。坦白講，繼續利用下去可能有點風險。」
「既然如此，就讓商會解散，另外成立一個別的商會。文書手續我這邊會設法處理。」
「好的。」
看來伊斯勒商會似乎是布魯克的手下，大概是他為了作奸犯科而成立的空頭商會吧。
話說回來，我們接下來該怎麼行動呢？就算說我們親眼看見，沒有證據恐怕還是無法取信於任何人。要趁現在抓住布魯克嗎？但是毫無證據就對領主的次男出手，一個弄不好可能會害我們變成逃犯。
雖然也可以抓住那個叫托爾麥奧的男人……但是疑似幹部的傢伙若是在宅第裡失蹤，搞不好會打草驚蛇。我正在煩惱時，小漆忽然不見了蹤影。
『啊，小漆？』
小漆去找離開布魯克那個房間的托爾麥奧了。牠從影子裡襲擊托爾麥奧，無聲無息地讓對方失去意識。
啊——你就這樣給我下手了！
不過做都做了，也沒辦法了。我使用寂靜術消音之後，用念動敞開離小漆最近的窗戶。小漆銜著昏死過去的托爾麥奧的後頸往這邊跑來。
好吧，其實想想，不這樣果斷地採取行動或許就收集不到證據吧。況且他們好像在四處散播什麼邪神水，最好能在今夜之內找到證據。
『……先稱讚你一聲幹得好吧。』

「嗷呼。」

『但是，下次要先徵求我們的許可再行動！』

帶著訓練行為的意味，我用力扯了一下小漆的尾巴。小漆可能也知道自己擅作主張衝太快了，神情嚴肅地點了點頭。

「嗷、嗷呼。」

小漆大概是把收集證據當成了自己的任務吧。所以，剛剛才會採取可能最有效率的手段。芙蘭也是小漆也是，也許我得讓他們養成稍作思考再行動的習慣……

『總之快點走人吧！』

（嗷！）

（嗯！）

十分鐘後，我們正在前往領主的宅邸。

為的是把托爾麥奧交出去。我們很容易就從這傢伙身上挖出了情報。這傢伙似乎對戰鬥一竅不通，才一看到小漆就嚇得什麼都說出來了。雖然害怕的模樣一半是演技，想用滿口謊言欺騙我們，但只要用謊言真理做判斷就沒問題了。

小漆自從來到這個城鎮就一直嚇到別人，弄得牠有點洩氣。要不是孤兒院的孩子們很親近牠，應該會更洩氣吧。晚點再來犒賞牠好了。

托爾麥奧自以為騙過了芙蘭，其實我們早就獲得了正確情報。當著托爾麥奧那張得意的嘴臉，我們讓他知道他的謊言早已被我們看穿，弄得他臉色發白。

這下他明白到，他在爾虞我詐的唇槍舌戰上，被芙蘭這樣一個小姑娘耍得團團轉了。造成的衝擊似乎大到足以讓自以為是騙術專家的托爾麥奧喪失自信，只見他一副被當頭澆下冷水的神情，呆若木雞。

不過話說回來，這個叫托爾麥奧的標準知識型黑道男子，本以為他是伊斯勒商會或類似組織的幹部，沒想到身分地位高到超乎想像，有點嚇到我。想不到他竟然是將伊斯勒商會納入旗下的大商會——托爾麥奧商會的會長。不過技能方面比起商人或算術，謊言以及恫嚇等技能的等級更高，絕非正派商人就是了。

該商會由領主的次男布魯克出資，以貴族階層為主要對象承攬藝術品交易等生意，在巴博拉似乎是頗具規模的商會。

不過衝擊性還是沒有得知布魯克的計畫時來得大就是了。竟然把使人失控的魔力水摻在貴族佳餚的料理裡，企圖掀起政變……如果就這樣擺著不管，想必會造成嚴重傷亡。既然我們已經知情，就不能置身事外。

更驚人的是這種邪神水，似乎是導致冒險者公會專屬術師尤金被逐出鍊金術公會的元凶——名叫澤萊瑟的門徒與燐佛德進行共同研究的成果。看來這人沒逃出巴博拉，而是在伊斯勒商會底下繼續從事非法研究。不過我們逮到了托爾麥奧，順利的話也許可以揭發布魯克的惡行，並證明他與澤萊瑟之間的關聯。

我們一面用物理性手段讓在布袋裡瘋狂掙扎的托爾麥奧變乖，一面回到領主宅邸，果不其然又是賽巴斯丁前來相迎，但是——

「又來了啊……」

「嗯。」

他的視線朝向綁在小漆背上的袋子。只是，這就只能請他死心了。賽巴斯丁似乎也看出芙蘭絕不會讓步，沒再多說什麼。

「那麼，我去通知兩位殿下。」

本來想麻煩他請領主過來，但也許先跟王子他們商量過比較好？況且如果想與領主會面，拜託王子公主請人應該會比我們請人更快見到面。

「芙蘭……又是這個袋子啊？」

怪了？出來迎接我們的福特王子怎麼也一副傻眼表情看著布袋？薩蒂雅公主的神情也很複雜。上次的經驗，似乎讓他們猜到了袋子裡的東西。

「我還是問一下，請問袋子裡裝的是什麼？」

「這個。」

「呀！真是，我就知道……」

「唔咕！」

看到嘴裡塞著東西的男子，薩蒂雅公主發出可愛的尖叫。不過，不像上次那麼受驚。大概是見怪不怪了吧。

「這是哪裡來的什麼人？」

「壞蛋。」

「這我明白，芙蘭都做到這種地步了。」

「領主次男的部下。」

孩子們可能已經睡了，反正只有福特、薩蒂雅與席里德在場，就全部解釋一遍吧。

芙蘭在我的提詞之下，把事情的大致經過說給他們聽。唉——真高興王了他們沒有聽到一半就放棄，努力理解芙蘭所說的內容。總之他們似乎勉強聽懂了布魯克與托爾麥奧是一丘之貉，正在謀劃某些壞事。

「這……豈不是大事一件嗎！」

「話又說回來，布魯克閣下竟做出這種事……這位人士不僅經營商會，也輔佐巴博拉的財政事務。這麼一聽，在背地裡恐怕是為所欲為吧？」

席里德說得沒錯。中止對孤兒院的補助金八成也是這傢伙幹的好事。很有可能是為了比賽的相關問題，想把孤兒院搞垮。

「得告訴羅德斯閣下才行……」

「是啊，但不知道能不能讓他相信……」

福特說得對。即使有托爾麥奧這個商人作證，領主或許也不會相信自己的兒子竟然想搞政變。

「如果事情變成那樣，也只能由我們展開行動了。」

「哥哥說得對。」

兩位王族帶著心意已決的表情相視頷首。看來對他們來說即使是外國，國民安全受到威脅仍然不能坐視不管。從這方面來看，應該還是有著所謂王族的尊嚴吧。

但席里德見狀臉色就不太好看了。站在這傢伙的立場想，一定是不希望他們倆插手管外國內亂而因此身陷險境吧，況且在錫德蘭海國才剛發生過那麼多危險。

即使明白阻止也沒用，似乎還是不念個兩句就不痛快。

「請聽老夫一言。兩位殿下如此輕率就說要行使力量，但是視情況而定也有可能演變成外交問題，明白嗎？外國的問題應當交給外國自行解決才是。」

「但是，這樣有可能錯失時機。」

「就是呀。」

就我的感覺，我認為福特他們之所以正義感較強是席里德造成的。與其說是負面教材，感覺比較像是對席里德的反抗心，激發了他們更強的正義感。就某種意味來說，可以說成公理正義的菁英教育？不過我敢打賭席里德絕對沒有想到那麼多。

「總而言之，先跟羅德斯閣下談談看吧。」

「嗯。」

「但是在那之前，得先給個警告才行。」

福特如此喃喃自語，靠近托爾麥奧身邊直盯著他的臉看。被一個五官端正的貴公子面無表情又高高在上地注視，似乎還挺有魄力的。

「唔……」

我能感覺到托爾麥奧完全冷靜不下來。福特就這樣對托爾麥奧施壓了一段時間，但後來把嘴巴慢慢湊到他耳邊，然後呢喃道：

「我們是菲利亞斯的王族。」

「唔咕？」

「你懂這話的意思嗎？你們就快受到神劍的詛咒了。」

「唔咕嗚！」

危害菲利亞斯王室之人將有神劍詛咒降臨其身，托爾麥奧似乎也聽過這個傳聞。他用驚恐萬分的雙眼注視著王子。

「等會我要把你交給領主，問你任何問題你都得據實以答。否則——」

我看出福特在一瞬之間，用惡魔的能力威嚇了托爾麥奧。一身承受近乎殺氣的魔力，即使是戰鬥能力低微的托爾麥奧想必也清楚了解到，王子身懷某種肉眼不可見的超常力量。嘴裡塞的東西被拿掉，托爾麥奧用驚懼得僵硬的聲音大叫：

「我知道了！我會據實回答！所以請不要詛咒我——」

「我明白。只要你不與我們為敵，詛咒就不會降臨於你身上。」

完全相信詛咒的存在了。這下托爾麥奧就不太可能輕舉妄動了。

「那麼，老夫去把羅德斯閣下請來。」

「要麻煩你了。」

席里德忍住不嘆氣，一臉死心的表情離開了房間。

之後沒等多久，侯爵就來了。

前兩天克萊斯頓侯爵一副心有不滿的態度回應王子公主的呼喚，這次卻一臉嚴肅地走進了房間。大概是從賽巴斯丁那裡聽說小漆背上袋子的事了吧。我甚至覺得那表情帶有某種期待。

然而，他一看到托爾麥奧倒在地板上，隨即露出驚愕的表情。

「這是……托爾麥奧怎麼會在這裡？」

「你知道這人是誰？」

「這是當然。由他主持的商會，在我們巴博拉當中都是以貴族為客層進行藝術品交易。」

「而且他和你的兒子也很親近，對吧？」

「是的，因為次子布魯克是托爾麥奧商會的業主。」

可能是從福特的口氣當中感覺到了某些山雨欲來的氛圍吧。克萊斯頓侯爵待在原地，稍微站正了姿勢。

「可否請殿下說明清楚？」

「好。你叫托爾麥奧是吧？把事情一五一十說出來。懂我的意思吧？」

「我、我說……！」

說來說去畢竟還是王族，慣於命令別人。對於這項命令，托爾麥奧毫無唱反調的餘地。而從托爾麥奧口中聽到布魯克的計畫，克萊斯頓侯爵的臉色霎時大變。

先是認為對方胡說八道而怒火中燒，接著發現句句屬實而臉色發青。那臉色已經悽慘到惹人同情了。雖說多少有點偏袒兒子，但終究還是個大貴族。大概是看出托爾麥奧所言不假了吧。

「不只是意圖反抗我，竟然還把民眾也牽扯進來……怎麼會，怎麼會做出這種事……」

他臉色慘白，念念有詞。即使如此，身為父母可能還是無法不抓住每個疑點吧。

「對、對了。有什麼證據，你們有證據嗎……？」

「閣下這就是在為難我了。與布魯克閣下最親近的男子，已經親口說出了一切。還有比這更大的證據嗎？」

「這種話隨便都能──」

我們也可以威脅托爾麥奧逼他說謊，克萊斯頓侯爵差點這麼說，但閉上了嘴。因為一旦說出這種話來，就等於是在高聲主張眼前的菲利亞斯王子等人在說謊，企圖陷害自己。

「非常抱歉。我一時失去冷靜。」

「我接受你的道歉。」

「是……其實，我也明白……能擅自動用我的裁決章的，就只有菲利普或布魯克……」

對喔，這也是個問題。印章似乎受到嚴密保管，按規定只有他自己或兒子能碰。

「菲利普就如同各位所見，是個過度耿直的男人，不太可能偷偷摸摸在背地裡搞鬼。這麼一來，是誰做的就不言自明……」

克萊斯頓侯爵微微低垂著頭陷入沉思。

想必內心很糾結吧。企圖發動政變的兒子等人不能不罰，但他一定希望能盡量私下解決，因為事態嚴重到可能有損家族名聲。然而，既然王子等人已經介入，想完全掩蔽也很困難。再說，不立刻採取行動的話也可能有蔑視菲利亞斯王族之嫌。不只如此，也可能導致眾多民眾受到傷害。

可以想見侯爵一定正在將種種因素放在天秤上，思考最好的選擇。

最後，侯爵做出了決斷。

「我明白了。就調動守夜士兵，拘捕犬子等人吧。涉嫌參與計畫的傭兵以及鍊金術師也一併拘捕。」

「你願意行動嗎？」

「是。不過，雖說正式祭典已經結束，巴博拉目前仍有眾多旅人滯留，再加上大小騷動不斷，恐怕很難將所有騎士或士兵投入這場行動。」

雖然很希望他能讓全軍出動捉拿布魯克等人，不過目前他願意行動就算不錯了。原本似乎多少還有點遲疑，但一做出決斷後，領主的行動相當迅速。

不到一小時，領主就率領著從全都市召集的士兵們出動。士兵們只被告知要去護衛羅德斯的兒子布魯克與溫特。

福特與薩蒂雅留在宅邸裡。這是當然的了。要是帶著外國王族前往逮捕罪犯的現場讓他們受傷，就算是侯爵也得腦袋搬家。席里德也強硬勸戒二人，迫使福特他們最後同意留下。

我們當然會跟著侯爵他們一起去嘍？況且也需要有人帶路。

『小漆，次男的氣息在哪個方向？』

（嗷！）

『是嗎？』

向。

看來布魯克此時不在宅子，而是待在伊斯勒商會擁有的宅第那邊。小漆用鼻子指出宅第的方

「布魯克在那裡。」

「那幢宅第嗎……」

克萊斯頓侯爵讓士兵暫時停在能看見宅第的位置。看樣子還是心存遲疑。畢竟目前沒有物證，只有可疑小姑娘帶來的、一個明顯受到威脅的人的證詞。率兵闖進不知屬於誰的宅第，如果鬧烏龍的話也有可能發展出責任問題。我看得由我們帶頭才行。

『芙蘭。』

「嗯。」

「喂，等等！妳要去哪裡！」

芙蘭無視於侯爵的制止衝了出去，目標是站在門前的守衛。在這裡爭吵被屋裡的人聽到就麻煩了，我們決定速速逮住對方。況且如果能讓這傢伙證明布魯克就在這裡，也比較方便領主行動。

「啊──？」

門衛還來不及說話，就被芙蘭一拳揍倒。我在攻擊之前已經做過鑑定，確定對方是犯罪者&邪心狀態。我們扛起不支倒地的門衛，即刻返回克萊斯頓侯爵等人的身邊。

總之我們先用東西塞住男子的嘴，綁住他的手。然後施展恢復術讓他醒來。

「唔咕咕！」

「安靜。」

「嗚咕！」

男子肚子挨了一腳，痛得把身體縮成一團。重複這個過程幾次後，男子就變得非常聽話。

這時領主戰戰兢兢地過來問道：

「……喂，突然這樣是在做什麼？」

「嗯？進行盤問。」

「我怎麼看都像是拷問……再說這男的又是誰？」

「不知道，但跟敵人是一夥的。」

「有證據嗎？」

「看就知道。」

「也就是沒有證據了？」

侯爵顯得很頭痛。他不像我有鑑定可以確定對方是什麼人，一定正在擔心假如搞錯了要怎麼辦。

「我現在要問你問題。只要誠實回答，就不用再受皮肉痛。但你敢吵鬧我就殺了你。」

聽到芙蘭這番話，門衛鐵青著臉連連點頭。一拿掉他嘴裡的東西，立刻神情嚴肅地自動跪坐在地。

「這棟宅第是誰的東西？」

「是伊斯勒商會！我、我只不過是個小嘍囉，知道得不多啊！」

唔嗯，他沒在撒謊。

「伊斯勒商會？」

克萊斯頓侯爵喃喃自語時，一名親信回答了領主的話。是一位名叫達南的老士兵長，不但很有指揮能力，個人的戰鬥能力也大約相當於D級冒險者，是個挺優秀的人物。

「伊斯勒商會是布魯克少爺旗下的托爾麥奧商會再更旗下的商會，以做生意貪得無厭而為人所知。」

「原來如此……是布魯克的……」

克萊斯頓侯爵原本並不知情，但對士兵們而言，伊斯勒商會似乎是非常難辦的對象。既狡猾又惡毒，而且還有大商會以及貴族的包庇。儘管多次安排進行稽查等等，卻總是受到多方掣肘而從未實現。

不管怎麼想都一定是布魯克從中阻撓。但就是沒有證據。說是即使向布魯克求助也只會給一句「我會留意」，暫時安分一陣子罷了。

「裡面有沒有一個叫布魯克的男人？」

「有，在裡面！就是個讓伊斯勒商會的會長對他鞠躬哈腰的傢伙。幾個小時前就進去了！他常常來，我不可能看錯！」

「最後一個問題。你們是不是做了很多壞事？」

「呃，這、這個嘛……」

「唔嗯。」

咚砰！

芙蘭一腳狠狠踢在男子背上，男子痛得邊掉眼淚邊求饒。

「呃啊！我、我錯了！我說！我說就是了，饒了我吧！」

「從一開始就該老實回答。」

「我們壞事做盡了！走私違禁品大量賣給貴族，強擄民女帶進屋子裡，或是放火燒掉敵對的商會，什麼都幹！」

伊斯勒商會除了走私或黑市奴隸買賣等非法交易之外，也負責處理托爾麥奧商會無法明目張膽地去做的暴力行為。那種手法簡直跟黑幫沒兩樣。儘管名稱不同，實質上恐怕就是托爾麥奧商會的機密組織。

況且即使罪行曝光，只要捨棄伊斯勒商會就解決了。憑布魯克的權力，要把所有罪名冠到伊斯勒商會頭上也不是不可能。

「這些布魯克也知情嗎？」

「聽起來他經常進出這個地點，再考慮到他與托爾麥奧商會的關係，當然是一定知情了。」

「實在沒想到，布魯克一直都在幹這些勾當……」

怎麼還在說這種話？

「我還曾經負責處理過那個叫布魯克的傢伙玩太瘋，不小心弄死的黑市性奴隸咧！」

「不、不許胡說八道……布魯克怎麼會做出那種……」

嘴上這樣說，語氣卻很軟弱。看起來就像是心裡明白，只是不願意相信。

「我是因為他的言辭太過輕視平民，才會把他屏除在後繼人選之外……是希望他能因此好好反省……」

「但少爺似乎反而對此感到不滿，脾氣變得更暴躁了。」

「怎麼會……布魯克你……」

這已經不只是脾氣暴躁了吧？他都想殺掉哥哥篡奪爵位了耶？

「好。既然布魯克人就在這裡，我直接跟他問個清楚。現在聽到的證詞已經充分構成進屋調查的理由，任何人敢反抗一律拘捕，並且——逮捕布魯克。」

「是！遵命！」

一行人從門衛身上奪得鑰匙打開門，一半人員封鎖宅第，其餘大約三十人闖進屋內。

宅第裡有布魯克的手下，但門不過武裝士兵。再怎麼頑強抵抗，終究還是陸續受縛。經過鑑定，每個傢伙都陷入了邪心狀態。我們試著餵一個被打得滿地找牙的男人吃加了治癒黃薑的咖哩。不是用來做咖哩麵包的濃稠類型，而是芙蘭平常吃的稀稀的那種。

因此用喝的都行。稀到我們直接往他嘴裡灌，他就咕嘟咕嘟嚥下去了。

「咕嘎啊！」

被強灌咖哩的男子痛苦掙扎。好吧，與其說是異常狀態治好了的關係，我看應該是因為不能呼吸很難受。不過，異常狀態已經解除了。看來所謂的邪心狀態，的確是布魯克等人企圖散播的邪神水所引發的失控狀態。

布魯克這傢伙，竟然還讓部下喝邪神水？好吧，問他本人就知道了。

不，還不只是這樣。

記得日前捉獲的暴徒，狀態也同樣變成了邪心。這應該就表示除了貴族佳餚之外，還有其他地方也散播了邪神水。事態也許比想像中更嚴重。

闖進屋內之後過了五分鐘。

我們來到了疑似布魯克所在位置的房間門口。

『就是這裡嗎？』

（嗷！）

小漆的氣息察覺技能不會出錯。布魯克必定就在這扇門的後面。

「我要上了。」

咚磅！

芙蘭踹破房門，看到布魯克正在書桌裡翻找東西。看來是聽見了騷動，正在收拾逃離此地所需的值錢物品。

「什、什麼人！」

「嗯。惡棍不配知道我的名字。」

「非法入侵還有臉講這種話！」

「這不是非法入侵，布魯克。是對於涉嫌進行犯罪行為的設施，展開的正式搜查。」

「什……父親大人！您怎麼會在這裡……？」

「我才想問你，你怎麼會在犯罪組織的據點裡？」

「我不明白您在說什麼——」

布魯克開始找藉口了。但是，有件事情令我更在意。這傢伙怎麼好像是邪心狀態？怎麼回事？自己喝下了邪神水嗎？如果是這樣，他為什麼要這麼做？

正感到有點不解時，士兵跑進房間裡來。

「宅第已壓制完成。其中也有懸賞捉拿的通緝犯，皆已拿住。所有人都已帶到宅第的庭園裡。此外，我們在地下室救出了數名疑似非法奴隸的少女。」

懸賞犯加上黑市奴隸。證據不動如山了。人就在這棟宅第裡，不可能一句話不知道就算了。

「布魯克，有話到騎士團值勤站再慢慢聽你說。可別以為你能狡辯脫罪。」

「怎麼可能……怎麼可能怎麼可能！怎麼可能～～！你是怎麼發現的！」

不不，我倒想問你怎麼會以為瞞得過去？計畫還滿粗糙的耶？那麼大動作地調動跟自己有關聯的伊斯勒商會的人，就算我們沒追查，這些惡行遲早也會被揭發。

他或許自以為是個詭計多端的智多星，卻不知道計畫滿是漏洞。更別說他還打算引發騷動讓父親揹黑鍋，自己成為領主喔？如果騷動大到侯爵都被問罪，怎麼想克萊斯頓家都會被沒收地位與家產吧？至少克萊斯頓家不可能安穩地繼續擔任巴博拉的領主。嗯——真是個白痴。

好吧，幸好能防範這場政變於未然。再來只要逮住三男溫特阻止明天的販賣，災情就不會繼續擴大了。我們也可以提供添加治癒黃薑的咖哩，之所以不說直接提供治癒黃薑，是因為已經全部用掉了。

總之先強迫這棟宅第裡的人吃下咖哩麵包，解除邪心狀態再說。

要餵什麼口味好呢？特辣意外地受歡迎，所以數量慢慢有點減少了。還是從原味或中辣裡選一個好了。我正要拿出咖哩麵包時，布魯克忽然發出了嚎叫。

「咕嘎嘎嘎！」

怎麼了？是自暴自棄開始發狂了嗎？

「咕嘎嘎啊啊嘎嘎嘎嘎嘎嘎嘎嘰啊嘎嘎嘎！」

「……喂！布魯克你怎麼了！」

克萊斯頓侯爵抓住他的肩膀呼喚他，但從他口中發出的野獸般咆哮從未停止。

「咕嘎嘎嘎嘎嘎啊啊啊啊嘎嘎嘎嘎嘎！」

布魯克維持著跪地姿勢仰望天花板，全身痙攣。他的身體開始冒出黑色妖氣般的煙霧。喂，不是！我看這不太妙吧？

雖然跟邪心狀態的人發狂時的狀況很像，但這遠比那激烈多了。

『芙蘭！總之先灌他咖哩再說！』

「嗯！」

芙蘭迅速從次元收納空間裡拿出裝了咖哩的盤子。

「小漆，按住他！」

「嘎嚕！」

小漆用前腳按住了一邊抽搐一邊嚎叫的布魯克的背。芙蘭用湯匙舀起咖哩靠近他的臉，但他瘋狂掙扎，沒辦法好好餵。

「小漆，把他翻過來。」

「嗷。」

接著我們硬是讓布魯克變成仰躺姿勢掰開他的嘴，把咖哩噗嘟噗嘟地往臉上倒。布魯克掙扎得更加厲害，但感覺不像是異常狀態得到治癒。也許只是咖哩刺痛了眼睛……但我們還是繼續灌他咖哩，最後看到他咕嘟一聲嚥下。

『怎麼樣？』

本以為這樣就能治好——

「咕嘎喔喔哦哦喔喔啊喔喔哦！」

布魯克的身體體積開始急速擴增，像是肌肉以異常速度不斷肥大化。同時，他的皮膚與眼睛也開始變黑。不是被太陽曬黑的那種程度，是彷彿塗滿黑色顏料的暗夜般漆黑。全身血管膨脹變粗，看起來甚至像是無數蚯蚓或蛇在皮膚底下蠢動。然而只有臉孔幾乎維持原狀，感覺非常噁心。

『好噁！』

「嗯。」

芙蘭看到布魯克變得面目全非，也皺起了眉頭。不過，我看他是完全拋棄人性了。是治療做得太遲了嗎？

鑑定之下，發現顯示的能力值已經完全變成了魔獸的格式。布魯克這個固有名稱消失，種族變成邪惡人類，能力值有所增加，一般哥布林的話隨手就能勒死。雖然不是我們的對手，但對一般士兵來說可能很難對付。

不能忽視的是固有技能欄位有一項是邪術，還有邪神奴隸這個稱號。

其實看到這個讓我想起一件事。在哥布林或地靈等邪人當中，有時會混雜著特殊個體。名稱就像邪惡哥布林或邪惡地靈，都是在前面加上邪惡二字，膚色漆黑。不只如此，牠們還擁有邪神僕人這種稱號，名稱與布魯克具有的邪神奴隸稱號非常相似。共通點太多了。

難道是從人類變成邪人了？進化？總之就是變異了？換言之，邪神水不只是會讓人凶暴化，而是具有把人變成邪人的力量？

『喂喂，這怎麼回事啊？』

就算布魯克再笨，也不至於四處散播這麼危險的魔法水吧。更不可能自己服用。

也就是說還有個第三者，欺騙並利用了布魯克？是據稱為邪神水製作者、名叫澤萊瑟的鍊金術師，或者是只有名字頻頻出現、名叫燐佛德的老魔術師……？

不，現在先處理眼前的狀況要緊。

其實我很想直接砍死他，但當著父親克萊斯頓侯爵的面斬殺布魯克可能會與他結怨。況且說不定還有可能讓布魯克恢復原狀。只要能恢復意識，還能從這傢伙口中問出各種情報。因此，我是希望能把他活捉起來……

但就在我們面對布魯克的變化不知所措時，宅第外面似乎又發生了新的變化。

「唧嘎嘎啊嘎啊嘎嘎嘎嘎嘎嘎嘎——」

「咕嘎嘎嘎嘎嘎嘎嘎嘎──」

因為外頭傳來了布魯克在變異前發出的那種嚎叫，而且是一陣又一陣。

「唔。」

『這下，我看情況不妙了吧？』

像布魯克這種一般人也就算了，如果具有戰鬥能力的冒險者等等發生變異的話呢？那豈不是會變化出相當強悍的邪人嗎？

事實上，隨著嚎叫聲平息下來，宅第外頭開始產生驚人的強烈氣息。

然後，我們聽見士兵們的慘叫。看來外面那些傢伙果然也像布魯克一樣變異了。

「布魯克！喂，布魯克！你是怎麼了！」

「不可以靠近他！」

「布魯──嗚！」

克萊斯頓侯爵不聽芙蘭的制止，想靠近被小漆壓制住的布魯克，卻被布魯克一腳踢飛。

「羅德斯大人！您沒事吧？」

「我、我沒事。」

克萊斯頓讓士兵長攙扶著起身。受到的疼痛與打擊讓他變得茫然自失。

「咕嚕嘎嘎嘎！」

布魯克在小漆的前腳底下瘋狂掙扎。他已經完全喪失理性，不可能乖乖束手就擒。我們再度灌他咖哩，又試著使用治癒中毒等狀態的魔術，但布魯克身上沒出現什麼變化。或許表示對於完全化為邪人的這傢伙而言，目前的狀態既不異常也不是詛咒，而是正常狀態吧。

『芙蘭，來試試看能不能讓他停下來吧。』

「嗯。小漆你讓開。」

「嗷。」

「——氣絕電壓。」

「咕嘍——嘎！」

好，成功了。小漆施加的重量一消失就想站起來的布魯克，再次躺回了地上。雖然似乎還有意識，但已讓他陷入麻痺狀態。看來勉強還算在生物的範圍內。

『小漆繼續壓住布魯克。』

「嗷。」

『我們到庭園裡去。』

「嗯。」

芙蘭來到走廊上，撞破面對中庭的窗戶跳到空中。

『抓到的那些傢伙全給我突變了！』

被捕的伊斯勒商會相關人等，全都變異成了邪人。他們強行扯斷束縛自己的繩索，開始大打大鬧。數量有十隻，相較之下士兵則有三十人。

但由於個體戰鬥力相差太大，士兵們陷入壓倒性的劣勢。

「怎麼辦？全部抓起來？」

『……不，打倒他們吧。反正都是罪犯，鬧得那麼凶要全部抓住也有困難。再說就算能變回原狀，注定也是死罪。』

因為是政變的幫凶。

「好。」

芙蘭使用空中跳躍，踢踹天空加速降落。她利用速度舉劍劈死其中一隻，同時我也使用風魔術，把兩隻斬首。

他們畢竟平常就在當打手，實力比布魯克強多了。以威脅度而論可能差不多到E。

但是技能等方面平平無奇，防具也沒撐過變異時的肥大化，都弄壞了。我們不會輸給這種狀態的對手。花個三分鐘就殲滅完畢。

只是很遺憾地，這些傢伙似乎沒有魔石。能力這麼強大，魔石值應該很高才對。好吧，沒有的東西想也沒用。

士兵們看到怪物已被打倒，一副疲憊至極的樣子癱坐在地。但是，我們必須問士兵一些問題。抱歉在他們正累的時候打擾，但我們還是找士兵長說話。

「請問一下。」

「什、什麼事？」

親眼目睹過芙蘭壓倒性戰鬥力的老士兵長挺直背脊，顯得有點緊張。大概是恐懼與敬意參半吧。

「宅第裡就這些人了嗎？」

「是！就這些了！再來就只剩那邊那幾名女子！」

在士兵長的視線前方，幾名少女互相依偎著發抖。正是被關在宅第裡的黑市奴隸們。經過鑑定，也沒發現什麼疑點。

「有沒有一個叫澤萊瑟的鍊金術師，以及叫做燐佛德的老人？」

會不會是混雜在我們打倒的邪惡人類當中？但剛才沒有一隻蒼老到能稱為老人。

「不，沒有。」

本來還以為一定已經被士兵們逮捕了。

「如果看到他們，我一定會認出來。」

「你知道他們是誰？」

「因為當時鍊金術公會內部進行了人體實驗，造成眾多黑市奴隸犧牲，整個事件太令人痛心了。再加上沒能逮住主謀，更讓人無法忘懷那場事件。」

也就是說，達南認得出澤萊瑟的臉？那麼應該可以確定澤萊瑟不在這幢宅第裡邪人化的人當中。是拋下布魯克逃走了嗎？而不知道他是為了爭取時間還是想殺掉我們，總之逃跑時還留下了這顆定時炸彈。

還是說，可以用遠程操作的方式讓他們突變？不管是怎樣都很棘手。這下搞不好連布魯克都只是被他利用了。

『該怎麼辦呢……』

是要對小漆的鼻子寄予期待嘗試追蹤，還是翻遍宅第找線索？

（師父，跟你說。）

『怎麼了？』

（那邊。）

芙蘭指著稍微遠離黑市奴隸少女們躺在另一處，被團團綑綁的門衛。

奇怪，這傢伙怎麼沒有變異？狀態仍然是邪心。這傢伙跟那些變異的人差在哪裡？不，或許是取決於邪神水的攝取量。只喝了一滴的人，跟喝光一整杯的人在變異速度上當然會有差異。既然如此，鎮上所有處於邪心狀態的人應該也不會冷不防一齊變異了。

但還是不能置之不理。

克萊斯頓侯爵——恐怕還不能振作起來。只見他表情空洞，茫然自失。不過畢竟是眼睜睜看著兒子變成怪物，或許怪不得他。於是我們找老士兵長說話。

「這樣你們理解了嗎？」

「是，您說的都是真話。而且，狀況似乎比我們所想像的更糟。」

不知道可能變異成邪人的人數有多少，但不可能只有十幾二十個人。假如這些人在市民聚集的地點大量變異的話呢？一場嚴重慘劇將無可避免。

「請你召集士兵。」

「我明白，狀況緊急。我也會號召騎士團一起行動。」

我們把分辨的方法告訴了達南。

「原來如此，鑑定啊。只要附有邪心這種異常狀態就必須提防是吧。」

「嗯。」

「我明白了，我會設法安排鑑定的人手，不然委託冒險者公會也行。」

在巴博拉這樣的大都市，不太可能一個鑑定人手都找不到。

「只是，不知道現在緊急召集能找到多少人。」

達南似乎已經想好召集人手的方法，但似乎希望能盡量私下解決。因為假如整件事情公開，必然會演變成領主的進退問題。暗中收拾掉次男與三男，然後趁喝下邪神水的市民突變之前找出他們進行治療，再捕獲逃走的澤萊瑟與燐佛德。對這些人來說，最理想的發展應該是在檯面下解決整件事情吧。

不過依我看是絕對不可能的。至少我認為在發生騷動之前找出所有喝下邪神水的人做治療就是不可能的事，必定會發生某種程度的騷動。盡可能將這場騷動控制在較小程度，靠自己的力量處決主謀，把騷動範圍控制在巴博拉之內——這才是最實際的應對方式吧。

「能否請您繼續提供協助？」

「沒問題。我現在要去追捕逃走的鍊金術師等人。」

「喔喔！那就拜託您了。」

「首先，為了尋找線索，我要在宅第裡到處走走。」

「可以。這麼大的宅第，也許會有暗門等機關。」

「嗯。」

好，這下就獲准搜房子了。現在換小漆出場了。

『小漆，你知道哪裡的氣味比較濃嗎？研究室或密道，什麼都可以。』

「嗷！」

小漆一邊抽動鼻子聞味道，一邊在宅第裡四處走動。到處嗅聞了一會兒，最後小漆開始步下通往地下的階梯。地下果然最可疑。不久小漆在一個房間的門口駐足。

「嗷嗷嗷！」

裡面沒有傳出人的氣息。

『這裡嗎？』

「嗷！」

「我進去了。」

『小心點。』

芙蘭打開門，看到一個就像是鍊金術師研究室的房間。

室內擺放著各種鍊金器具。有找到一些像是資料的文件，但老實說我們看也看不懂。這裡應該是澤萊瑟的房間沒錯，只是可能找不到線索。

正覺得有點失望時，卻發現小漆的目的似乎不是這個房間。牠坐在書櫃旁邊的牆壁前面，不斷地輕抓牆壁。難道是那個嗎？暗藏著類似密道之類的機關嗎？我站到牆壁前面看看，但怎麼看都找不到任何接縫。

叩叩叩鏗叩。

我試著用念動敲敲牆壁。比起其他牆壁，聲響的確比較清脆。

是哪裡藏了機關嗎？一般來說書櫃最可疑。或者是牆壁上的某處有凹洞？嗯——越來越好玩了。

「師父，怎麼了？」

『沒有，只是這裡似乎有暗門，但不知道怎麼打開。芙蘭妳也——』

「這樣不就得了？」

咚！

芙蘭惡狠狠地賞了牆壁一記霸王腳。整個房間應該都有施加強化魔術才對……但暗門卻被推往內側，顯現出了清晰的接縫。

『芙蘭？』

「再來一次。」

咚砰！

這次是轉體迴旋踢，而且還震得整個房間都在晃動，然後牆壁往內側倒下，露出了通往下方的階梯。

『……好吧，能打開最重要。』

「嗯？走吧。」

「嗷？」

芙蘭與小漆不懂我在沮喪什麼，微微偏著頭。

沒關係，現在趕時間嘛。浪漫情懷或玩心什麼的都得擺一邊。

我們再次讓小漆帶頭，走下階梯。走了一段距離，來到一條挖土建成的長長隧道。看起來沒有什麼陷阱。也是啦，沒有人會在逃跑密道設陷阱。

不過，似乎也不是毫無險阻。

「……有人在前面。」

『是啊，完全不隱藏殺氣。』

對邪惡人類沒起反應的危機察知都有了反應，看來不只是個小嘍囉。

『做好全套戰鬥準備。』

「嗯。」

『小漆你躲起來伺機發動奇襲。』

「嗷。」

我們謹慎地往前走了五分鐘，進入一處二十公尺見方、有點開闊的空間。罪魁禍首就站在中間，殺氣強烈到覆蓋了整個空間。

是個臉上掛著邪門的笑容，看了就讓人不爽的花美男。

「還以為是誰這麼厲害能找到那條密道，沒想到竟然是這麼個小姑娘啊？」

「你是鍊金術師澤萊瑟的手下嗎？」

「妳說啥？本大爺怎麼可能會是那種陰沉小雜碎的部下啊！」

那就是燐佛德的手下了？能力還算不低，跟以前遇過的C級冒險者實力相當。而且槍術與槍技都高達8級，其他還有隱密、氣息察覺、暗殺以及痛覺鈍化等多種有用技能，看得出作為戰士或密探都實力高強。

但是最引人側目的，恐怕還是稱號。像是虐殺者與施痛者等等，怎麼想都不是一個正派人士會具備的稱號。再來必須注意的，大概就是邪神僕人這個稱號吧。

布魯克等人的稱號是邪神奴隸。這傢伙、邪惡地靈或是邪惡哥布林則是邪神僕人。之間到底有什麼差異……可是鑑定又看不到說明文，只顯示為不明。不過，這人好像還沒放棄人性。種族顯示為人類就是最好的證據。

「你不是澤萊瑟的手下？那麼，是桀洛斯里德的手下了？」

「啊？妳說什麼？我是桀洛斯里德的手下？放屁！竟敢說我比那個腦袋裝肌肉的傢伙還不如！」

好像踩到他的地雷了？芙蘭說的話似乎激怒了他。看來他一定跟桀洛斯里德認識，但之間關係似乎稱不上良好。

「我是偉大邪術師燐佛德大人的部下，呂澤里奧大爺！跟桀洛斯里德那種滿腦子只想著戰鬥的廢渣不同，優秀的本大爺可是燐佛德大人的心腹！」

邪術師啊。頭一次聽到這個職業，但這名稱怎麼想都應該跟邪神有關。搞不好這次騷動的主謀不是澤萊瑟，而是燐佛德也說不定。

不過話說回來，有人會把心腹愛將留在這種地方拖延敵人腳步嗎？棄子感不是普通的強耶。

「妳這傢伙……我不會給妳個痛快的。我要扒光妳的衣服，把妳玩弄到哭天喊地！」

「就憑你？」

「唔哼哼。我最喜歡倔強的小鬼了。因為像妳這種小屁孩，哭起來特別好聽！」
從語氣聽得出來他很習慣幹這種勾當。人渣一個。
『算了，總之抓起來逼問情報就對了。』
「嗯。總之先讓他閉上那張嘰嘰喳喳的嘴。」
「哼哈哈哈！想打嗎？我會讓妳這小屁孩後悔莫及！」
「這是我要說的，臭傢伙。」
雙方大概都沒什麼話好說了。
兩人互相發出強烈敵意，同時開始動手。呂澤里奧是為了凌虐芙蘭，芙蘭則是為了得到情報，儘管雙方目的各異，但都只想剝奪對方的戰力而不是性命。
「噓！」
「喝啊！」
芙蘭揮動的我與呂澤里奧的長槍交錯而過，迸射火花。論本事是芙蘭為上，但攻擊距離較長的長槍仍然不好對付。就結果來說，兩人的交戰乍看之下像是平分秋色。但實際上就連呂澤里奧也知道並非如此。
「妳這狗屎！快給我死！」
「我拒絕。」
「該死該死該死該死！本大爺竟然搞到跟這種小鬼打成平手！這是不可能的！」
「不是平手。面對現實吧。」

「喝啦——！」

大概本來只打算痛打芙蘭當好玩吧。然而實際情況卻是芙蘭明顯放水，自己的攻擊則擦都沒擦到一下。呂澤里奧發出又氣又惱的怒吼聲。

芙蘭在錫德蘭海國與強敵交手之後，與人對打的本領急速得到提升。技能並沒有升級，實力卻明顯大增。沒有半點可能輸給這個依賴技能與臂力亂揮長槍的男人。

我想趕快把這傢伙收拾掉，去追燐佛德了。可是呂澤里奧有麻痺抗性，用氣絕電壓可能抓不住他。

『芙蘭，下一擊就讓這傢伙無法再戰。只要不要殺掉就好。』

（好。）

「去死吧——！」

配合呂澤里奧挺槍突刺的動作，我用風魔術做出護牆。碰上無詠唱冷不防出現的風牆，呂澤里奧的長槍大幅偏離軌道。被風拉向意外方向的長槍也拖累了呂澤里奧本人，他的身體踉蹌著倒向前方。

「什……！」

「破綻百出。」

呂澤里奧手中的長槍被彈飛，緊接著小漆的追擊打個正著。小漆從呂澤里奧的影子裡一躍而出，咬住了他的腿。

「嘎嚕嚕！」

「嗚呃啊！」

呂澤里奧的右膝被咬斷，膝蓋以下部位飛上半空。呂澤里奧失去平衡一屁股跌坐在地，似乎被嚇傻了。他不敢置信地低頭看著自己的腿。

「——我、我的腿啊啊！」

呂澤里奧用滿懷憎恨的目光瞪著芙蘭與小漆。他牙關咬緊到摩擦出聲，好像光用視線就能詛咒人。

但芙蘭一拿我對準他的眼前，似乎就重挫了他的戰意。他丟掉不知何時拔出的短劍，變得垂首喪氣。

「把燐佛德的事情告訴我。」

「……啊啊？什麼……？」

「他是什麼人？」

「哼。燐佛德大人是一位偉大人士。身為凡人卻得到邪神賜與力量，而且願意與我們分享。我們將捨棄卑微人軀，達成崇高的進化！」

邪神的力量啊……看過布魯克的突變，我實在不覺得那能叫做崇高的進化。真要說起來，這些人竟然自願變成理性盡失只會橫衝直撞的存在？真搞不懂這些神經病的想法。

「燐佛德的目的是什麼？」

「燐佛德大人的目的，就是獲得終極力量！」

「咦？不是讓邪神復活？」

我也這麼以為。難道目的不是解放或復活受封印的邪神嗎？

「妳白痴啊。要是讓邪神完全復活，這世界就要毀滅了耶？我們也會沒命的好嗎？死掉了就不能再殺人，也不能強暴女人了耶？」

換言之，他們只是利用邪神的力量以強大自我？可是，邪神會給這種不虔誠的信徒力量嗎？

「邪神是名副其實的奸邪之神。像我這種偏離正道的人才能獲賜力量！」

原來如此，都叫做邪神了嘛。所以只要是壞人，不是信徒也ＯＫ就對了。

「燐佛德人在哪裡？」

「已經轉移到吩咐布魯克準備的新地點了。」

「在哪裡？」

「哼哼哼，在領主宅邸的隔壁，就是布魯克剛蓋好的新家啦。因為位處城鎮中心，才能讓魔力遍布巴博拉全城。」

不過這傢伙也真長舌，難道是個白痴？才剛這麼想，呂澤里奧戴在手指上的戒指啪嘰一聲斷開，發出微光。然後呂澤里奧的身影瞬間消失無蹤。

「哇哈哈哈！大意了吧！」

呂澤里奧出現在離原本位置約十公尺遠的地方。原來是用完即丟的短距離傳送道具。

呂澤里奧發出刺耳的大笑，一口氣灌下不知從哪裡拿出的小瓶子，喝光裡面的液體。

「我之所以這麼輕易就說出情報，是因為妳注定要死在這裡！」

說完這句話之後，呂澤里奧的身體立刻開始冒出黑色妖氣。跟布魯克等人突變時的狀況如出一轍。

方才喝下的謎樣液體八成是燐佛德的邪神水。這傢伙，竟給我自己選擇變異為怪物。看來他剛才鬼扯什麼崇不崇高的都是真心話。

被咬斷的右腿斷面，逐漸開始冒泡膨脹。竟然還附贈斷肢部位的再生能力？

「我要把妳大卸八——噁嗚！」

不過，不會讓他得逞就是了。不用等我使用短距跳躍，芙蘭一瞬間就逼近了呂澤里奧。呂澤里奧完全沒反應過來。與其說是速度快，應該是沒有多餘的預備動作使得她的身法變得難以預測。這也是在錫德蘭海國將我們逼入絕境的戰士巴魯札使過的身法。芙蘭一開始也無法對這做出反應，而被敵人繞背襲擊。我想芙蘭一定是一直在腦中想像那個動作，反覆練習過吧。

「嗚呃啊！」

芙蘭趁著呂澤里奧不備移動到他眼前，用鐵爪功一把抓住對方臉孔堵住那張嘴。然後芙蘭順著力道，用柔道大外割的訣竅把呂澤里奧砸在地上。呂澤里奧的後腦杓猛烈撞上地面，整個表情嚇呆了。只有演動畫或特攝，才會慢慢等敵人變身完畢啦！

「喝下去。」

「嘎嘎啵啵！」

芙蘭以掌心為起點發動次元收納，把咖哩強制性灌入呂澤里奧的嘴裡。由於嘴巴被堵住，想吐出來也沒辦法，只能嚥下去。

「喀哈！嘔哈！嘔啪啵啵！」

雖然場面很嚴肅，但那副臉孔塗滿咖哩的樣子怎麼看都像在搞笑。

「眼睛！我的眼睛！」

啊，這傢伙好像也被咖哩刺痛眼睛了，只見他用手臂猛擦眼睛。但他隨即不再慘叫，睜大了雙眼。眼睛睜那麼大，小心咖哩再流進去喔？

不過，會有這種反應也怪不得他。一定是發現自己身上源源不絕的力量消失了吧。

呂澤里奧的狀態已恢復正常。被小漆咬斷的右腿，也只再生到小腿附近。呂澤里奧的表情呆滯。

「妳……做了，什麼？」

「幫你治好了異常狀態。」

「開、開什、開什麼玩笑！妳妳妳把我的力量……！可惡啊！我要殺了妳！我要殺——」

「哼。」

芙蘭一揮到底的拳頭，準確無比地擊中呂澤里奧的下巴。漂亮的一記右勾拳。

「吵死了。」

似乎是嫌呂澤里奧的叫聲刺耳。呂澤里奧好像腦震盪了，就這樣停住不動。用失去焦點的眼睛往上看著芙蘭。

『算了，沒差。怎麼處置這傢伙？』

他似乎知道不少內情，又是重要人證。如果可以，我想活捉他。是要帶他一起走，還是回去交給士兵？正略為猶豫不決時，就感覺到宅第那邊有許多人跑來。

「您沒事吧！」

是士兵長他們。來得正好，那就交給他們吧。

順便把得到的情報也轉告他們。

『好了，我們繼續前進吧。』

多虧這個自大的笨蛋，我們得知了燐佛德的下落。沿著地下道走，就來到了某棟宅第的庭園。大概是布魯克擁有的宅第之一吧。然而，宅第裡毫無人類的氣息。看來沒走運到直接抵達賊窩，從地點來看似乎是貴族街。

『好，我們走。』

「嗯。」

「嗷？」

不知為何，小漆朝向領主宅邸以外的方向。

『怎麼了，小漆？』

「嗷嗷嗷！」

牠一個勁地想往別的方向前進。

『該不會是澤萊瑟就在那個方向吧？』

「嗷！」

也就是說澤萊瑟與燐佛德正在分頭行動？還是說，他已經不在呂澤里奧所說的新據點？呂澤里奧並未說謊，但也有可能是他真心相信了虛假的情報。對方的確不可能把重要的情報坦白告訴以落網為前提的棄子。

『怎麼辦才好呢……是要相信呂澤里奧的情報，還是先抓到澤萊瑟再說……』

不，先把可能的選項減少吧。等確認過呂澤里奧情報的正確與否再去追也不遲，反正小漆已經記住鍊金術師澤萊瑟的氣味，有辦法追蹤。

『我們去貴族街吧，追上燐佛德。』

「嗯，好。」

「嗷。」

小漆讓芙蘭坐在背上，用空中跳躍一直線前往領主宅邸。眼底可以看見騎士團在四處奔忙。看來士兵長成功說動了騎士團。

半路上，我們聽見一陣淒厲的尖叫。往下一看，原來是一名女性在道路中央遇襲。對方是個黑皮膚的肌肉坦克，邪惡人類一隻。看來全鎮處於邪心狀態的人類果然開始變異了。雖說正在趕路，但也不忍心見死不救。

「小漆。」

「嗷！」

小漆急速下降。一落地的瞬間，芙蘭的劍準備砍斷邪惡人類的脖子——但沒成功。

「咕嚕嚕嚕喔喔喔喔喔喔！」

沒想到對方竟對我們的氣息做出些微反應，犧牲手臂保住了腦袋。才剛進化就能變得這麼強嗎……大概原本是個冒險者吧，似乎繼承了氣息察覺與劍術技能等部分能力。看來果然是作為本

體的人類越強，進化後的能力也就能變得更強大。

嗯——不過話說回來，這張臉好像在哪見過。是哪裡來著？

（在攤販鬧事的冒險者。）

『對耶，就是他！』

沒錯，就是在我們攤位插隊鬧事，被科爾伯特趕走的冒險者。記得應該是F級……現在卻有E級冒險者前段班程度的力量，竟然會變得這麼強？

話雖如此，還是被我們的第二招砍成兩半就是了。肌肉坦克噴灑著血與體液頹然倒地，順便一提，血還是紅的。

「噫咿咿！」

救到的女性看到怪物屍體躺在眼前，臉色慘白。看來對一般人來說刺激太強了。老實講，芙蘭或小漆如果靠近她可能會讓她受到二度驚嚇。

但是，把她留在這裡太危險了，說不定邪惡人類還會再出現。或許該強行把女子扛起來，帶她到有人可以保護她的地點……？

然而對我們與女子來說都很幸運的是，一群巡邏士兵碰巧經過這裡。

現場有一名害怕的女性、渾身是血倒斃在地的怪物，以及舉著劍的貓耳少女與巨狼；在正常狀況下是一定會遭到盤問的。但幸運的是，士兵們認得芙蘭的長相。幸好芙蘭的個人資訊已經傳遍士兵們之間了。

我們請士兵保護女子後，士兵很乾脆地就接手了。我們趁機向士兵們打聽城鎮的情形，得知鎮上果然一片混亂。貴族街以及下層居民街災情更是嚴重，還聽說似乎有重要設施遭人襲擊。只要邪神水一刻不銷毀，狀況拖得越久就會造成越多人受害。最糟的情況是假如有人在水井等處大量傾倒，水脈甚至可能被汙染。這下動作得快點了。

『看見了。』

「那邊？」

我們從領主宅邸的上空俯視周遭一帶。

領主宅邸占地相當廣大，因此有將近十棟宅第與之相鄰。但是，其中一棟漏出了強烈的氣息。就像是把成群邪惡地靈或邪惡人類散發的妖邪氣息增強幾十倍，討厭的氣息即使隔得這麼遠仍然令人渾身起滿雞皮疙瘩。

就像現在，芙蘭與小漆也皺著臉瞪視宅第。

『錯不了，鐵定就在那裡。』

其實我很想正面攻堅，但不知道對方有多少戰力，還是像平常那樣採用潛行打法吧。我們盡可能消除氣息，降落在宅第庭園的一隅。庭園沒有結界之類的防護，我們輕輕鬆鬆就入侵成功。

『就照平常的步驟，逐步削減敵人戰力。』

「嗯。」

「嗷。」

首先要在宅第周圍繞一圈，掌握敵方人數。我們就這樣花了十分鐘從庭園探察宅第內部。

我們幾乎沒能從宅第內部感覺到人類的氣息，最多不到十人吧，而且氣息全集中在宅第的中央附近。看來只能入侵宅第了。

『要做好準備，以便隨時開戰。』

「好。」

「嗷。」

於是，我們從後門進入了宅第。總之先往傳出人類氣息的方向走，我們屏氣凝神，慢慢前進。

不過話說回來，魔力還真濃，魔力的充斥量恐怕跟魔境有得比。不知是不是某種魔道具造成的影響。

路上沒遇到敵人，我們白緊張了一場，輕鬆抵達宅第的中央區域。

『是啊。所有人都在裡面。』

（師父，那扇門。）

那是一扇雙開大門，後方傳出一大群人的氣息。看來裡面是一間大廳或類似的房間，所有人似乎都在這裡。已經來到這裡就不會認錯了。這種魔力，這股氣息，絕對是邪惡人類沒錯。

好，現在怎麼辦呢？我們不知道對方的強弱。對方如此缺乏戒備，也可以視為對自身力量有自信的表現。我可不想故作從容衝進去，結果碰上滿屋子打不贏的怪物。

無論怎麼說，對方可是有著桀洛斯里德或呂澤里奧那樣的下屬。假如C或D級的敵人全數變異為邪人，光靠我們幾個太危險了。除了發動奇襲以最大火力狂轟，不由分說地殲滅對方之外，我想不到其他取勝的機會。

但採用這種方法，就不知道能不能留燐佛德一個活口了。假如使出極限力量展開攻擊，想巧妙地避開燐佛德只打其他敵人實在很難。我是希望能盡量活捉燐佛德……應該甘冒危險，只選擇不會打中燐佛德的有限攻擊手段嗎？

（該怎麼做？）

（嗷？）

不，不對。假如這麼做導致芙蘭或小漆受到無可挽回的嚴重傷害，就得不償失了。

第一優先是芙蘭他們的安全。我不會說其他事情都不重要，但也不會想賭上芙蘭的性命換取陌生人的安全。除非不活捉燐佛德，這座城鎮就勢必要毀滅，那才有可能考慮鋌而走險。

『用最大火力轟炸他們。使出全力。』

（可以嗎？）

『可以，反正也不知道燐佛德在不在裡面。假如讓他溜掉或是我們現在半途而廢，引發更大的混亂才是真的危險。』

與其那樣，不如現在就除掉燐佛德。

『好，我們上吧。』

（嗯。）

（咕嚕！）

芙蘭踹開房門闖入房間。在發射魔術之前，我已經確認過房間裡只有邪惡人類。好，這下就能心無罣礙地施展魔術了。好吧，其實魔術已經發動了，現在也不能喊停了就是。

『——閃焰爆發！強風險象！閃焰爆發！』

好久沒有全力使用技能了。我藉由並列思考與魔法師技能的功效，連續發動範圍咒文，而且還讓它狂飆化。

屬於Lv４火焰魔術的閃焰爆發，是藉由大爆發燒光廣範圍區域的上級魔術。我還穿插了風魔術進一步擴大爆炸火海的範圍。

「——火牆術！」

「——咕嚕吼！」

『石牆術！』

由於施放距離太近，熱風也波及了我們。不過，我們多重施加事先詠唱好的障壁系魔術，勉強撐了過來。不過話說回來，這場爆炸火勢驚人到簡直有如燒夷彈空襲。我們從做出的護牆兩側，可以看到粉塵與砂土的激流以駭人速度往後沖刷。都已經張開了三重護牆，我們卻險些沒被螺旋狀的爆炸波吹走。

『……會不會太過火了？』

「總比太弱好。」

「嗷。」

但這也太誇張了。爆炸波散去後，我看到宅第的二樓半毀，天花板也開出了個可以看見天空的洞；一樓也有約莫一半化作廢墟，廳堂更是不留原形。四面牆壁消失不見，搞得好像宅第中央原本就有塊開闊的中庭似的。

「……遇上初次見面的人這麼做不會太狠了嗎？小姑娘。」

「唔！是誰？」

「呵呵呵，妳不知道我是誰嗎？」

「邪術師燐佛德。」

「答對了。」

名稱：燐佛德．勞崙西亞　年齡：100歲

種族：邪人

職業：邪術師

Lv：58／99

生命：129　魔力：850　臂力：127　敏捷：120

技能：詠唱縮短4、鑑定7、高速再生6、邪惡感知9、異常狀態抗性4、煽動4、調合6、毒物知識7、魔力操作

固有技能：邪術8、邪神恩寵

稱號：邪神尖兵

裝備：邪鬼骨杖、邪犬人長袍、邪犬人外套、邪術手環

「不過話說回來……莫非妳是用了魔道具？看妳的實力不像能施展這般強大的魔術。」

真的假的啊，竟然撐過了那場攻擊還毫髮無傷。不過，其他人可就沒能全身而退了。白髮矮小老人的面前有大約十隻邪惡人類層層重疊著倒下。傷害量最大的最前排三隻更是幾乎完全烤焦，後面四隻大概是三分熟或全熟吧。

然後還有三隻一分熟的邪惡人類，氣喘吁吁地跪在地上。看來是前面幾隻成為擋牆，減輕了他們的傷害。

這死老頭，竟然蠻不在乎地拿手下做了肉盾。本以為邪惡人類是只會逞凶鬥狠的怪物，這麼看來也許會聽燐佛德的命令。不過他的職業是邪術師，就算會使用操縱邪人的法術也不奇怪。然而我似乎猜錯了。

「燐、燐佛德大人，請您快逃。」

「這裡有我們擋著！」

邪惡人類竟然會講人話？我急忙鑑定看看，發現這些傢伙明顯不同於其他邪惡人類。首先他們具有個體名稱，而且稱號也不是邪神奴隸，是邪神僕人。

這是否表示他們是在保有理性的狀態下，變成了邪惡人類？

「這些傢伙，會說話？」

「呵呵，妳在鎮上遇到其他邪人了？沒錯，這幾人保持著理性，獲得了邪人之力。因為他們是自願接受邪神的力量！」

原來是這麼回事。大概是差在稱號上吧。邪神奴隸是被迫變異，失去理性之人；邪神僕人則是自願接受邪神力量之人。

也就是說，稱號為邪神僕人的呂澤里奧剛才喝下邪神水，是打算維持著理智獲得力量？也許該說真是好險。幸好有立刻打倒他。

「突變的條件是什麼？」

「老夫有什麼義務告訴妳？——不過也好吧，算是褒獎妳一路抵達這裡，就回答妳的問題吧。」

「廢話少說。」

「呵呵，真是個會說大話的小姑娘。進化為邪人的條件並不難。只要喝下老夫調合的邪神水，在體內累積一定分量的邪氣即可。再來只需老夫略施小技，即可依據本人意願開始進化。很簡單吧？」

不是，會不會太簡單了？光是這樣就能讓人類變成邪人？那邪人數量應該要更多才對。總不會邪術師就他一個吧。至少這件事應該要更廣為人知才對。但是看領主或達南的反應，像是對人類變成邪人的現象一無所知。那兩個屬於為政者立場的人都不知道，就表示這並非這世界的常識。

我認為將人類強制變成邪人的條件，不可能只有喝藥水。但是，我也的確目睹了人類變成邪人的場面。於是令我在意的一個重點，就是燐佛德所說的什麼「老夫略施小技」。

我不知道這指的是什麼，但燐佛德特地來到這棟宅第的理由或許就出在這裡。

呂澤里奧那時是怎麼說的？他是不是說過在城鎮中心，可以讓魔力遍布巴博拉全鎮？讓魔力遍布全鎮，會發生什麼事？

我的視線望向燐佛德的背後，因為我覺得那裡看起來有點蹊蹺。乍看之下做了遮蔽看不見，但地板上的確畫了些東西。是魔法陣。

我用魔法師技能試著追蹤魔力的流向，發現從燐佛德身上流出的邪惡魔力，經由魔法陣往廣範圍擴散出去。讓魔力遍布各處指的就是這個吧。同時，也是燐佛德所說的「最後略施小技」，是某種大規模的儀式。

「不過話說回來，站在老夫面前竟然不會被魔力沖昏，這可有意思了。怎麼樣，小姑娘，要不要成為老夫的屬下？老夫會給妳比現在強上數階段的力量，如何？」

「……你們的目的是什麼？」

「哦，不立刻答覆啊？很好很好，深思熟慮是好事。回到正題，妳問我們的目的是吧？自然是讓邪神復活，毀滅世界！」

「！」

「妳以為老夫會這麼說嗎？」

之後燐佛德所述說的內容，跟呂澤里奧說過的話大同小異。他們的目的似乎並非讓邪神復活，而是敬拜邪神以獲賜部分力量。

看樣子並不是老套地讓邪神復活毀掉世界，在新世界裡成為邪神的手下掌握榮耀，或是對世界絕望而想利用邪神的力量毀掉一切，諸如此類出於盲信心態的理由。

「如何啊？要不要成為老夫的屬下？只要妳想要，老夫能賜與妳力量。要讓妳進化也不是沒有法子，雖然跟正當的進化方式有些差異就是了。」

聽他這說法，看樣子他也知道黑貓族不能進化。
「我拒絕。我才不會成為你的下屬。」
「這樣好嗎？妳不是黑貓族嗎？聽說你們種族不能進化，不是嗎？」
「唔？什麼意思？」
「老夫聽聞神明棄你們黑貓族於不顧，封閉了這種物種的進化系譜，是吧？」
「……」
「但老夫有辦法讓妳進化喔？立刻就辦得到！」
燐佛德邪門地微笑，對芙蘭伸出滿是皺紋的手。不管怎麼想，都不會是正常的進化方式，想也知道只會被變成邪人。不過，立刻回絕似乎也有點可惜。
『芙蘭，妳假裝答應，從他口中問出情報吧？』
我們擁有謊言真理，不用過度擔心聽到虛偽的情報。深思燐佛德話中的意思，黑貓族的進化很可能藏有某種祕密。為了獲得進化的相關情報，現在冒點風險或許是值得的。
（不了，這些情報就夠了。反正這傢伙所說的進化是進化為邪人，絕不是什麼好事。）
『是沒錯啦。』
（再說就算只是演戲，我也不樂意跟這種人低頭。）
好吧，反正燐佛德所說的神明棄黑貓族於不顧不見得是事實，露出破綻也不知道他會如何對付我們。
「嗯。再來──只要逼他開口就好。」

芙蘭說完就把我舉好，用含藏著堅決不從之意的視線，望向燐佛德。

「呵！是嗎？也罷。既然妳不從，老夫就把妳抓起來強行變作邪人吧。」

「你辦不到。」

「呵呵呵！真佩服妳就這點實力，還敢在老夫面前說大話！真令老夫吃驚。莫非是帶著什麼能作為最終王牌的魔道具？不過，像方才使用的爆炸魔道具那種小玩意可是無法打倒老夫的喔？」

差點忘了，這傢伙擁有鑑定技能。大概是看了用鑑定偽裝顯示得較弱的能力值，就沒把芙蘭放在眼裡了。這下就知道他在從容不迫個什麼勁了。不過這本來就是這項技能的用處，這好像是我們頭一次以最理想的方式騙倒對手？

（師父，先發制人。）

『好！粗心大意害死人！』

我對準燐佛德發動了念動彈射。跟他之間距離大約十公尺，這點程度瞬間就能飛抵。

我從芙蘭舉劍的手中毫無預備動作地飛出去，是無可挑剔的奇襲。

倏地飛出的我，以超高速刺向燐佛德的臉孔——但沒成功。

「唔，竟持有如此驚人的魔劍！只可惜似乎沒能穿透邪神的加護！」

我被燐佛德面前張開的障壁擋下，突擊被迫中斷。接著，又被反彈力震飛出去。這記突擊雖沒用上狂飆化，但好歹是毫無保留的一擊，也使用了屬性劍。而他竟然防得住！

嘖，跟芙蘭之間的距離被拉得這麼遠啊。

（師父與小漆留在原位。）

『好。我抓敵人的破綻。』

（嗯。）

（嗷。）

「真是可惜了。要是這記攻擊能要老夫的命，就能妨礙儀式進行了。雖說老夫死了儀式也不會停止，但或許能延遲個十分鐘也不一定。」

「儀式？」

「呵呵呵。現在再知道內容也太遲了，因為儀式已經結束啦！」

燐佛德大叫的瞬間，原先受到隱蔽的魔法陣發出了無法直視的強光，同時驚人的龐大魔力透過圖騰逐漸往周圍擴散。

「如此一來，其餘具備資格者也將結束進化，催生出新一批的邪神奴隸！總數為三百三十隻。哼，本來是預定能催生出這個的至少三十倍。不過也罷，不足的數量就用澤萊瑟的什麼計策去補足吧。」

那個魔法陣果然是關鍵！看來巴博拉鎮上的邪神水被害者們，都已經變異結束了。

「老夫要走了。」

「站住！」

芙蘭從次元收納空間拿出魔劍．死亡凝視者擲向他，但依然被像是障壁的物體擋下。

「呵呵呵，這點投擲攻擊是沒用的。看來方才那一擊果然是劍本身的力量。也罷，你們幾個抓住那小姑娘。如果頑強抵抗就殺了她無妨。」

「遵命。」

苟延殘喘的邪惡人類們，似乎在不知不覺間恢復了體力。他們接受燐佛德的命令，步步接近芙蘭。

「乖乖認命，將妳自己獻給燐佛德大人吧。」

「只要妳求饒，我們也可以饒妳一命喔？」

真是狗眼看人低。不過也是因為芙蘭的能力值做過鑑定偽裝，看起來只有普通的D級冒險者程度。大概是得到力量，就得意忘形了吧。

「求饒？誰要求饒啊。你們才應該求我饒命，我也許會大發慈悲。」

「呵呵！老夫很喜歡有朝氣的女孩，但太臭屁就掃興了。夠了，妳就死在這裡吧。再見了。」

燐佛德的身影瞬即消失。是做了傳送嗎？邪術連這種法術都有？該死！讓他跑了！

「準備受死吧，臭丫頭！」

「膽敢反抗燐佛德大人，我要妳付出代價！」

邪惡人類如此說著衝殺過來，但他們隨即表情大變，因為芙蘭整個人瞬間消失無蹤。好吧，其實只是用這些傢伙追不上的速度移動了而已。

結果到頭來，邪惡人類們甚至沒展開一場攻防，就被芙蘭砍倒了。因為芙蘭的能力值其實比他們高，技能也壓倒性地勝過他們。對手一大意，就是這種結局。

『芙蘭，還是把魔法陣破壞掉吧。』

「嗯，好。」

我們徹底弄壞魔法陣之後，三步併兩步跑出宅第。城鎮明明正值夜晚，卻莫名地嘈雜。遠方隱約傳來慘叫與怒吼等聲音，港口那邊則透出紅光，讓人知道正在發生火災。三百多隻的邪惡人類開始作亂，會這樣或許不難想像吧。沒空一一去處理了，那邊就放寬心交給騎士團吧。

『我們趕路吧。』

「嗯。」

「嗷嗷！」

不過一路上如果撞見的話還是會打倒啦。被方才的儀式強制變成邪人的民眾，果然都喪失了理性。看樣子只有身為邪神僕人的燐佛德等人，才有辦法維持著理性成為邪惡人類。

看到他們失控成那樣，放著其他個體不管似乎不大妥當……但逃跑的燐佛德或澤萊瑟很有可能會搞鬼，我們還是以他們為優先吧。

『澤萊瑟與燐佛德，哪邊近就追哪邊。小漆，麻煩你追蹤氣味。』

「嗷！」

後來我們又在路上斬殺了三隻邪人，花了差不多十分鐘抵達一個地點。

『燐佛德大老，你那邊情況怎麼樣了？』

「澤萊瑟？是心靈感應的魔道具啊。」

『嗯。我現在正在前往鍊金術公會。』

「老夫也是，現在正按照計畫前往神殿。雖然有些人來礙了點事，不過魔法陣已經啟動完成了。」

『礙事？』

「是啊，好像是被領主察覺了。我看是終於發現兒子有多蠢了吧。還有個黑貓族的小姑娘追過來，那個就是叫做什麼芙蘭的冒險者吧？不過只是個小角色，老夫已命令部下殺掉她了。」

『好吧，反正本來就打算讓布魯克在這時候退場，沒差吧？雖然名叫芙蘭的冒險者，現在殺掉也沒意義就是了。』

「再來只要桀洛斯里德把那小姑娘——記得是叫夏綠蒂嗎？把那女孩擄來，準備就齊全了。」

『我已經把邪神石運進神殿嘍。』

「是嗎？那很好。」

『不過說到邪術，竟然神通廣大到能限定性地接觸神域，真令我感興趣。』

「這沒什麼，也要有神殿這種隨時開放的迴廊才行。再說月宴祭才剛打開了一條寬大的迴廊。」

『雖然也因此成功進行了淨化的儀式就是。』

「再進行相反的儀式也就是了。只要拿具有巫女適性的夏綠蒂來獻祭，可望收到與獻上千餘人靈魂相等的效果。」

『反過來說，沒有夏綠蒂的話，邪神的降臨就很難實現了。』

「都怪那奇怪的麵包害得邪神水的散播計畫失敗。別說一萬，連一千人都沒湊到。」

『沒關係，再等一段時間，邪人們以及我的魔石兵應該就會造成大量死傷了。』

「唔嗯。目前魔法陣正在對都市全境發揮效果。這整座都市，就有如獻給邪神的祭壇。」

『也就是說只要在這座都市內喪命，靈魂就會自動被獻給邪神嘍。』

「正是。老夫就是為了這個目的才會陪布魯克演那場鬧劇。」

『好吧，總之彼此都得多注意，不要在收尾階段出錯了。』

「老夫明白。儘管期待好消息吧。」

第六章　貪欲之鍊金術師

小漆的目的地，是一棟巨大的建築物。

儘管不比冒險者公會，但規模與威嚴兼具，整棟建築物簡直有如要塞。內部估計可以容納上千人。正是鍊金術公會。

「好多冒險者。」

芙蘭說得沒錯，公會設施前面已經發生混戰。看得出來其中一方是冒險者……但是跟冒險者們打鬥的是什麼東西？好像也不是邪人，一時之間還以為是不死者，但又感覺得到生命力。

靠近鑑定一看才知道，跟冒險者交戰的這些傢伙是稱為魔人的種族。魔人？沒聽說過。芙蘭也說沒聽過。而且狀態是破損？我看過中毒、麻痺或邪心等各種異常狀態，但破損倒是頭一次看到。不知道是什麼意思。

『總之先跟冒險者確認狀況吧。』

「嗯。」

「嗷！」

靠近一看，我發現了一張熟悉的臉。鍊金術師尤金加入了冒險者的行列，正在發射魔術。

「尤金？」

「芙蘭小姐！」

「究竟發生了什麼事？」

「說到這個，真的非常抱歉——」

尤金表情沉痛地向芙蘭致歉。

說是大約在一小時前，尤金在冒險者公會的研究室突然遭人襲擊。有人突如其來地變成邪人在公會裡撒野，趁他們忙於應付時，又有人強行闖入了尤金的研究室。

只有一樣東西遭竊。

「您交給我保管的魔魂之源，被人奪走了……！」

是想要那個東西的人下的手……所以是伊斯勒商會？不，一開始說是澤萊瑟想要那個東西。這樣一想，或許也有可能是澤萊瑟派人下手。

「後來，我在公會內大肆破壞的邪人當中發現了熟面孔的鍊金術師。」

尤金說他為了討回魔魂之源並確認事情原因，率領著冒險者們前往鍊金術公會，卻跟失去理性的魔人們發生戰鬥。

「我們救出還保有理性的鍊金術師之後問話，得知公會高層似乎涉足非法實驗。此外也得到了證詞，指稱公會窩藏我那愚蠢的徒弟。」

更離譜的是高層人員窩藏澤萊瑟是為了利用他，曾幾何時卻反被他下藥洗腦，使得公會淪為他的囊中物。最糟的是，據說他光是利用黑市奴隸還不滿足，連公會的低階鍊金術師們都被當成危險研究的白老鼠。

而違法實驗的內容是魔人化實驗，也就是這種瘋狂實驗導致尤金的門徒澤萊瑟被逐出鍊金術公會。研究內容是將魔石嵌入人體，試著藉此獲得力量。實驗成果應該在澤萊瑟遭到放逐時即已一併銷毀……沒想到鍊金術公會的部分高層捨不得研究成果被銷毀，不但偷偷窩藏澤萊瑟，還讓他繼續做實驗。把實驗成果賣給國家或軍方想必能換得大筆財富，況且身為研究者大概也狠不下心銷毀研究成果吧。

「那麼，他們原本是鍊金術師了？」

「是的……我請冒險者幫助我，試過各種方法想摘除魔石，只可惜……」

淨化魔術、回復魔術、外科手術、以技能進行破壞，全都不見成效。一破壞或是挖掉魔石，化為魔人的人類就會一起死去。就跟魔獸一樣。

「不能語言溝通嗎？」

「他們都失去理智，只會不停地打鬧。」

但桀洛斯里德並沒有失去理智，照樣能正常說話。也許邪人在體內嵌入魔石不會受影響？

「我們抵達這裡時已經有半數魔人四散至鎮上……於是我們為了在這裡擋下其餘半數，就包圍了公會。」

然而，要壓制住發狂的魔人們絕非易事。如果原本是小角色還好，對付原為鍊金術師而能夠使用魔術的魔人，還不能打倒只能活捉，等於是叫冒險者賠上性命。

尤金說嘗試挖除魔石，也是用運氣好剝奪了戰力的魔人進行的。

「只能打倒了？」

「是的。」

那就沒辦法了。雖然很可憐，但就讓我們送他們上路吧。畢竟也趕時間。

（師父，挑魔石下手。）

『嗯，妳說得對。』

芙蘭衝向一隻魔人，把我一揮到底。我感覺得到魔石吸收成功。

只是，沒能吸收這傢伙擁有的技能。好吧，畢竟魔石本身是後來追加的，技能應該是屬於當事人所有。魔石值也只有1，看來從魔人身上得不到什麼收穫。

『速戰速決吧。』

「嗯。」

芙蘭衝進成群魔人之中。然而從每一隻身上，魔石值都只得到1。真遺憾，正在這樣想的時候，我們碰上了僅僅一隻有別於其他魔人的個體。

「很強。」

『是啊，能力值相當高。而且狀態也不是破損。』

力量與速度跟其他魔人相比也強上許多。而且還擁有劍術技能，不過等級只有1。讓芙蘭來瞬間就搞定了，但比其他魔人強悍仍是事實。而且，從這傢伙身上得到的魔石值是3。難道說會隨著狀態而不同？破損狀態的比較弱，魔石值也低？大概是嵌入體內的魔石有所破損的意思吧。

外頭的魔人應該收拾得差不多了吧？本來想殺進鍊金術公會，但鍊金術公會中幾乎沒傳出人的氣息。就算有也都不是多強悍的氣息。我本來是這麼想的，然而……

小漆似乎感覺到了什麼。

「咕嚕嚕……」

牠瞪著公會的建築物，發出低吼聲。

『小漆，你怎麼了？』

「嗷嗷！」

「有東西要出來了。」

『但我什麼都沒感覺到……』

雖然我感覺不到，但感官敏銳的芙蘭他們都這麼說了，絕對會有東西現身。

「準備迎擊。」

『好！』

等了一分鐘後，到了這時我也能感覺到氣息了。氣息非常薄弱，魔力也很低。但是，有種莫名的壓迫感。隨著距離靠近，危機察知也起了反應。但更令我在意的，是那傢伙散發的氣息很不自然。他沒有生物該有的氣息，感覺像是密度較薄的整團魔力在蠢動。而當我目睹那傢伙從公會內現身時，疑問隨即獲得解答。

『那是魔像嗎？而且好像擁有鑑定遮蔽。』

就連擁有天眼的我也只能鑑定出魔石兵這個名稱。

「咕嚕嚕……」

『它要來了！擺好架式！』

「嗯！」

從鍊金術公會當中現身的魔石兵，外觀極具壓迫感。或許可以形容為穿著暗紅水晶鎧甲的大猩猩，或者是手臂以較長水晶形成的魔像吧。兩腿較短，手臂長及地面。

完全感覺不到生命力，也許真的是魔像。

我們觀察對方如何出招，只見魔石兵把右手筆直朝向前方。這記攻擊來得令人措手不及，手臂竟突如其來地放射出紅色光線，光線與火焰魔術的閃焰轟擊如出一轍。幾名冒險者被火焰射穿、打飛出去。

完全沒有前兆！雖不知是什麼原理，總之它好像能不用詠唱就施展魔術。而且還是那種威力的攻擊，要是能夠連續發射，將會對周遭一帶造成嚴重災害。

『嘖！』

「我去救他們！」

我們急忙靠近傷患使用回復魔術，成功讓所有人勉強撿回一命。是因為攻擊沒有直接命中當場奪命，才勉強救得起來，然而……

「喝啦──！」

「打爛那傢伙！」

冒險者們都衝去對付魔石兵了，有幾人用武器對它又打又砍，然而，他們的攻擊對魔石兵毫無效果。不是具有什麼特殊障壁，或是某種魔術效果。

「這什麼鬼！」

「怎麼能硬成這樣！」

就只是單純地硬。憑低階冒險者的劍，連一道擦傷都無法留下，反而還淪為再次放射的火焰魔術的犧牲者。幾人被捲入火海滿地打滾，我們用範圍回復魔術幫他們治好了傷，但這樣下去只會徒增災害。

「嗨，我的魔石兵怎麼樣啊？」

「嗯？」

『那是什麼？全像投影？是某種幻影魔術什麼的嗎？』

就在我們正要對魔石兵發動攻擊時，魔石兵與我們之間倏地出現一名男子。本來以為是傳送出現，但看來似乎是幻影。因為那身影略顯透明，不時還閃現雜訊般的影像。

對方長得帥到讓人火大。年齡大約在二十五歲上下嗎？就是一般所說金髮碧眼王子殿下般的風貌，身高略矮。真想提醒他一句小心變態正太控。

「是誰？」

「澤萊瑟！」

「好久不見了，師父。」

尤金的呼喊讓我得知了對方的真面目。咦？這傢伙就是澤萊瑟？比想像中更年輕。不如說跟我想像得差太多了，我以為會是個更有研究者氣質的大叔。

「你都沒變。」

「是啊，因為我繼承了魔族的血統嘛。」

原來如此。是因為繼承了長壽種族的血統，外貌才會比年齡年輕啊。

「那些鍊金術師變成那樣，是你造成的嗎？」

「是啊，他們都是我魔人化研究的失敗作。要把魔石嵌入人體，似乎得同時具備強悍的肉體與精神才行喔？一些雜碎一試就產生拒絕反應死掉了。就算運氣好活下來也會完全喪失理性，簡直跟殭屍沒兩樣。不過這樣支配起來更容易，比較好操縱也不錯。」

澤萊瑟喋喋不休，得意地說出自己幹下的好事。哇──這張臉真夠欠扁的，未免也太愛現了吧？不過自動說出情報倒是不錯，省事多了。

「魔人化還得再多做點研究才行，不過，這些魔石兵已經接近完成了。怎麼樣？這是我在進行魔人研究的同時，做出的另一項研究成果喔。雖然研究過程困難重重，幸虧有人提供協助，總算讓它勉強成形了。」

「你是說燐佛德嗎？」

「答對了。妳是冒險者芙蘭小姐對吧？我聽說過妳的事。」

「燐佛德是什麼人？」

對喔，尤金不知道燐佛德是誰。

「邪術師，這場怪物騷動的元凶之一。」

「我也有提供協助就是了。他們教我邪氣與邪術等等的使用方法，我則提供魔石或是鍊金的技術。」

雙方果然是一丘之貉！

「那麼，你是說你也有參與這場騷動？」

「是啊，師父。不如說其實是由我一手策劃吧？因為我剛好需要兩、三千人的靈魂。」

澤萊瑟用天真無邪的表情微笑了。大概是完全沒受到半點良心苛責吧。尤金重新發現到門徒的異常性情，臉色蒼白地擠出一句話：

「你、你為什麼要這樣做……」

「這個嘛——用一句話來說，或許是為了留下自己活過的證據？」

「嗯？不懂什麼意思。」

芙蘭偏了偏頭。別擔心，我也有聽沒懂。

「那說得更具體一點，就是為了留名青史吧。我想闖出一番名堂，讓人傳頌千古。這就是我的目標囉。」

「竟然為了這種事，犧牲這麼多人的性命！澤萊瑟，你究竟在想什麼……」

可能是無法相信過去的門徒竟然瘋狂至此，尤金神情嚴峻地追問。

「是什麼讓你有這麼大的轉變……？」

「沒有什麼重大轉機啊，我自始至終本性如此，只是裝了一陣子的乖寶寶。我可是很感謝師父你喔？多虧師父指點，我才能往夢想前進這麼一大步。」

尤金基本上應該是個善人。也因為如此，他似乎無法理解昔日門徒的這種惡意——不，甚至用不到惡意，就只是將他人當成養分的這種扭曲思維。

說不定原本甚至相信澤萊瑟已經改過自新，正在贖罪。

但就我看來，這傢伙早就脫離還能改過自新的階段了。不只是一般常說的爛蘋果那種程度，應該說是會用劇毒感染其他蘋果的變種蘋果嗎？雖然吃了會致人於死地所以非得廢棄處理不可，但外觀卻裝得跟普通蘋果一樣，性質極其惡劣。所以一找到這種害群之馬，就必須全數處分掉。

「再說啊，想闖出名堂、名留青史有這麼奇怪嗎？我覺得這是很普遍的欲望吧。」

「那也要有個限度！不惜殘害他人的性命只為留下臭名，難道這樣你就滿意了嗎！」

「滿意啊。」

回答得乾脆爽快，到了令人作嘔的地步。

「臭名也好什麼都好，不如說臭名更好。」

簡直像是個宣揚神明存在的宗教家，澤萊瑟眼神混濁，表情卻是徹底的純潔。

「為什麼？」

「芙蘭小姐，妳聽說過城牆王尤瓦爾，或是屠狼者埃爾梅拉嗎？屠龍者西格蒙德也可以。」

「全都沒聽過。」

「是吧？可是，他們都稱得上是功業彪炳的偉人喔？一個是與麾下騎士們擋下哥布林百萬大軍的英雄王，一個是傳說與魔獸芬里厄打得不分勝敗的神級鍛造師；最後一個則是與幾乎毀滅庫洛姆大陸的龍王打成平手，雙雙殞命的冒險者。妳不覺得他們都很厲害嗎？」

「嗯。很厲害。」

原來似乎都是過去的英雄。這個世界的英雄傳奇啊？還真有點感興趣。特別是名叫埃爾梅拉的神級鍛造師最令我好奇。芬里厄不就是成為魔狼平原名稱由來，威脅度S的魔獸嗎？那人會不會是用神劍對抗牠的？可惜這傢伙是個瘋子，不然就可以跟他問個清楚了。

「可是妳卻不認識他們。不過好吧，聽過他們事蹟的人本來就比較少。那麼，妳聽過反叛者崔斯墨圖這個名字嗎？」

「聽過。」

「我想也是，應該誰都聽說過吧？好吧，這就是我這麼做的理由。」

崔斯墨圖？誰啊？

『芙蘭，崔斯墨圖是什麼人？』

（嗯，一個有名的鍊金術師。差點就毀了格爾迪西亞大陸，是個大壞蛋。）

我請芙蘭簡單說明給我聽。

很久很久以前，有個鍊金術師叫做崔斯墨圖。這個男人同時也是支配格爾迪西亞大陸的大國之王。男人為了征服世界，試圖創造出終極魔獸。他解開邪神心臟的封印，利用了這份力量。然而魔獸失控導致這項嘗試失敗，結果魔獸毀滅了大陸，奪走無數生命。魔獸吞噬大地持續成長，不知不覺地竟變得巨大到覆蓋整片大陸。繼續這樣下去，這頭無限成長的魔獸可能毀滅整個世界。就在世人即將陷入絕望時，神明伸出了援手，張開覆蓋格爾迪西亞大陸的結界將魔獸關進其內。然而，據說崔斯墨圖的魔獸「深淵吞食者」如今仍存活於結界之中。附帶一提，據說崔斯墨圖被神明下了詛咒，成了不老不死的存在，並且在深淵吞食者的體內永遠削弱牠的肉身。

雖不知道故事有幾分真實，但芙蘭說這世界的孩童睡前都會聽這個故事，警告他們如果做壞事就會像崔斯墨圖一樣被神明詛咒。但我要說，實際存在的神明的詛咒不會太可怕了點嗎？

「真羨慕崔斯墨圖，我好崇拜他喔～可以名留青史。」
「說什麼蠢話！我希望是我想錯了……你不會是真的想解開邪神的封印吧！」
「當然是真的。不過你放心，我挑中的是比心臟小多了的一小塊肉片。」
「你自大到以為自己可以操縱它，不會失控嗎！」
「嗯，我就有這個本事。畢竟我可不是泛泛之輩！好吧，你們就在旁邊見證我名留青史的瞬間吧！再見囉！」
「站住！」
澤萊瑟的身影彷彿融化在空氣中般逐漸變淡。芙蘭揮劍砍去，但對方是幻影，劍刃當然只砍到空氣。
『讓他跑了啊。』
「我去追他！」
芙蘭似乎也對澤萊瑟厭惡至極，用憤恨的表情低喃。
『等等，得先收拾掉魔石兵才行！』
「……嗯。」
我也巴不得立刻去追那個鬼扯著說要召喚邪神的瘋子，但不能放著這個情況不管。再說，我們也不知道他人在哪裡。就算憑小漆的鼻子，要一路順暢地追上澤萊瑟恐怕還是很難。
『我們上！』
總之先打個一發，確認魔石兵的硬度吧。我們抱著這個想法一劍砍去——奇怪？

「咦？」

魔石兵忽然消失了。然後，令我熟悉的感覺來了，這是吸收了魔石。

對喔，這些傢伙是以魔石構成的，所以我一樣可以吸收它們？這什麼簡單模式啊。也就是說對這些傢伙而言，我等於是頭號天敵。

「喂喂，小妹妹！妳對它做了什麼啊！」

「一擊就消滅它了？」

糗了。我吸收魔石的場面全被周圍這些冒險者看見了。要怎麼找藉口呢？

「好了好了，追問別人的技能是違反禮儀的，不是嗎？」

「唔，是這樣沒錯……」

「說得也是……」

尤金幫我們解圍了。真是多謝。

「哇——太厲害了！」

忽然間，有人從背後對我們說話。一點氣息都沒有！急忙轉身一看，喪心病狂的帥哥澤萊瑟就站在那裡。不過，這個似乎同樣是幻影，我們試著砍了一劍，卻撲了個空。也就是說這傢伙假裝逃跑，其實根本就躲在附近？

「但不是我要說，妳究竟是何方神聖？不只是多次妨礙我們的計畫，還這麼輕易就打倒了魔石兵。別看我這樣，我可是很懊惱的喔。」

「就只是個黑貓族D級冒險者。」

「啊哈哈哈哈，這笑話真難笑。我的魔石兵啊，可是設計成破壞方式不對的話會導致內部邪氣一口氣溢出爆炸喔。但妳卻連同邪氣瞬間消除一空，一介D級冒險者怎麼可能辦得到嘛。」

「但我就是辦到了。」

「本來是想用魔石兵拖延腳步，伺機丟顆魔導炸彈下來的。結果妳一瞬間就把它打倒了，完全不給我機會。不過好吧，雖然被妳處處作梗，但也算是讓我大開眼界，就一筆勾銷吧。反正最重要的這玩意也已經回到我手上了。」

「唔！」

澤萊瑟的幻影拿出的東西，正是被奪走的魔魂之源。不過就澤萊瑟的話，或許會說成是「要回來了」吧。

「那究竟是什麼東西！」

哦，至今保持沉默的尤金加入對話了，一定是無法對真相成謎的魔魂之源視而不見吧。

「連師父也不知道這是什麼？呵呵呵，聽了一定嚇死你們。這正是奇美拉的魔魂之源，想不到吧！」

「怎、怎麼可能！你、你說……奇美拉？」

「很稀奇嗎？」

「豈止稀奇！一般認為全世界目前只有五個，是指定封印的超危險物品！」

「啊哈哈哈！嚇一跳嗎？很厲害吧。我用巴博拉鍊金術公會的名號詢問了一下雷鐸斯的鍊金術研究所，沒想到他們就用十億戈德賣給我了。反正花的也不是我的錢，真是划算。雖然在透過黑市路線運送的途中被芙蘭小姐搶走過一次，現在總算是回到我的手裡了。」

「你的目的究竟是什麼？」

「那當然是創造出最強魔獸囉！強大到可以毀滅世界！只要使用邪神的肉片，一定可以創造出比深淵吞食者更強大的魔獸！」

真是無事生非。應該說，用那件道具可以做出這麼誇張的大事？

「既然魔石兵也被打倒了，這次真的要說再見囉。拜拜。」

「啊，給我站住！澤萊瑟！」

尤金放聲大叫，但澤萊瑟已不見蹤影。

「澤萊瑟……」

「奇美拉是什麼？」

「噢，芙蘭小姐，奇美拉就是一種窮凶極惡的人造魔獸。」

他說最初的目的是製造類似合成獸的異種混合型魔獸，卻在研究過程中創造出了這種魔魂。然而結果催生出來的，卻是完全異於當初的計畫——力量大幅超出預定計畫，威脅度高於A的生物武器，而且完全不受控制，連連摧毀了幾座都市。

後來研究繼續進行，但仍無法成功控制牠，在幾個國家為奇美拉所滅之後，世界各國達成共識封印這種魔魂。之後，據說研究資料被銷毀，研究者也全體遭到處決。

製作奇美拉魔魂需要非常稀有的素材，其中也包括已絕種的生物素材。現在要弄到手應該是不可能的事……

「但目前雷鐸斯王國局勢混亂，也許有哪個不知道其危險性的人，趁亂將魔魂之源帶出了國外。」

「雷鐸斯局勢混亂？」

這可不能當作沒聽見。這個國家已經被我們認定為宿敵了。

「該國國王大約於十年前驟逝，隨後就爆發了四個大公家族的權力鬥爭。據說目前鬥爭愈演愈烈，已經接近內亂狀態。還沒演變成大戰才真正教人不可思議。」

原來是這樣啊。那麼欺騙福特他們的沙路托以及巫妖事件的幕後黑手，就是其中一個大公家族了？或者是每個家族各自耍弄陰謀詭計？我想多了解一點這方面的事，但尤金知道的似乎也就這些了。

「我去向領主大人以及冒險者公會等處報告澤萊瑟的事。他說他得到了奇美拉的魔魂，這種事絕不能置之不理。」

既然這樣，我們就去追那些傢伙！

『小漆！再選比較近的那個追！』

假如澤萊瑟還在附近，就抓住他搶回魔魂之源；如果燐佛德就在附近，這次一定要除掉他。澤萊瑟鬼扯過要召喚邪神，可以確定的是燐佛德跟這事絕對脫不了關係。如果找不到澤萊瑟，我們就直接讓計畫泡湯！

「衝啊！小漆！」

「嗷！」

十分鐘後。

『就是這裡嗎？』

「嗷！」

『是哪一個？澤萊瑟嗎？』

「嗷呼。」

看來氣味屬於燐佛德而非澤萊瑟。

『真的就在這裡？』

「嗷。」

我們站在月宴祭當晚，夏綠蒂表演過舞蹈的那座廣場。小漆的視線朝向廣場後方那棟莊嚴的石造建築。

從建築物能感覺到些許魔力。雖然毫無人類的氣息，但小漆的鼻子指出了這裡，一定不會錯。即使如此，我還是忍不住多問了一句：

『可是這裡是神殿耶？』

對，不可能看錯，那正是祭祀諸神的神殿。

這個世界沒有像是「某某教」之類的特定宗教。神殿裡祭祀著所有神明，基本上十尊大神會全數受到敬拜。儘管有時會出於職業或種族等理由信奉特定神明，但最多也只是在所有神明當中特別尊崇一點罷了。

也沒有一些類似教宗或教會主教之類的傢伙。歸根究柢，神殿根本沒有任何權力，因為神明禁止任何人利用祂們的聖名直接或間接謀取私利。一般認為觸犯這項禁忌者會惹來殺身之禍，無一例外。雖然感覺很像都市傳說，但這世界的人們似乎深信不已。要是套用到地球上的話，宗教相關人士可能九成都要沒命了。

雖然還是有一些被稱為神官、巫女或修女的職稱，但不過就是只要擁有神諭技能誰都能當的神殿管理者罷了。再不然就是主持祭祀等儀式的負責人吧。

這世界的職業被視為神的一種恩寵，可藉由在神殿向神祈禱的方式轉職。其實這才是神殿對人們來說最重要的功能。在神殿轉職必須捐款大約三千戈德，聽說是用作神殿的修繕費或神官的生活費，屬於神明認可的行為。

在冒險者公會可以轉職，是因為他們備有這種用途的魔道具。本來想過這是否會對神明不敬，但聽到我們談話內容的冒險者公會人員說天罰從未降臨所以應該不要緊，回答得還真隨便。

話雖如此，神殿就是神殿。甚至可以說既然祭祀著所有神明並排除一切卑俗的成分，應該會受到神明更強的加護才對。

而跟邪神通同一氣的燐佛德竟然會在這種地方？

『這到底什麼狀況？』

「去就知道了。」

「嗷！」

『說、說得也是。』

我們消除氣息接近神殿。

窗戶只供採光之用，開得極小。可能就連嬌小的芙蘭都鑽不進去。

我們從窗戶往裡面偷看，一個人影都沒看到。只是，可以感覺到魔力。

『有種明顯邪惡的氣息……神殿裡怎麼會有這種氣息？』

我沒造訪過神殿，但有從門口經過。當時感覺到的應該是清澈純淨的魔力，絕對沒有這種恐怖不祥的魔力。

這下子只能進去看看了……

『……走吧。』

我們下定決心，打開了散發出邪氣的神殿大門。

大門以寂靜術消除了聲響，安靜地開啟。

（有人在裡面。）

從門縫往裡面偷看，發現神殿最深處有個人影。那裡形成了陰影處看不清楚，只知道是個矮小的人影。

『是燐佛德。』

（嗷嗷！）

他沒注意到我們。雖然機會難得，但不知道如果破壞神殿會構成多重的罪。拿神殿裡有壞人當理由，神明會接受嗎？話雖如此，在這狀況下也沒有坐以待斃的道理。放著他不管，誰也不知道他會幹出什麼好事。況且現在也有機可乘。

『那個水晶絕對很可疑，妳說對吧？』

（嗯。一定是很重要的東西。）

燐佛德的周圍放著三塊巨大水晶。可以感覺到這種名叫邪神石、發出青紫光芒的黑水晶正在漏出滿滿的邪氣。那應該就是擾亂神殿魔力的禍根了。

『我對付燐佛德，你們倆去攻擊黑水晶——邪神石。』

（好。）

（嘎嚕！）

芙蘭拿出死亡凝視者舉好，代替我作為武器。

（師父。）

『怎麼了？』

（不用手下留情，就在這裡——殺了那傢伙。）

『可以嗎？這樣可能會得不到關於進化的情報喔？』

（沒關係。師父已經答應過我，說一定會讓我進化。所以不用依靠那種人，總有一天也能進化。）

我與芙蘭邂逅的那一天，我的確說過一定會讓她進化。沒想到她還記得，而且這麼信任我……我、我可沒有感動到哭出來喔！不過不知怎地，幹勁源源不絕地湧現！

『芙蘭……當然了！我一定會讓妳進化！』

（嗯。）

（嗷嗷！）

小漆顯得有點焦急地抬頭看我們，頻頻強調自己的存在。

『小漆也說牠會幫忙喔。』

（謝謝。）

（嗷嗚！）

『那麼，我們上吧！——短距跳躍！』

我用短距離傳送術把自己傳送到燐佛德的頭頂上方。然後往正下方狠狠發動念動彈射。

「唔唔唔唔！怎麼回事！」

『嘖！真硬！』

看來這傢伙的障壁是自動發動型。這一記攻擊應該是完全從視線範圍之外發動的奇襲，察知到氣息再急忙張開障壁的話，不太可能會是這種反應。顯然是看到障壁產生反應，才察覺到我的存在。

「臭丫頭！怎麼又是妳！妳怎麼會在這裡！」

燐佛德發出怒吼，但芙蘭與小漆不予理會，跑向邪神石。

「可惡！這把劍是怎麼搞的！搞得老夫動彈不得！」

哦哦，這真是聽到一件好事了，看來障壁張開時是不能移動的。我調整念動輸出的力道以免被彈飛，留在原地繼續攻擊。這樣只要我還在這裡，障壁就會持續發動，燐佛德也就無法行動。

而且魔力似乎還在持續減少。

「——邪惡爆碎！」

燐佛德往芙蘭他們施放了魔術。這個障壁竟然能讓內部的攻擊穿透出去！照常理來想也太好用了。能夠自動發動阻擋我的念動彈射，還能從內部進行攻擊。不能動彈這種小缺點當然應該要有。

燐佛德施放的將近三十個邪氣彈丸襲向芙蘭他們。

然而直線飛行的攻擊無法擊中他倆。芙蘭他們輕鬆躲掉魔術，又用魔術攻擊邪神石。

「快住手！」

在燐佛德的大聲慘叫中，邪神石被炸飛。看到連火焰魔術也無法打碎那種水晶，看來是做了相當大的強化。但上面仍留下了些許裂痕，繼續攻擊遲早能夠打壞。

「還不快住手！可惡，看老夫先毀了這把劍！」

可想而知，但我不想讓這傢伙重獲行動自由。

『——爆烈烈焰。』

我與燐佛德稍稍拉開距離後，施放了火魔術。這種魔術威力雖低，但會包圍對手持續燃燒十幾秒鐘。

『——爆烈烈焰。』

『——爆烈烈焰。』

我一邊繞著他飛行一邊連續使用這招，讓這傢伙持續發動障壁。而且火焰還能遮蔽視野，讓他看不到我在哪裡。燐佛德的攻擊也的確飛往大錯特錯的方向。其間，芙蘭他們繼續攻擊邪神石。

「喝啊！」

「嘎嚕嘎嚕！」

魔術劍技齊發，獠牙肉球來襲。總之就是毫不間斷地持續攻擊，終於將其中一塊邪神石打成碎塊。

喔喔，充斥神殿的邪氣一口氣變淡了！那些恐怖不祥的水晶果然就是禍根。

「這……看你們幹的好事！」

「哼哼。我們贏了。」

「嗷嗚！」

即使視野被火焰擋住，似乎還是感覺得出邪神石被打壞，聽得見燐佛德憤恨的呻吟聲。哼哼，是我們的作戰獲勝了。

「要是邪神石再被打壞，迴廊就要關閉了！既然如此……！唔唔唔喔喔！」

轟轟！

大概是做好了必死決心吧，燐佛德的障壁消失了。似乎是不再讓它自動發動。畢竟爆烈烈焰的威力是真的很低，大概是寧可受傷，也要去保護剩下的邪神石吧。

燐佛德全身起火，就這麼往芙蘭衝去。

「臭丫頭——！竟敢一再壞老夫好事——！」

但我早就預料到這種狀況了，想也知道他遲早會展開自殺攻擊。

『看招！』

我用短距跳躍再次跳到燐佛德的頭上，解放了累積力道已久的念動。

「呃呃啊嗄啊啊啊啊！」

直接擊中目標的我狠狠刺穿對方胴體，燐佛德一邊嘔血一邊發出慘叫。

燐佛德的上半身與下半身完全分家，活生生變得像是放在美術教室的石膏胸像。

地板也沒受損。因為我在擊中燐佛德的幾乎同一刻，往反方向發動了念動彈射。而且還附加風魔術，使我免於衝撞地板，以毫釐之差停住。只有尖端稍微刺到一點點而已。

雖說在神殿裡使用了一堆火魔術，現在再來想這個也太遲了。但我用那些魔術時好歹也有注意不讓火勢延燒。雖然石造地板燒焦了一點，但也就這樣而已。不是，這點小事不會跟我計較吧？我是為了懲治邪神的手下才這麼做的嘛。

我戰戰兢兢地看看神像，它們沒什麼反應。嗯，大概沒事吧。況且就連做得更過分的燐佛德都沒受天譴了，這點程度祂們一定會原諒我的。沒有啦，真的很對不起。我會打掃的，請原諒我。

「你們這些傢伙！老夫絕不饒過你們——！」

我心裡暗自向神明賠罪時，燐佛德的吼叫響徹了四下。

那傢伙都那種狀態了，也太有活力了吧。應該說，怎麼還沒死啊！

「老夫要把你們全當成祭品獻給邪神，將那把劍打斷擺上祭壇！」

他已經開始再生了，真的已經沒在當人類了耶。我們施放魔術，打算給燐佛德最後一擊。然而他再次張開障壁，攻擊被擋下。那個障壁實在是有夠棘手的。

「——從屬召喚！現身吧，桀洛斯里德！」

這傢伙，一看寡不敵眾就想召喚手下嗎！魔法陣在障壁中展開，那樣就不能使用召喚完成的瞬間集中轟炸的作戰了！

偏偏還是桀洛斯里德。我們沒碰到過他，但必定是最凶惡的對手，畢竟那人原本的實力相當於B級。雖說是遇到奇襲，但就連實力比起我們有過之而無不及的科爾伯特都曾經輸給他。變成邪惡人類之後，不知道實力增強了多少……

現在應該暫時撤退。只憑我們幾個對付他太危險了。

我本來是這樣想的……

「啊？為、為什麼！——從屬召喚！桀洛斯里德！」

怎麼了？魔法陣再次展開，但沒有任何人出現。

「桀洛斯里德！為何拒絕受召！你、你造反了嗎！」

看樣子，好像是鬧內鬨了。

「你這傢伙！任務——那小姑娘怎麼了！該死！快回答老夫！」

『有機可乘。』

「嗯。趁現在打倒他。」

「咕嚕嚕！」

為了送神情焦慮地低吼的燐佛德上西天，我發動第三次的短距離傳送彈射攻擊。

登——！

雖被自動障壁擋下，但這早就在我的計畫之中。接下來好戲才要登場。

「——爆烈烈焰。」

『——爆烈烈焰。』

「——嗷嗚——！」

好吧，其實跟我剛才的做法沒兩樣。就是毫不中斷地用較弱的攻擊連續加以打擊使其持續發動障壁，阻止他行動的同時也消耗其魔力。他再怎麼厲害，魔力枯竭了也不可能再張開障壁。

「唔嗚啊啊！又給老夫使這種手段！」

燐佛德的臉上明顯浮現出焦躁的表情，也許能夠就這樣強行取勝？

「唔唔唔……！雖然迴廊的狀態還不夠好……萬不得已了！邪神大人！賜與老夫力量！」

果然不會就這樣乖乖被我們打倒，燐佛德面帶怒火中燒的表情開始詠唱咒文，從神殿當中湧出的濃厚邪氣逐漸集中至燐佛德身上。

『這、這什麼狀況……』

簡直好像整座神殿都在給予燐佛德力量……是邪神石造成的嗎？

慘了，危機察知不斷敲響警鐘。自從與中土巨蛇對打之後，好像就沒碰到過這麼強烈的反應了？

「唔啊啊啊喔啊喔啊喔啊喔啊喔喔啊喔啊啊啊喔喔喔喔啊哦嗄哦啊，嗄嗄喔哦！」

燐佛德發出難聽的咆哮，從他的肉體噴發的漆黑魔力，如海嘯般湧向我們。我火速張開廣範圍障壁，卻一口氣被沖走。

『芙蘭！小漆！快走！』

繼續待在這裡會有危險！

小漆使用影渡，芙蘭與我則用傳送退至神殿之外。

從神殿外面都能看見那龐大的邪氣。漆黑光芒從神殿的每一扇小窗洩漏溢出，整座神殿都在劇烈搖晃。

緊接著，神殿的屋頂從內側被吹飛，邪惡魔力帶著光芒迸發直達天際。接著神殿從內側發生大爆炸，碎塊四處噴飛。

被爆炸風捲起的粉塵與石礫如雨點般往周圍驟降，神殿原址變成了瓦礫高山。

在這一切的中心出現了一個超乎常理的存在。

「吼嘎嘎嘎嘎啊啊啊啊啊啊啊啊啊！」

高亢的咆哮聲震破了夜空。

空氣激烈地震動，連待在稍遠處的我劍身都在搖晃。

「好大。」

芙蘭仰望曾為燐佛德的東西那張如今變得又高又遠的臉孔，喃喃自語。

沒錯，在那裡的正是燐佛德。獲得了邪神的力量，讓燐佛德變成了驚人的龐然大物。

他站在瓦礫堆的中心，用充滿憎恨的目光瞪視著我們。

『超大的！』

「嗷。」

身高恐怕有十五公尺以上。但是不得不說，那外型簡直無法跟原本的燐佛德聯想在一塊。肌肉肥大到只能勉強看出個人形，膚色漆黑。雖然具備了邪惡人類的外觀特徵，然而實在巨大得離譜。

然而，那張臉的確是燐佛德沒錯。

「休想逃！臭丫頭與妳的同夥都一樣！」

巨人發出憤怒的吼叫。

名稱：燐佛德・勞崙西亞　年齡：100歲

種族：邪神人

職業：邪術師

狀態：邪神化

Lv：99／99

生命：5620　魔力：4458　臂力：2027　敏捷：598

技能：詠唱縮短7、鑑定7、高速再生9、邪惡感知9、異常狀態抗性6、煽動4、調合6、毒物知識7、魔力操作

固有技能：邪術10、邪神術5、邪神恩寵、邪神牢籠

糟了！在我們至今遇過的敵人當中，他可說是數一數二的強，甚至超越了以前在地下城遇到的惡魔。威脅度絕對在B以上，甚至可能達到A，跟天空地下城那個實力強大到令人絕望的巫妖不相上下，而且還擁有多種效果不明的技能。

只靠我們幾個對付這種東西，等於是自尋死路。

『走為上策！小漆你也快逃！』

「嗯！」

「嗷！」

芙蘭與小漆想必也感覺出燐佛德的可怕了。聽到我說快逃，兩人立刻點頭，從沒看他們這麼聽話過。然後我們轉身拔腿就跑。其間我繼續詠唱咒文，跑了大約五十公尺後完成了詠唱。

『——短距跳躍！』

我與芙蘭一起發動短距跳躍。我打算就這樣連續發動，逃離他的面前。小漆也會使用影渡，應該能設法脫身。

豈料——

『呃啊！』

「啊嗚！」

「嗷嗚！」

我們狠狠撞上了某種類似薄牆的東西。就連應該正在地底使用影渡的小漆，也跟我們一樣撞上障壁痛得發不出聲音。

「在老夫獲賜的全新力量──邪神牢籠之中，誰也別想逃！」

原來是那個新技能搞的鬼！沒想到竟然是這種效果！仔細一看，以燐佛德為中心，展開了半徑約五十公尺的半透明圓頂。這大概就是邪神牢籠了。

『──煉獄爆烈！』

「──火焰標槍！」

『喝呀啊啊啊！』

咒文連續發動，再接念動彈射！

『這招也沒用嗎！』

然而，圓頂毫髮無傷，反而是我的耐久值減少了一點。看這種強度，想必比變身前的燐佛德使用的自動防護罩更堅硬。

『──次元跳躍！』

這次改用中距離傳送的魔術。雖然可以移動一百多公尺之遠但難以控制，有時出現地點會大幅偏離目的地。不過效果強過短距跳躍是不爭的事實。

這樣怎麼樣！

『嗚喔！』

「嗚唔！」

還是不行嗎！難道它具有妨害傳送的效果？

「——邪惡閃焰。」

一股邪惡魔力在我們背後膨脹。假如我是人類的話早就全身起滿雞皮疙瘩了。危機感就是如此強烈，或許也可以說成恐懼感。我無意識地發動了詠唱的魔術。

『——短距跳躍！』

緊接著，一團漆黑火球命中我們原本所在的位置，爆炸火焰四處噴散。就連傳送到大約三十公尺外的我們，都受到噴散的黑焰所侵襲。

『見鬼了！』

我急忙張開魔力障壁，但仍受到些微傷害。

火彈命中的位置被撞出一個巨大坑洞，可以看到周圍地面因高溫而全部玻璃化。

如果在沒有障壁的狀態下被它直接擊中，我們已經變成焦炭了。就算有障壁，遭到直擊也只會只剩半條命。差不多就是這樣吧。

「真佩服你們躲得掉！既然這樣——邪惡叢聚！」

『什……！』

「這你們有辦法躲掉嗎？」

回應那傢伙的法術，四面八方出現無數團狀邪氣。少說有五十幾個，都是大如排球的邪氣砲彈。它們配合燐佛德的號令，殺向我們。

棘手的是，每個砲彈的軌道與速度都不一樣。有直線飛來的砲彈，也有的是繞圈來襲。

「唔嗚！」

『——火盾術！』

「呼！」

『風牆術！』

面對無數來襲的塊狀邪氣，我們或躲或擊墜，用劍彈開，或是用盾系魔術擋下。

所幸每一發的威力都不算太強。但可以想見只要被打中一次就會拖慢動作，然後慘遭一擁而上的砲彈蹂躪。

怎麼辦？得想想辦法逃出去才行。是該設法跨越障壁，還是直接打破它？可是，時空魔術的傳送與闇魔術的影渡都被障壁擋下了。還是應該用剩下的自我進化點數進一步提升能力？但是，也不能保證這麼做就能越過障壁。

還是說，應該用武力強行突破？讓火焰魔術或劍技成長看看？另外還有一種方法就是讓淨化魔術成長，說不定可以學會祛除邪氣的魔術。但也只是有可能罷了。

不，從破壞力來考量，能發揮最大威力的選項應該是那個才對。

（師父，我來使用潛在能力解放。）

『不行！』

沒錯，就是潛在能力解放技能。儘管還有許多細節不明，考慮到在對抗巫妖時發揮的破壞力，豈止逃跑，搞不好甚至可以打倒這傢伙。

但是，那種力量是雙刃劍，是用毀滅換來的勝利。我不能讓芙蘭使用。絕對不能。

『在那之前，先讓我做個嘗試。』

我決定押在可能性似乎最高的時空魔術上。我消耗自我進化點數6點，將時空魔術的等級提升至最大。這下自我進化點數就剩下12點。

〈時空魔術已達到10級，技能追加獨有技能·次元魔術1。〉

獨有技能！似乎值得期待喔？

我本來是這麼想的，但次元魔術1能學會的是柯羅諾斯時鐘，也就是同時發動極速術與遲緩術的魔術，現在派不上用場！不過，時空魔術提升等級使我學會了新的傳送魔術！是長距離傳送的魔術。

『——長距跳躍！』

然而，用這招還是一樣逃不出去。我們再次撞上邪神牢籠，行動自由被封住。問題果然不在傳送距離！

而與此同時，我們很快就被邪氣彈丸追上，再次被團團包圍。

（還是只能使用潛在能力解放。）

『那就我來用。』

（不行，我來用。）

『不，我來用。那種技能的代價太大了，最糟的情況下甚至可能要命耶？』

（可是，我——）

『絕對不行！』

（唔……）

就在我們爭執不休的時候……

「唔嗚！」

『芙蘭！』

芙蘭沒能躲掉所有邪氣砲彈，被打了個正著。可惡，一瞬間閃神了！

接連來襲的砲彈，連續命中芙蘭。

「呃啊啊！」

芙蘭整個人被撞倒在地，接著又有數發砲彈擊中她。

『糟了！』

我一面展開魔力障壁，一面慌忙進行短距離傳送。儘管受到了相當大的傷害，魔力也耗掉不少，最起碼勉強逃離了彈雨。然而這正是那傢伙的目的。

「——邪惡閃焰。」

「嗚啊啊啊！」

燐佛德看出短距跳躍難以連續發動，抓準傳送後的那一刻對我們施放法術。駭人的高溫將我們團團包圍，芙蘭的血一滴落地面，就在如此高溫之中瞬間蒸發。

我情急之下往障壁灌注了最大魔力量，芙蘭也同時展開魔力障壁。

「呃啊啊啊！」

『可惡——！』

我們使盡全力張開的雙重障壁被輕易吹飛，爆炸火焰裹住我們。我們被吹飛了將近數十公尺，像塊破抹布一樣被丟在地上。

「嗚啊……！」

「呵呵——！終於抓到妳了！嗡嗡亂飛的煩人蒼蠅！」

是免於當場死亡了，然而，我與芙蘭都遍體鱗傷。

特別是芙蘭左臂與左腿有一半碳化，情況十分危急。不只如此，高溫還造成她全身燙得起泡，紅腫不堪。

『芙蘭！』

「嗚………」

看來還保有一絲意識。但是再這樣下去，只會被下一波攻擊弄死。

我勉強發動大恢復術治好芙蘭的傷。但就在下個瞬間，邪氣砲彈在極近距離內爆炸開來，把我們分別炸飛到完全相反的方向。

『芙蘭！』

慘了，我們被拉開了好大一段距離。漫天粉塵讓我完全看不見芙蘭的身影，但應該被拉開了將近五十公尺遠。我焦急地想趕回芙蘭身邊，但就在這時……

『嘖！燐佛德又叫出什麼東西來了嗎？』

突如其來地，我的正上方湧現出某種氣息。這氣息絕對不屬於人類，怎麼想都是燐佛德召喚了類似使魔的存在。我決定先下手為強，攻擊正要靠近我的那個神祕氣息。換作是平常的話，我應該能更冷靜地判斷狀況才對。坦白講，這時候的我因為心情焦躁，脾氣變得很衝。

我用念動一口氣斬向對方。然而，對方輕輕鬆鬆就躲掉了我的攻擊。

一靠近過去，我把對方的身影看得一清二楚。是個黑皮膚、長有牛角與翅膀的小矮人。外型看起來就是這樣，鑑定結果顯示為惡魔。而且仔細查探氣息之後，發現對方毫無敵意。

不是敵人？該不會是與菲利亞斯王室神劍有關的惡魔吧？不過，現在沒那閒工夫讓我慢慢調查。天曉得燐佛德何時還會再使出那種爆炸火焰。我決定賭一把。

『難道是自己人嗎？』

「咦？哪裡來的這個聲音？」

惡魔發出了福特的聲音，雖不知道內情，總之應該不是敵人。

『我是師父，就是掉在你眼前的這把劍。』

「什、什麼？是劍在說話嗎？」

『現在沒時間講這個！我們去救芙蘭吧。』

「好、好吧。」

我決定先不理會惡魔，去救芙蘭要緊。惡魔果然沒有要攻擊我的意思。而當我來到芙蘭身邊時，發現有另一隻惡魔扛起芙蘭，正在設法逃離燐佛德的攻擊。

但是，他們轉眼間就被燐佛德發射的光線給吞沒。

『芙蘭——！』

我忍不住大叫出聲，然而光線通過之後，我看到芙蘭被包在某種紅色障壁狀物體裡。

「沒事。薩蒂雅的使魔挺身保護了她。」

『這、這樣啊……』

真是好險！我急忙來到芙蘭身邊，再次用魔術治癒她的傷口。然而，用一次大恢復術還無法完全治好。

「師父……薩蒂雅她……」

「芙蘭，妳別擔心。這只是假身，對我們的本體不造成影響。」

「真的？」

「是真的。」

「太好了……」

『欸，先別說這個，你們是從哪裡來的？你們能進出這個結界嗎？』

現在其他問題都無關緊要。比起這些事情，更重要的是能不能找到脫身的可能性。然而福特說他們也辦不到。他說他們事前在芙蘭身上暗藏了類似種子的東西，所以這兩隻惡魔會在芙蘭遇到生命危險時現形。我不太高興他們這樣擅作主張，但畢竟是因此才能得救，就別抱怨了。況且王子公主這麼做也是因為擔心芙蘭。

也就是說這兩隻惡魔，在結界張開時已經在裡面了。看福特他們跟惡魔保持精神同步，可見精神系的法術似乎能穿透結界。但傳送等法術就會被阻擋了。

『這樣啊……不過，能借用惡魔的力量就已經很棒了。』

即使只有一隻惡魔，光是多個同伴就讓人心裡踏實許多。然而我所得到的，卻是一句殘酷的回答。

「抱歉，沒辦法再撐下去了……」

『為什麼？』

「惡魔暴露在這結界內的龐大邪氣當中，已經瀕臨失控，真佩服芙蘭能撐得住。老實講，我想不用再過幾分鐘這隻惡魔就幫不上忙了。」

「福特沒事嗎？」

「剛才已經說過，這隻惡魔只是假身。對本體不構成影響。」

「那就好。」

「——我這就注入所有力量，治好妳的傷！得趕在失控之前用完所有力量才行！」

福特的聲調當中夾雜焦慮之色。看來正如他所說的，惡魔開始失去控制了。他趕緊對芙蘭施展了恢復術。形成的療癒之力比大恢復術還要強，芙蘭全身上下的傷都消失了。但緊接著，惡魔的身體就開始像沙子一般崩毀。原來在失控之前用盡力量，就是這麼回事啊。

「妳可別死喔，芙蘭！」

在消滅的前一刻喊出這句話，惡魔就像溶於空氣中般消失了。連屍體都不剩。

同時，薩蒂雅的惡魔在消滅前最後一刻為芙蘭張開的結界也消失不見。

「唔！原來在那裡啊！」

看來結界還具有隱蔽功能，一解除就被燐佛德發現了。

漆黑的妖邪火焰再次射來。

『怎麼能讓你繼續傷害芙蘭！』

我一面急忙發動已詠唱完畢的短距離傳送，一面操作能力值。

〈詠唱縮短已達到１０級，技能追加獨有技能・詠唱捨棄。〉

詠唱捨棄：捨棄咒文的詠唱步驟，能夠僅以術名發動魔術。消耗魔力增加。

得到個好技能了！本來只是單純想縮短詠唱，用短距跳躍不斷逃跑直到魔力耗盡……這下有了詠唱捨棄與並列思考，應該可以毫無停頓地連續進行傳送。只是說明文當中的消耗魔力增加不知道是多大程度，有點不安就是……

但也只能這麼做了。

帶著得到福特的惡魔幫忙療傷而總算脫離險境的芙蘭，我進行跳躍。

『短距跳躍！』

『短距跳躍！』

『短距跳躍！』

我使用短距離傳送魔術，只顧著不斷躲避燐佛德的攻擊。

一心只想保護芙蘭。

「唔啊啊啊！為什麼！為什麼能夠這樣連續發動如此高難度的魔術！本來明明沒有詠唱捨棄這項技能啊！還不快認命受死！受死吧！」

魔術消耗的魔力大約多了一倍吧。不過，這樣就行得通了。

燐佛德看到我們連續傳送個不停，似乎也火冒三丈。大概是本來以為已把我們逼入絕境，我們卻忽然開始做出意想不到的行動，讓他焦急了吧。

很好，越焦急越好！這樣攻擊的準度應該也會降低。

我們要繼續不斷逃跑，尋找突破的機會！

可是，如果這樣還是不行的話——就只能使用潛在能力解放了。

「……師父……？」

『芙蘭，這次就交給我吧。』

「……嗯。」

藉由傳送魔術進行生死交關的閃避行動到現在，不知道過了多久時間。

芙蘭與小漆時時找機會攻擊燐佛德，但他的再生力高過了傷害量。

我也施展過幾次念動彈射，但遇上那個怪物都無法構成必殺一擊。甚至還讓我自己暴露破綻，反過來遭到沉痛打擊。

結果我們始終無法給予燐佛德決定性的打擊，只有我方徒然消耗氣力的噩夢般時間彷彿永無止境。

但我之所以沒因此而絕望，想必是因為芙蘭是我的責任。我一定要保護芙蘭，唯有這份意志支撐著我。

但是，我也不是完全沒在焦急。我佯裝冷靜以免造成芙蘭心裡不安，但焦躁之情也開始支配我的內心。

再這樣下去就危險了。

就在魔力開始見底，我準備做出最後決斷的那一刻……

老天似乎並未棄我們於不顧。不對，應該說是神明？總之就在我決定使用潛在能力解放的下一刻，事情發生了。

鏘啷——

恰似搖響鈴鐺般，高亢清澈的音色響遍四下——

覆蓋周圍的邪神牢籠消失得乾乾淨淨。

「這、這是怎麼回事！」

燐佛德驚訝地大叫。看來果然不是他自己解除的。

『發生什麼事了？』

不對，現在不是在意這種事情的時候！現在對手停止追擊，正是好機會。

『小漆，準備開溜！』

「咕嗚！」

『次元跳躍！』

逃脫成功。傳送到大約一百公尺外的地點後，我即刻把芙蘭藏到建築物的暗處。

『妳還好嗎？』

「嗯……還撐得住。」

芙蘭雖面露疲憊與痛苦色彩濃厚的表情，仍微微點頭。

『是嗎？那就好！』

「嗷！」

「小漆也還好嗎？」

「嗷嗚。」

雖不知道發生了什麼事，總之真是撿回一命了。不，或許說成九死一生都不為過。真的得救了……！

「唔嘎啊嘎啊啊啊啊啊啊啊啊！」

我們正因為弄不清楚狀況而大感困惑時，燐佛德的慘叫聲突然響徹四下。

沒錯，是慘叫，聲音中明顯夾雜著痛苦之色。

『咦？』

我急忙看看燐佛德——

『那是什麼玩意！』

「有好多把劍。」

闖進我視野裡的，是燐佛德全身遭到無數刀劍貫穿的光景。還不只如此，好幾個人影趁這時衝向了他。

人影的拳頭把他的右腿打得變形，騎士槍的衝刺貫穿了左腳。其他還有飛天或是遁地的人，似乎有好幾人正在聯手攻擊燐佛德。

「大家都好厲害。」

『對、對啊，究竟都是些什麼人？』

正看得瞠目結舌時，燐佛德又遭到了另一種攻擊。

從我們後方更遠之處，某種蛇狀的細長物體抽打在燐佛德身上。

「咕嘎嘎啊啊啊嘎嘎！」

是鞭子。細長的鞭子，一次又一次鞭撻燐佛德那巨大的身軀，搖撼那龐然巨軀。

而且明明是從遙遠位置揮動，卻完全不危及其他人影。必須要把難以運用的鞭子當成手腳般操縱，才可能如此神乎其技。技藝高超到難以想像的地步。

每當遭到鞭撻，那個彷彿絕望具體成形的燐佛德，就發出窩囊的慘叫扭動身體。

那幅光景，簡直就像是侵蝕我們內心、名為噩夢與絕望的暗雲被人勇武地掃除。

我們不禁轉身往背後看。只見一位美女把嫩綠色外套瀟灑地撩開，悠然自得地站在那裡。

芙蘭睜大雙眼，抬頭看著她。

「阿曼達……？」

想不到出現在那裡的，竟是已在亞壘沙辭別的A級冒險者阿曼達。

「芙蘭妹妹，妳沒事吧？我來救妳嘍！」

Side 弗倫德

人們突如其來變成怪物，大鬧到現在已經過了一小時。

目前應該已經解決了三十隻，不知道還剩多少。再說，也無法保證今後不會有其他人變成怪物。有必要斬草除根。

我一面清除怪物，一面前往邪氣較濃的方向。

「謝、謝謝您！」

「……」

「嗯？請問……」

「……嗯。」

我對著向我道謝的男子做出類似招手的動作，意思是別道謝了，快點過來。否則說不定還會遇到危險。

但不知道為什麼，他卻鐵青著臉丟下一句「真的很對不起！」就跑走了。為什麼？本來是想護送他到騎士團的值勤站的。喔，該不會是以為我在叫他快滾吧？

「唉……」

每次都這樣。我不但常常被人說沉默寡言又面無表情，而且長相屬於比較給人威迫感的類型。我是覺得自己長得很普通……太常嚇到初次見面的人，最近都開始見怪不怪了。我不善言辭，本來以為至少可以用手勢傳達想法，如果連這樣都把對方嚇到，那要我怎麼辦呢？

「沒辦法了，找下一隻怪物吧。」

我環顧四周，衝上位置最高的四樓建築物屋頂。看來似乎是某家商會的本部。從這裡可以遙望到相當遠的位置。

「唔嗯……」

找到了。即使在黑夜之中，散發的邪惡氣息仍然無所遁形。看來襲擊的不是人而是家畜，正在進行獵食。那個的話不用特地過去，從這裡處理應該就行了。距離大約三百公尺吧？嗯，這麼近的話絕不會打偏。

「刺穿他。」

自虛空顯現的一把魔劍，順從我的意志凌空飛去。比箭更快，比槍更強。我擊出的魔劍一擊刺穿怪物，使其陷入沉默。然後達成使命的魔劍與顯現時正好相反，緩緩地消失在虛空之中。

這是我的特別技能「劍神寵愛」。

這種技能會記錄我至今入手過的所有魔劍，配合我的意志創造成形。只是無法構建力量太過強大，或是等級太高的魔劍就是了。

我曾經有機會碰過神劍伊格尼斯，但沒能自行構建一把。

這本來是配合狀況所需創造各種魔劍的能力，但我經過長年修練另外學會了一門本領，可擊出並操縱我所創造的魔劍。我縮短魔劍的具現化時間以減少所需魔力，最多可以同時擊出將近一百把魔劍。

「……找到了。」

又看到了。這次遇襲的是人。我跳下建築物的屋頂，趕往現場。

不過，這件事是怎麼造成的？不太可能是自然現象。從這些怪物身上感覺得到邪惡的氣息，顯然是脫離世間常理的存在。而且這氣息與我以前打倒過的高階邪人有所相通之處。

絕對有什麼原因。是違禁魔道具的失控，或是某人的陰謀？總之必須剷除原因才行。

巴博拉對於失去故土的我而言，猶如第二故鄉。我一定會死守此地。

「弗倫德·阿儂庫爾，在此參戰。」

第七章 邪惡之主

「沒想到竟然是芙蘭妹妹在跟巨人交戰，妳沒事吧？」

「嗯。」

「那就好！」

阿曼達表情顯得安心許多，把芙蘭緊擁入懷。

然而，芙蘭似乎仍然無法相信阿曼達來了。

「阿曼達，妳怎麼會在這裡？」

「我收到妳的信，就趕來了！」

不不，也太快了吧？信是三天前才剛寄的耶？不過阿曼達說她是使用提升移動速度的法術，一路翻山入林直線衝刺，高速度長時間地趕來巴博拉。

「只是喝太多魔力藥水，弄得一肚子水就是了。」

就算是這樣，行動力也太驚人了。

『拋下亞壘沙沒關係嗎？』

記得阿曼德應該是不能離開亞壘沙鎮的。她說作為對北方雷鐸斯王國的牽制角色，至少要有一位A級冒險者常駐於鎮上。

「別擔心，我丟給——請讓恩幫忙了。」
她剛才差點說丟給讓恩對吧？
『可是，讓恩只有B級吧？』
「噢，那傢伙只有在打仗時會被列為A級啦。」
她說讓恩是B級冒險者，但在戰時作為特例會被列為A級。又說雷鐸斯王國其實更怕的是讓恩而不是阿曼達。
意想不到的是，讓恩的綽號「皆殺」正是取自與雷鐸斯王國交戰時的輝煌戰功。讓恩的死靈魔術在對抗大軍的戰場上有望發揮驚人威力，畢竟那可是能夠吸收打倒的敵兵，無限增殖的不死軍隊。據說讓恩的不死者軍團在一場戰役中殲滅了雷鐸斯軍將近五千人，這件恐怖事蹟至今仍在雷鐸斯王國軍中眾口相傳。
聽阿曼達說完讓恩的這項軼事，我才明白皆殺這個綽號的來源。能夠大量操控不死者的讓恩，在戰爭當中的確很有活躍的機會。
「其實我很想跟芙蘭妹妹再多聊一會，但得先好好處罰那個欺負了芙蘭妹妹的怪物才行。」
阿曼達如此說完，身子一轉。她的目光瞪視著燐佛德，怒火與氣魄自然流露。
「阿曼達……妳要小心。」
「有芙蘭妹妹為我加油，讓我勇氣百倍呢！我去去就回來。」
阿曼達對芙蘭輕輕揮手後，面露勇猛笑容衝了出去。
我們目送她的背影離去。除了目送也不能怎樣。

阿曼達輕盈地一個跳躍接近燐佛德，開始用鞭子與風魔術攻擊他。鞭子伸長數倍，只需阿曼達輕輕動手就從上下左右抽打燐佛德。應該是某種技能吧。太厲害了，每一擊都蘊藏著相當於劍技的威力。那就是A級冒險者，是我們作為目標的存在。

『芙蘭，看得見嗎？』

「嗯。」

一場激戰在我們的面前展開。

不只是阿曼達。所有參戰的人都跟我們旗鼓相當，或是比我們更強。

突如其來地，將近一百把劍自虛空湧現，往燐佛德紛紛降下。湊近一看就會知道，那全是具有不同能力的魔劍。

我有看過那人。就是去魔境獵取食材時，見到的那個冒險者。

名稱：弗倫德．阿儂庫爾　年齡：39歲

種族：人類

職業：天劍士

Lv：66／99

生命：718　魔力：431　臂力：484　敏捷：437

技能：壞劍術7、解體8、危機察知6、要害識破5、氣息察覺7、劍技10、劍聖技6、劍術10、劍聖術7、採集4、踢腿技5、踢腿術6、精神異常抗性4、石化抗性3、屬性劍8、

跳躍7、投擲8、毒素抗性3、二刀流7、魔術抗性6、麻痺抗性4、氣力操作、龍族殺手、獸族屠殺者

固有技能：消耗減半．劍技

特別技能：劍神寵愛

稱號：劍神寵兒、魔境解放者、地下城攻略者、龍族殺手、獸族殺手、A級冒險者

裝備：山銅長劍、山銅折劍刃、王龍全身皮甲、劍神頭環、世界樹皮鞋、食龍蜘蛛絲外套、魔力回復手環、替身手環

弗倫德？科爾伯特有提過這個A級冒險者，記得是叫做百劍弗倫德。原來如此，實力與阿曼達旗鼓相當。

而且還擁有特別技能，可以複製曾經碰過的魔劍？

這項技能好像不能複製等級太高的魔劍，那我呢？會做出我的分身嗎？無論能不能複製恐怕都會惹來一些麻煩，我還是少接近弗倫德為妙。

還有科爾伯特也在，不知怎地好像變強了一點。迪米特里斯流武術？這技能挺耐人尋味的。之前大概是持有鑑定偽裝功能的裝備吧。只是不知道為什麼現在不用了。

其他傢伙也都強得可以。公會會長加姆多運用鎚聖術揮動巨大鎚子，讓燐佛德的龐大身軀站立不穩。

克萊斯頓侯爵的長男菲利普也挺有兩下子的。雖然能力值連芙蘭的水準都不到，但那穩健堅

牢的戰鬥方式看了令人心安。他以鎧甲保護全身，並猛力揮動巨大的騎士槍應戰。布魯克似乎想伺機暗殺哥哥，但這下子看來是想得太美了。我不認為一般暗殺者能殺得了他。

還有一人是不知為何竟與大家並肩作戰的桀洛斯里德。他本來不是敵人嗎？不過反正他似乎背叛了燐佛德，大概有他的理由吧。況且科爾伯特也沒有要跟桀洛斯里德打起來的跡象，現在就別管他了。令我在意的是他的種族顯示為邪人·魔人。似乎不只是普通的邪人。

還有一項叫做同類相食的技能也挺凶惡的。我與芙蘭無法活用這種技能，但對桀洛斯里德來說一定很有用。難道是為了同類相食才會背叛燐佛德？他現在跟我們站在同一陣線，我沒打算攻擊他，但還是大意不得。

「嗷！」

『小漆，你沒事——看來有事。』

「咕嗚。」

我正在用心靈感應跟芙蘭討論如何應付桀洛斯里德時，小漆腳步搖搖晃晃地走了回來。全身皮毛又髒又禿又出血，變得像塊破抹布。而且可以看到幾道較深的傷口。總之先用恢復術替牠療傷再說。

「小漆，你還好嗎？」

「嗷嗚。」

「你很努力了。」

芙蘭溫柔撫摸小漆時，我發現有人走過來。由於感覺不到敵意，我們從瓦礫陰影處探頭出來偷看。

「那個，你們還好嗎？」

「夏綠蒂？」

「嗷？」

孤兒院可靠的大姊姊兼舞蹈名手——夏綠蒂來了。

「是我。傷得嚴不嚴重？」

「嗯，沒事。只是有點累。」

可說身心俱疲。

夏綠蒂在芙蘭身旁彎下腰，幫她擦掉臉上的泥巴。

芙蘭任由夏綠蒂幫她擦臉，眼神迷茫地注視著戰況。

（大家實力都好強。）

『……是啊。』

但是，阿曼達他們之所以能夠在戰鬥中占上風，不只是因為他們實力高強。現在從遠處一看，會發現燐佛德並不是絕對無敵的存在。

我為什麼滿腦子只想逃跑？難道真的沒有與之抗衡的方法嗎？

我知道，我是對燐佛德產生了恐懼。然後，竟然就認定我們絕對打不贏。

把自我進化點數用在時空魔術與詠唱縮短上，說到底也是逃避退縮的選擇。兩者都衍生出獨有技能，就結果而論或許還不錯。至少我們活了下來。

但是，我不禁去思考，假如當時能夠拿出志氣而不是驚慌失措的話呢？例如把點數用在火焰魔術等魔術上，或是劍聖技、屬性劍等攻擊技能上呢？搞不好就能跟燐佛德廝殺一番。

（師父。）

『怎麼了？』

（我好不甘心。）

『是啊……真不甘心。』

看到阿曼達等人戰鬥的模樣，我滿心懊悔。

等這場戰鬥結束後，得重新鍛鍊自己才行。我還太弱了，我感覺到認真進行修行的必要性。

『……不。』

錯了。怎麼會是這種想法？等這場戰鬥結束？戰鬥還沒結束呢。

懊悔？也許其實有方法應戰？

那就現在去打啊。敵人就在眼前，現在就可以發洩這股懊悔。

我又下意識選擇逃避了。覺得有那麼多強者在，一定能輕鬆獲勝。覺得我們不需要戰鬥。

混帳東西！

『芙蘭，我們走。』

（當然。我不會就此罷休，一定要扳回一城。）

（嗷！）

芙蘭果然比我更懂。

我真的沒她厲害。

「你們是不是打算去戰鬥？」

看到芙蘭站起來，夏綠蒂露出關心的神情。她會阻止我們嗎？然而，夏綠蒂只說出了激勵的話語，輕輕握住芙蘭的手。

「加油。芙蘭妹妹也是，小漆也是。」

「嗯。」

「嗷！」

「我沒有戰鬥的力量，但至少讓我為你們做這點事吧。」

夏綠蒂如此說完，雙手輕輕一拍。伴隨著鈴鐺般的清脆音色，神奇光芒裹住了芙蘭與小漆。

緊接著，她臉色蒼白地跪到地上。

「夏綠蒂！妳還好嗎？」

「嗷、嗷嗚？」

「我、我沒事。只是有點過度使用魔力，休息一下就會好了。」

「不要勉強自己。」

芙蘭擔憂地出聲關心，但夏綠蒂只是神情堅毅地搖了搖頭。

「我沒有能力戰鬥，所以至少讓我幫這點忙吧……我替你們張開了祛除邪氣的結界。」

不愧是巫女，原來還有這種力量啊。

「難道是夏綠蒂破除了那個巨大結界？」

「是的，是我。」

真的假的啊。抱歉我不該覺得妳的能力值低。

（大家都好厲害。）

『就是啊。』

不是能力值的強弱問題，是能夠做些什麼，以及能否掌握自己的能力盡其所能。這才是最重要的。芙蘭稍微陷入沉思。一定是心有所感吧。

『妳怎麼了？』

（師父，讓我來。）

她的眼眸之中蘊藏著決心，以及悔悟。

『為什麼？』

（躲避燐佛德的攻擊時，我什麼都做不到，全都丟給師父想辦法。每次都是這樣。所以，這次讓我來。）

『芙蘭……』

其實是我沒傾聽芙蘭的意見。我應該要多跟她溝通才對。既然這樣，我可以從現在就開始跟芙蘭多談談。

『我知道了。不過，妳想做什麼？』

（我有個點子想試試看。）

『想試試看？』

（嗯。我一直在構思像師父的狂飆化那樣的必殺技。用上我們現在所有的能耐，使出最強大的一招。我要盡我現在的最大所能。）

她真貼心，說「我們」。也就是說，她也需要我的力量。意思大概是有自信能夠發揮我的力量，並善加運用吧。真不錯！這對一把劍來說可是無上榮耀！即使是這麼沒用的我，讓芙蘭來用好像也能變成神劍！

（我想試試看一種打法。也想請師父使用一些技能。）

這搞不好是芙蘭頭一次在戰鬥中對使用技能做出細微指示。

『好。全部交給妳。』

「嗯。」

「芙蘭妹妹、小漆，祝你們平安。」

「嗯，我去去就回。」

「嗷！」

於是我們衝了出去。

Side　夏綠蒂

我早就知道芙蘭妹妹是高階冒險者了。也知道即使我竭盡全力也比不上她的實力。可是，沒想到竟然會那麼厲害。

看到芙蘭妹妹在結界當中賭命對抗醜惡巨人，我甚至開始崇拜起她來。即使如此，她還是贏不過那個巨人。這點我也很清楚，那不是人類能對付的鬼怪。我想必須是階級更高，甚至達到公會會長水準的人才有辦法戰勝。

「可是，用我的力量，或許可以解除結界……！」

出於職業性質，我自認為對邪氣很敏感。也知道關住芙蘭妹妹的結界，是以邪氣創造出來的。

雖然不知道就憑我的力量能不能解除——不，這樣想是錯的。

是一定要解除。這樣才能幫助用那麼嬌小的身體，為了這座城鎮挺身而戰的芙蘭妹妹。

所以，我明明知道必須早點去救援……

怪只怪我太弱小，延誤了救援的時間。我被變成怪物的冒險者襲擊，花了好多時間才擊倒對方。各位騎士已經在我的請求下去保護孤兒院，因此現在只有我一個人。結果反而弄巧成拙。

但我還是急忙趕往結界處，沒想到……

半路上竟被一位名叫阿曼達的知名冒險者叫住。

我早已聽過她的大名。因為院長已經跟我說過，阿曼達小姐將會買下孤兒院並提供援助。阿曼達小姐是以在各地經營孤兒院而聞名的冒險者，這樣巴博拉孤兒院就安全了。意想不到的是，是芙蘭妹妹好心聯絡了她。我欠了芙蘭妹妹一輩子還不完的恩情，說什麼都得救她。

其他還有很多冒險者聚集到現場，大家似乎都打算與那巨人一戰。所有人的實力都強到像我這種小角色根本無法相比。就連鐵爪的科爾伯特先生，在他們當中都是接受指示的一方。

科爾伯特先生與一名叫做桀洛斯里德的高大男士似乎有著一些新仇舊恨，但被阿曼達小姐一瞪就不再吵架了。真不愧是A級冒險者阿曼達小姐。

有阿曼達小姐他們助陣，一定可以救出芙蘭妹妹。既然如此，我就盡全力做好我能做的事吧。

然後，我成功解除了結界。芙蘭妹妹似乎用傳送法術逃出來了。竟然連那種法術都會使用，我真的好尊敬她。

再來只要交給阿曼達小姐或是弗倫德先生等人，他們一定會設法打倒巨人。

不過話說回來，一流的冒險者真的好厲害。

明明事前沒有做過任何商量，卻那麼有默契。明明大家都是初次見面。

大概因為是一流的冒險者，所以知道其他人會如何行動吧。而且，也能夠完美配合其他人的行動。所有人都這麼做，形成了無懈可擊的聯手行動，彷彿事前討論過了每一個細節。

他們的境界高遠到我無法企及，連不甘心的感覺都沒有。眼前展開的戰鬥，與我之間就是有如此大的差距。我甚至覺得自己正在目睹神話的一個場面。

可是，芙蘭妹妹卻站了起來，邁步向前。她那臉龐，定定地望著阿曼達小姐等人的戰鬥。對芙蘭妹妹來說，那場戰鬥不是用來旁觀的，而是自己也要參戰。

看到她被回濺的血弄得一片通紅的鎧甲，就知道她受過多重的傷。現在沒有受傷，所以大概是用藥水讓傷口癒合了。

可是，治療藥水並不能治好身心疲勞。事實上，芙蘭妹妹也的確因為疲勞過度而面無血色，臉色發青。即使如此，芙蘭妹妹與從魔小漆仍然堅持要戰鬥。可是我即使看在眼裡，還是無法阻止他們。

因為我一看到她的眼睛，就不禁覺得不該阻止她。

既然這樣，我就當她的幫手。

我用盡剩下的力氣，替芙蘭妹妹施加破邪法術。本來還擔心沒先進行儀式會不會失敗，但好像勉強成功了。魔力與體力都近乎枯竭，說不定還折壽了幾年。

可是，無法戰鬥的我，只能為確實賭命戰鬥過的芙蘭妹妹做這點事。

芙蘭妹妹雖然掛心地回頭看跪在地上的我，但還是跑了出去。

其實我並不想害她擔心……真討厭自己這麼弱小，在這種時候把自己弄到快要昏倒。如果我能撐過這場戰鬥，就重新修行一遍吧。以免發生這種狀況時悔不當初。

「加油……」

芙蘭妹妹使用傳送與空中跳躍，直衝天際。看來是想從高處攻擊敵人。

然後，在我的注視下，我看見芙蘭妹妹渾身纏繞藍色光芒，往巨人面前墜落。

我們人在燐佛德的正上方。

燐佛德正遭受阿曼達與弗倫德等人的激烈攻擊，沒注意到我們。

「師父，準備好了嗎？」

『好了！支援工作交給我！這次真的可以交給我！』

「嗯，交給師父。」

光是聽到芙蘭一句交給我，就覺得渾身充滿力量。會讓我覺得現在的我們無所不能。芙蘭握住我的手比平常更熱。而且比起平時，我彷彿更能夠感受到芙蘭的心跳、呼吸，以及每個細微的動作。

「我要上了。」

『好，上吧。』

於是，芙蘭舉起我，用空中跳躍從小漆的背上往「正上方」跳躍。在空中張開的整束絲線，接住了她的背。我們用空氣壓縮在空中製造出兩個方塊，然後在它們之間拉起了用魔絲生成製造的絲線。

將這招加以運用，想讓無數絲線遍布於空中也不是問題。視運用方式而定，說不定能在高空中奔馳自如。

芙蘭就這樣背貼絲線。承受了一個人類的體重，絲線徐徐拉長彎曲。當絲線拉長到極限時，芙蘭利用它的反作用力一躍而出。朝著正下方。

一開始我覺得很像摔角選手，但後來想想或許更像柏青哥。

而且她還利用這個力道，開始在空中奔跑。

芙蘭結合空中跳躍、突進與風魔術，把空無一物的空間當成立足處往正下方疾走。我讓芙蘭把我舉起來，發動氣流操作以減輕空氣阻力。

我還追加使用了重量增加。現在的我應該有五十幾公斤重，但憑藉芙蘭的臂力並使用重量減輕技能，把我舉起來不成問題。重量增加與重量減輕不只能用在自己身上，對裝備品也能生效，因此芙蘭也能對我發動這種技能。只是目前我讓自己變重，芙蘭又讓我變輕，加起來剛好打平就是了。

轉眼間燐佛德的龐然巨軀已逼近眼前。

多虧隱密系技能的效果，他似乎還沒發現我們。

我趁這時候使用形態變形，改變自己的外形。我在地上聽到芙蘭想像的形狀時，真的吃了一驚。因為這種專為斬擊設計的後彎形狀，完全就是日本刀。我從沒教過芙蘭日本刀的事，是芙蘭自己思考，設計出了適於斬擊的形狀。

一定是依自己的方式思考了很久吧。

「唔？」

當距離大致剩下二十五公尺時，燐佛德抬頭仰望我們了。都靠這麼近了，想不被發現也難。

燐佛德滿眼血絲地瞪著芙蘭。

「臭丫頭！竟然還活著！」

燐佛德發出恨入心髓的吼叫，從嘴裡吐出紫煙般的東西。那是邪氣煙霧，只要被那碰到，不管是皮膚還是鎧甲，都會像遭到強酸腐蝕般片片剝落，是相當棘手的一招。範圍極廣的這招剛才也讓我們吃盡了苦頭。

該如何閃避——？

「老套。」

芙蘭似乎早就料到燐佛德會使出這種煙霧。的確在剛才的打鬥中，這傢伙每次被我們接近時都會用這種煙霧攻擊我們。

「噴火推進。」

火焰魔術「噴火推進」。亦即利用爆炸火焰，讓術士瞬間加速的魔術。由於急遽加速會對當事人造成嚴重負擔，讓這種法術變得難以運用。不過單純直衝的話不會受到太多影響就是。

沒想到芙蘭採取的作戰，竟然是用風之結界替身體做最低限度的防護，同時再次加速一口氣衝破煙霧。受到的傷害比想像中來得小，一定是夏綠蒂為我們張開的結界保護了我們。芙蘭可能也想到了，面露一絲微笑。

看到芙蘭不畏煙霧直接衝破現身，燐佛德瞪大了雙眼。

「真是可恨！咕！」

大概是感覺到危機逼進了吧，燐佛德交叉雙臂護住了頭。

蠢蛋！中了芙蘭只用殺氣與眼睛做的假動作了吧。

這是在錫德蘭海國，與人交手的專家巴魯札用來對付過我們的招式。看來她連這招都學起來了。我們的真正目標可不是頭部。

「喝啊啊！」

『喝啊啊！』

芙蘭不是對準頭部，而是一劍斬向了胴體。

我配合芙蘭的攻擊，卯足全力解放屬性劍・火與振動牙、魔毒牙。

芙蘭也配合自己的斬擊，發動了重量增加、屬性劍・火與振動牙。

連同我使用的技能，每一種都是雙重發動，但發動時間或許不到一秒。然而如果芙蘭發動的時間更長，我的刀身恐怕已經撐不住了——我所承受的負擔就是如此之大。這點芙蘭想必事前也已經料到了。

然而，這一瞬間對芙蘭來說已綽綽有餘。她用空氣壓縮讓空氣層纏繞刀身當成刀鞘，以拔刀術般技巧將我高速揮出。

自高空往下奔馳獲得的加速力，加上賭上自身一切使出的斬擊，以及能想到的所有最適合這一瞬間的技能。

所有破壞力都集中在這一瞬間、這一擊之上，造就出神速的一刀。

不像我的念動彈射只是憑恃蠻力的強硬攻擊，這招是活用技能創造出的超級加速配合劍法技藝，正可謂必殺之技。

「唔嘎啊啊啊啊啊啊啊啊嘎嘎嘎嘎！」

斬擊留下青藍光跡，從燐佛德的左肩頭深深砍入，直達胴體的一半。我能明確地感覺到這一刀，把撲通撲通詭異蠢動的心臟劈成了兩半。

豈止如此，砍殺燐佛德的瞬間，我感到自己體內有某種東西發出狂喜的咆哮。

我情不自禁，不由得像小漆一樣放聲長嘯。

『喔喔喔喔喔喔喔！』

與噬食魔石相比又是另一種滿足感。有種更具攻擊性的，昏黑抑鬱的陰暗心情頓時海闊天空般的解放感。自從我變成劍以來，從來不曾有過這樣的心情。

但我沒空仔細確認燐佛德的狀況，也沒空思考自己心中迸發的情感代表什麼意義，只能趕在芙蘭狠狠撞上地面的前一刻發動短距跳躍。

「謝謝師父。」

『真是千鈞一髮。』

只要傳送的時機慢了一瞬間，就會被重重摔在地上了。

即使如此她還是能保持平靜，不愧是芙蘭。不是老王賣瓜，但我想應該是因為她信任我，相信我不會失敗。

我剛才感受到的謎樣激動情緒也瞬即陷入沉默，已經恢復冷靜了。不，現在的最優先事項是對付燐佛德。多餘的事情就先忘了吧。

我們傳送到不算太遠的位置，確認燐佛德的狀況。

「可惡啊！可惡啊啊啊啊！」

燐佛德單膝跪地，顯得痛苦不堪。被芙蘭砍裂的傷口溢出大量鮮血，看得出來燐佛德的生命力驟減了一半。

應該說，怎麼還沒死啊！心臟都被砍成兩半了，居然沒有當場死亡，到底是有多耐打啦。簡直跟蟑〇有得拚。不過，雖然沒能打倒他，但確實扳回了一城。

『成功了，芙蘭。』

「嗯！必殺技完成了。」

只是適用的地點與對象等等相當受限就是了。真要說起來，空間太小就不能用。在之後準備要去的地下城可能派不上用場吧。

不過，應用空氣壓縮進行的模擬拔刀術今後應該會有很多用處。這裡所講的拔刀術，不是地球上也有的真實劍術，而是讓刀身滑過刀鞘內側加速的那種拔刀術。

一般狀況是讓刀刃滑出佩於腰際的刀鞘，因此只有橫掃這一百零一招。但我們的空氣拔刀術無論是上段、下段或是撈擊都能運用。

魔毒牙也有發揮功效，我看得出來這傢伙變成中毒狀態了。燐佛德具有高速再生與異常狀態抗性，中毒造成的傷害不太值得期待，但能減輕再生能力就夠了。對付那麼強大的陣容，不能再生可是致命性的危機。

「可別浪費芙蘭妹妹製造的機會唷！」

「唔。」

「當然！芙蘭小妹幹得好！」

「知道了！」

「讓你見識見識矮人的志氣！」

「哈哈哈！每個傢伙看起來都值得我斬殺，但現在先殺老頭再說！」

配合阿曼達的號令，冒險者群星會集中力量痛擊燐佛德。我們也很想參加，但方才必殺技造成的負擔使我的耐久值瀕臨極限。就算能用瞬間再生修復刀身，現在趕去也太遲了。再說芙蘭也幾乎用盡了魔力，真是遺憾。

注入過剩魔力變得光輝燦爛的無數魔劍插進燐佛德的全身上下，自正上方揮去的一鞭把他的右臂連同後方建物一併砍飛。科爾伯特打出的上勾拳式拳擊讓跪地不起的燐佛德身體浮空，菲利普纏繞雷電的騎士槍挖穿他的左臂。隨後，公會長鎚子一掄，粉碎了他的右腳。

「咕嘎嘎嘎啊啊啊啊啊啊！你、你們這些傢伙！」

「最後一擊是我的！老頭，交出你的力量吧！」

「這個叛徒……！」

最後桀洛斯里德使出的斬擊剁掉了剩下的另一條腿，燐佛德重重倒地。目的果然是同類相食！最後一擊可能要被他奪走了……

不，還沒結束。

「嘎嚕嚕吼！」

大概是學芙蘭吧，小漆自上空以驚人速度往下衝，用獠牙撕裂了燐佛德的脖頸。然後在即將衝撞地面的前一刻發動潛影，就好像被吸入地面般消失蹤影。

小漆！首功就這樣被你搶走了！

「咕嘎嗚嗚唔嘎啊啊啊啊……老夫……怎會敗給這些，傢伙……」

這句整個弱掉的台詞，成了燐佛德的遺言。他留下嗟怨的聲音斷氣後，皮膚開始一片片剝落，最後化作塵土崩解散去。

死得還真是意外地簡單。

「啊啊！那條狗！又來礙我的事！」

桀洛斯里德笨笨地大叫。也是啦，搭救科爾伯特的時候還有這次，都是小漆礙了桀洛斯里德的事。

「啊嗚……」

芙蘭一放心，不禁當場癱坐在地。剛才大概連站著都很勉強吧。

正看著燐佛德崩落地面的殘骸時，小漆回來了。但是樣子不太對勁，嘴巴血流不止。喂喂，這是怎麼了啊！

『小漆，你還好嗎！』

「被燐佛德打的嗎？」

「咕嗚……」

看看小漆的口腔，發現牙齒都碎了。犬齒更是連根折斷，從傷口流出大量鮮血。

仔細想想也很合理。就連我都因為從高處展開墜落攻擊而造成耐久值慘不忍睹了。小漆使出了類似的攻擊，用來攻擊的牙齒當然也會破損。完全是自找苦吃。

『不要這麼亂來啦……』

「嗷呼。」

「不過，你剛才那樣很帥喔。」

「嗷！」

總之先幫牠用個恢復術吧。

〈芙蘭的Lv上升了。〉

〈芙蘭的Lv——〉

這時播報員小姐登場了。大概表示燐佛德已完全灰飛煙滅，戰鬥宣告結束了吧。

打倒那麼強大的敵人，獲得的經驗值果然很多。

照理來講應該有芙蘭、小漆、阿曼達、弗倫德、科爾伯特、菲利普、加姆多、桀洛斯里德與夏綠蒂總共九個人來分，芙蘭卻仍然一口氣大升等，Lv達到40。這下距離Lv上限的45，就只剩5級了。

達到上限時會發生什麼事？還是說什麼都不會發生？我既有點期待，又有點不安。

另外，也獲得了幾項技能與稱號。邪惡殺手這個稱號與技能我懂，來自我們打倒了變異為邪神人種族的燐佛德。另外還有邪氣抗性1，也許是因為受到了很多邪氣傷害？

照這樣看來，小漆應該也升等了。

經過確認，小漆的Lv的確也有提升，並一次獲得了兩項新技能。邪氣感知與邪氣抗性啊……但我覺得小漆受到的傷害應該沒芙蘭多……不，等等喔。也許是捕食吸收的效果？就是能吸收捕食對象部分能力的技能。剛才那最後一擊，應該讓小漆吃到了少許燐佛德的血肉，可能是它造成了某些作用。我猜啦。

總之除了這個之外好像沒其他異狀了，我是覺得不會怎樣……但或許還是少讓牠吃邪人比較好？

其實我很想就這樣喘口氣，讓芙蘭休息。最好能讓她到床上躺躺。可是，即使戰鬥結束了，騷動可沒有就此收場。

（師父，得去追澤萊瑟才行。）

看來芙蘭也很明白狀況。芙蘭席地而坐調整過呼吸，以我代替拐杖站了起來。

『還是再休息一下吧。』

（我沒事。得快點行動才行。）

芙蘭意志堅定。身為裝備者的芙蘭都堅持要做了，我也得再加把勁才行。

『小漆，你能追蹤澤萊瑟的氣味嗎？』

（咕嗚……）

剛才的激戰似乎導致氣味斷絕了。再說，小漆自己也已經身心俱疲，可能無法完美發動技能。不，等等喔。還有桀洛斯里德在嘛，只要問他——

『奇怪？桀洛斯里德跑哪去了？』

「咦？消失了。」

「咦？啊啊！狂戰士不見了！」

阿曼達聽到芙蘭的喃喃自語，環顧周圍之後大叫。

什麼時候跑掉的？剛才不是還在對燐佛德出招嗎？

「搞不好擁有阻礙辨識系技能也說不定。」

「啊，在那邊！」

往阿曼達手指的方向一看，桀洛斯里德就在大約五十公尺外的位置。什麼時候跑到那裡去的？

「這次又被那條狗擺了一道啦！本來是打算由我給老頭最後一擊的！不過算了，反正還是有吞食到老頭的部分力量！我要走人啦！」

「休想逃！」

科爾伯特直衝出去，但桀洛斯里德比他快了一步。

「哈哈！再會啦！」

「咦？是傳送法術嗎？」

如同阿曼達的驚訝反應，桀洛斯里德的身影瞬間消失無蹤。燐佛德也用過這招，也許邪術包括了某些傳送系的法術。只是看他們不太常用，使用上可能有某種限制。

「嘖！不愧是長期逃亡的懸賞犯！本來打算這次一定要痛宰他的！」

被他逃了啊。不，如果讓阿曼達等人幫忙也許追得上？不不，還是先逮到澤萊瑟比較要緊。

「又有一股邪氣傳來。」

我本來滿腦子只想著澤萊瑟與桀洛斯里德，聽到弗倫德的喃喃自語才想起一件事。對喔，還有邪神石要處理。那個擺著不管應該會很不妙吧？

「可能是邪神石還有剩。」

「那是什麼玩意？」

芙蘭解釋了水晶的事情後，所有人臉色大變，開始在瓦礫中翻找。夏綠蒂也來加入搜尋的行列。

她對邪氣似乎相當敏感，轉眼間就幫忙找到了邪神石。每塊晶石都被壓在瓦礫底下，但用加姆多的土魔術很容易就能挖出來。

「這就是邪神石嗎……」

「邪氣好像比剛才淡？」

沒錯。正如芙蘭所說，比起燐佛德變異前我們破壞水晶的時候，它們散發的邪氣變淡了很多。

「這些水晶原本放在神殿裡嗎？」

「嗯。燐佛德拿來舉行儀式。」

「這樣啊……」

「妳看出些什麼了嗎？夏綠蒂妹妹？」

「這只是我的猜測……」

按照夏綠蒂的說法，神殿似乎類似於一種與神域互通信息的裝置。神殿與眾神居住的神域之間就像以路徑相連，神諭等信息也是利用這條路徑傳遞過來。變更職業時，也是運用這條路徑對神域裡的世界真理發揮影響力，改寫當事人的職業。

話雖如此，管理這條途徑的是神，凡人無法擅自利用這條途徑。

但是，使用這種邪神石扭曲途徑，或許有可能與據說被封印於神域的邪神作接觸？夏綠蒂是這麼推測的。

科爾伯特等人提出質疑，但既然邪神的力量不明，阿曼達與加姆多最終認為並非全無可能。

邪神在上古戰爭中敗給諸神，被分割成無數碎塊封印於世界各地，據說其中稱為核心的部位則被封印於神域，受到監視。雖然只是神話中的一段敘述，但搞不好是真有其事。

總之先把這些玩意打壞吧。反正留著八成也沒好事。阿曼達等人似乎也表示同意，所有人便一起把邪神石打碎，用弗倫德創造的火焰魔劍燒毀了。好，這下子就只剩澤萊瑟了。

「阿曼達，我有事想請妳幫忙。」

「好啊！」

「不用問幫什麼忙嗎？」

「我怎麼可能拒絕芙蘭妹妹的請求嘛！所以呢？要我幫什麼忙？」

真感謝她這麼好說話。我透過芙蘭解釋了澤萊瑟的事情，告訴她澤萊瑟是這次的幕後黑手之一，至今尚未落網，似乎在謀劃一些事情。

「鍊金術師澤萊瑟……原來他還在鎮上，我要向他討回謀害我兩個弟弟的債。」

「最近都沒聽到這個名字，還以為早就嗝屁了咧！」

「如果找到那傢伙的下落，說不定混帳狂戰士也在同一個地方。」

「為了孩子們好，得懲罰那傢伙才行！」

「是啊。」

大家似乎都樂意加入。陣容這麼強大，想必三兩下就能逮住他。

然而到頭來，我們的幹勁沒能派上用場。

「滿口大話，結果這麼容易就被打倒了～」

澤萊瑟再次登場。

他出現在高高堆起的瓦礫山頂，用一如既往的賊笑臉俯視我們。

而且這次不是幻影，明顯有著實體。只是不知怎地鑑定無效。

「給你們一個好消息。我們的計畫失敗了～沒辦法，合作人士都死掉了嘛。需要的靈魂也收集不到，根本不能解開封印。畢竟我再怎麼厲害也不會使用邪術啊。」

他依舊面露陰森森的笑容，不知怎地把這種事都告訴了我們。這傢伙無聊透頂又給人找麻煩的計畫，似乎因為燐佛德的死而胎死腹中。這真是好消息。

「可是，芙蘭小姐妳總是跑來妨礙我呢——不只是打倒燐佛德他們。妳不但搶走了生成邪神水不可或缺的治癒黃薑，還販賣什麼具有淨化作用的料理。魔魂也被妳拿走了。而且我要妨害淨化儀式時也被妳阻止，還阻撓我擄走夏綠蒂對吧？」

看來襲擊那場儀式的目的，是為了挾持夏綠蒂。

「為什麼要挑夏綠蒂下手？」

「那是因為燐佛德大老說了想得到她。」

據他所說，他們似乎想舉行與夏綠蒂在月宴祭表演的奉納之舞效果相反、產生邪氣的儀式。又說儀式需要拿夏綠蒂來獻祭。之所以讓孤兒院欠債，一開始也是為了讓夏綠蒂淪為奴隸好把她弄到手。只是似乎因為提供協助的溫特任性妄為，要求的不是夏綠蒂而是食譜，使得計畫失敗了就是。

「要是進展順利的話不只夏綠蒂，說不定連孤兒院那些小孩子都能弄到手，真是遺憾。小孩子拿來做人體實驗可是很好用的。」

這傢伙真是個敗類。但這下他慘了。

阿曼達的殺氣非常嚇人。聽到他曾經企圖危害孤兒院，阿曼達不可能會放過他。這下確定要在阿曼達的誅殺名單上排第一了。

然而，有個人與阿曼達不相上下……不，甚至懷抱著更強的殺意。

我就直說了，是芙蘭。

大概是原本就一肚子火吧，聽到這番話更是讓她直接爆氣。她已經跟孤兒院的孩子們成了好朋友，況且應該也讓她聯想到了自己的境遇。

「好吧，聊得太久了。我差不多該消失了。」

「你想逃？」

「嗯，我要開溜了。因為燐佛德一被打倒，計畫就泡湯了。本來是想大量生產邪人屠殺這座城市的居民，用這些靈魂獻祭以召喚邪神受到封印的肉片。只要燐佛德能成功從神域引出邪神的力量，計畫應該是可行的。算了，沒關係。我會再想其他方法——」

（師父……）

『好。』

就在阿曼達準備出手攻擊想逃跑的澤萊瑟時，芙蘭在心裡用陰暗的聲音低喃。芙蘭只不過是低喃了我的名字。但光是這樣，我就完全明白了自己該做的事。

我用時空魔術把我們傳送到澤萊瑟的正後方，這時芙蘭已經將我一揮到底。

不是傳送之後再攻擊，而是傳送與攻擊同時進行。

必須要我與芙蘭在這一瞬間心意相通，才可能抓準時機。

「——！」

澤萊瑟吃驚的神情在我的視野中形成大特寫。看他睜大雙眼，暴露出一副蠢相！

『到手了！』

然而，就在我的劍鋒即將狠狠砍下那顆腦袋的前一刻，澤萊瑟的身影如融化在空氣中一般忽地消失了。果然不是時空魔術！是別種的傳送方法。雖然有得到輕輕掠過皮肉的觸感……

『大概沒能打倒他吧。』

「嗯……！」

芙蘭也懊惱地咬住嘴唇。

『小漆！去追澤萊瑟！』

（咕嗚。）

然而，小漆歉疚地搖了搖頭，看樣子氣味是完全消失了。

『行不通啊。』

（嗷呼……）

『啊，我沒有要責怪小漆的意思喔。』

小漆再厲害也不可能追上會傳送的對手，這怪不了牠。

『……雖然很不甘心，但就想開點吧。』

「嗯。必須去掃蕩邪人。」

『是啊，雖說已經除掉首謀，但事情還沒結束。』

我很想讓芙蘭休息，但也不能放著城鎮不管。就再請她撐一下，做最後衝刺吧。更何況在這種狀況下，想放鬆休息也不可能。

「好，這麼充分的戰力集體行動太浪費了。分頭到鎮上各處，獵殺怪物們吧！」

加姆多用漲滿幹勁的聲音，對冒險者發號施令。

「「「好！」」」

於是，冒險者群星會就這樣四散至城鎮各處。

『我們也行動吧。』

「嗯！」

「嗷！」

Side　澤萊瑟

「呼。她果然不容小覷！」

那個名叫芙蘭的黑貓族少女，在獸人當中分明屬於最弱的種族，卻三番兩次壞我的事。

到頭來，最後也是她嚇破我的膽。沒想到那樣一個年幼的少女，竟能完全壓抑殺氣來取我首級。而且還沒讓我察覺到傳送的動作，傳送後也完全沒有半點氣息。

真是個令人生畏的少女。小小年紀，就已經慣於殺戮。

她究竟是何方神聖？我不知有多少年沒對他人感興趣了。

「哼哼哼。不過嘛，這次是成功脫逃的我贏了——嗚！」

劈咻！

「咦？」

我的脖子噴出了某種溫熱的液體。不是，我當然知道這是什麼，是血。

脖子此時仍在汩汩流出紅色鮮血。

「擦到了啊。」

不妙，手腳開始發抖了。不只是被割傷，還被注入了強效毒素。

「糟了糟了。」

我火速從鍊金庫拿出藥水，一飲而盡。這是我特製的最高級藥水，附有治癒異常狀態與造血的效果。一喝下去的瞬間，傷口立即癒合，手腳的顫抖與視線模糊症狀也當場治好。

「哇——我還以為完全躲開了呢。」

上次像這樣感到焦慮，都不知道是幾年前的事了。要是傳送再慢個零點幾秒，人頭可能已經落地了。或者如果被砍得再深一點，也許已經因為中毒而無法動彈了？

她果然不容小覷。

「唉——最好的一件衣服就這麼毀了。」

由於拿自己做過各種人體實驗的關係，我的血液性質比較特殊，所以很難洗到不留痕跡。不知道能不能用淨化魔術弄掉？

「黑貓族的芙蘭……下次見到她時，一定要拿她當成實驗樣品試試。」

我不會忘記妳的長相的。

過了狀況連連的昨晚，到了第二天。雖然以日期來說是同一天。

「來～請用～」

「小心燙喔。」

「嗯。」

我們在攤位上發送咖哩麵包，而且是免費贈送。沒有啦，領主有付我們錢，所以不算做白工。但恐怕比正常販賣的利潤少很多吧。

讓澤萊瑟溜掉之後，我們整晚到處搜尋邪人與魔人加以撲滅。光是我們就至少打倒了十隻。數字最大的弗倫德，說是一共打倒了大約二十隻。到了太陽升起時，鎮上四散的怪物們已經被打倒，事件漸趨平息。

不用說，料理比賽停辦了。因為死了太多人，加上城鎮仍然混亂不堪。料理公會當中似乎也有布魯克的內奸。

但是完全停辦又會引起民眾的不安，因此他們決定擺些攤位免費分送料理，以安撫民心。之所以不說成發糧賑災，似乎也是為了盡量避免營造出緊急狀況的氣氛。

反正比賽停辦讓咖哩麵包剩了一堆，又能收錢，我是無所謂啦。其他參賽者似乎也都爽快答應。

「那邊那幾個！不要吵！還有很多！」

「這是可能在比賽中奪冠的料理，只有在這裡才吃得到喔。」

『芙蘭，我們去下個地點吧。』

攤販由三位小姐費勁地拖著走。本來是想讓小漆拖的，但被領主那邊打槍，說是會不必要地引起民眾的不安。都怪你們說什麼又巨大又可怕又怕不衛生～什麼的，害小漆都黯然神傷了！你們要怎麼賠牠！

第二個主意是讓芙蘭來拖，但他們說讓小孩子拖攤販有失成年人的顏面。三人說雖然戰鬥力輸她，但這點不能退讓，攤販就由她們齊心協力幫忙拖了。

『因為領主要我們盡量走遍城鎮嘛。』

「嗯。」

在拖著攤販出發前，菲利普拿著謝禮來給我們，說了很多事情。

他說可以確定的是克萊斯頓家一定會失去領主地位。由於他們家族讓巴博拉蓬勃發展超過兩百年，加上長男盡力平定這場動亂，似乎不太可能被判貶為平民或抄家等等。但是，次男與三男參與動亂是無法抹滅的事實，甚至可說是汙點。沒收大部分財產是無可避免的事，因此家裡打算在那之前索性先回饋給巴博拉人民，攤販免費分送料理似乎也是回饋的一部分。

不過，整件事將會只有高官知情，不會讓平民知道。這件事是聽王子他們說的。

掃蕩邪人後，我們回到領主宅邸，福特他們立刻出來迎接我們。他們好像都擔心到睡不著覺了。也是啦，用那種方式分開，會擔心也是人之常情。兩人似乎在惡魔被燐佛德打倒後，不顧席里德的阻止跑到鎮上想幫助芙蘭。但當他們抵達神殿時戰鬥早已結束，四面都是堆積如山的瓦礫，而且看不到芙蘭等人的蹤影。那段時間我們正在都市各處獵殺邪人，但福特他們自然不可能知情。

結果福特他們好像整晚都沒闔眼，卻看到芙蘭忽然沒事似地現身，害得薩蒂雅都哭了。不過福特王子居然會抱著芙蘭哭，真讓我驚訝。該不會是真的喜歡上她了吧？換做平常的話我會用念動把男生拉開，不過這次就破例吧。因為害他們擔心讓我覺得很不好意思。但是就破例這一次喔！下次再這樣我就不客氣了。

只是，真正麻煩的部分還在後頭。因為我的真面目曝光了，他們問了我們好多問題。芙蘭本來就不想跟福特他們有祕密，況且反正也穿幫了，我們就從我跟芙蘭的邂逅到至今發生的一切，全都明明白白講給他們聽。

得知神祕的料理師父竟然是一把劍，他們都大感驚奇。

「想不到一把劍做的料理竟然那麼美味……世上有些事情真是深奧。」

看來好像害福特頓悟了一些怪道理。

芙蘭為了隱瞞祕密的事向他們道歉，但王子他們完全沒生氣。反正彼此彼此，王子他們也沒向芙蘭說出神劍的事。不過王子他們也許是受了某些魔術性質的限制，不得不保密就是了。

後來，我們在薩蒂雅的房間一起睡覺，但我得說公主的房間真是夠奢華。本來以為芙蘭的房間已經很豪華了，這個房間卻比那豪華了最起碼十倍。還真想知道用祕銀絲織成的窗簾要多少錢。

該說是不幸中的大幸，還是雨過天晴呢？雖然險些在對抗燐佛德的戰鬥中喪命，但也因此得到機會分享我的祕密，芙蘭也得到了堪稱摯友的存在。或許可以說這場戰鬥最後仍然算是收穫良多。

『但話說回來，這座城鎮今後要不要緊啊？』

我回想起菲利普說過的話，不禁喃喃自語。

『鍊金術公會分崩離析，死傷又這麼慘重。』

至少短期間內應該不可能恢復原狀。

「我擔心孤兒院的生活。」

『有阿曼達在，應該不用擔心吧。』

「嗯，也對，阿曼達不可能坐視孩子們傷心難過。」

『比起這個，料理公會更讓我擔心，應該不會整個組織被勒令解散吧……』

「！」

芙蘭忽然睜大雙眼呆站原地。喂喂，是怎麼了？

『芙蘭？妳沒事吧？』

「比賽停辦，就沒有決賽了……」

『那是當然的嘍。』

「那就不能讓那傢伙吃咖哩了！」

『喔，妳說那個老先生啊。』

「被他溜掉了！」

『不是他故意溜掉，是不得已的吧？』

像我根本把這件事給忘了。那個老先生沒事吧？我還滿喜歡他的，但願他沒受到波及。

正在這麼想時，就看到才剛聊到的麥卡老先生站在設置到一半的攤位前面。所以剛才談論的內容是在立旗標嗎？還是一樣板著一張臉。我心想不知道他在幹嘛，結果好像是在等我們做完準備。還以為他一定會過來催促出餐，原來在這方面還滿有常識的。

「唔。」

「老夫來了。」

「吃了之後你可別哭。」

「那可真令人期待。」

好了好了，不要這樣互相擺跩臉冷笑啦。茱蒂絲都受不了你們了。莉狄亞倒是可能嗅到了什麼風雨欲來的味道，兩眼莫名地炯炯有神。美雅在想什麼我猜不透。其實比起根本稱不上面無表情的莉狄亞，總是在傻笑的美雅更讓人摸不透心思。

十分鐘後，在開始營業的攤販旁邊，老先生大嚼原味咖哩麵包。

「哦哦。」

嗯——我都緊張起來了。雖然我對成品很有自信，但美食家會怎麼想就不知道了～雖然最起碼他把東西吃完了。

「唔……」

「怎麼樣？」

「唔嗯。很可惜不能吃個過癮。」

咦？意思該不會是很好吃吧？

「炸麵包本身已經風味深厚，稱得上一種嶄新的料理。特別是這種口感，沒有其他食物可以比擬。裡面似乎包著上次吃過的咖哩，但配合麵包調整過配方，兩者相映成趣，正可說是為料理歷史寫下了新的一頁也不為過。可以請妳代老夫轉達妳的師父嗎？告訴他這道料理兼具奇特與細心，令人激賞。」

得到食記式的長篇評論了！我被大力稱讚了啊！

「嗯，我會代為轉達。」

「這次比賽比到一半就宣告結束，對你們很過意不去。」

「嗯？這不是公會的錯。」

「但還是得道歉。公會裡也有人參與這場騷動，老夫我們還是得負一部分責任。老夫說了要妳來參加決賽，卻弄成這樣，真是抱歉。憑著這種咖哩麵包，晉級決賽絕對不成問題。」

難道他是來履行約定的？如果是這樣，想不到這老先生這麼有原則。

「容老夫鄭重地告訴妳，非常美味。老夫願意為了以前說過的話道歉。妳的師父是一位了不起的廚師。」

「哼哼。」

芙蘭，這種時候不應該得意驕傲地擺架子，而是要說「別在意」！幸好老先生似乎沒放在心上。

總覺得好累啊。在這裡發完咖哩麵包之後，是不是該休息一下？咦？說我什麼都沒做累個什麼勁？不不不，我有提防扒手，還有用次元收納補充咖哩麵包，做了很多事好嗎？

哦？人怎麼好像一下子多了起來？不對，排隊人潮是真的變多了。差點忘了，麥卡老先生在巴博拉可是個知名人物。大家都在說既然那個老先生說好吃，鐵定值得嘗嘗。

「咦咦咦？怎麼忽然來這麼多人？」

「來不及出餐～」

「是不是受我的魅力吸引了？」

看來還要等很久才能休息了。只可惜排隊的人都不用付錢，否則一定賺翻了……不，菲利普已經給了我們謝禮，該滿足了。搞不好反而還有賺。

『這樣一想，在巴博拉還真是賺了不少錢。』

菲利普給我們的謝禮有將近一百萬戈德，再說賣掉素材等等也有收入。

「嗯。這樣就能買很多東西。」

『哦，妳想買什麼？吃的嗎？』

「吃的也想買，不過不是。」

芙蘭竟然會想要食物以外的東西，真稀奇。會是什麼？女生會喜歡的可愛小物嗎？或者是漂亮的新衣服之類？

嗯，絕對沒可能。

「我要買魔石。」

『咦？魔石？』

「嗯。我要買魔石讓師父吸收，挑戰升級。巴博拉的話也許會賣很多魔石。」

『這樣好嗎？』

蒐購魔石用來吸收，總覺得有點於心不安耶。不是感覺像作弊什麼的，是因為我認為賺來的錢都應該屬於芙蘭。我會覺得藥水、防具或食材是給芙蘭用的，但魔石就好像是專為我準備的。

雖說我知道自己變強的話芙蘭也會變強，所以對芙蘭也有幫助就是了。

不過也是，或許是該買了。畢竟我在巴博拉幾乎都沒吸收到魔石。

不如說今後說不定得積極購買魔石才行，因為我升級所需的魔石值越來越高，今後想必會更難升級。

「把各種不要的東西都賣掉，然後買齊需要的東西。剩下的錢就用來買魔石。」

『也好。再說只要拜託冒險者公會與露西爾商會，應該可以弄到各種魔石。』

即使是沒吸收過的魔石，最好也能挑高階魔物的魔石下手。再說次元收納空間裡的東西也越來越亂了，不要的東西就統統賣掉吧。

於是，把咖哩麵包免費分送完的當天晚上，我們立刻前往露西爾商會拜訪倫吉爾船長。這次的騷動他似乎又平安脫險了，真是值得慶幸。

「讓妳久等了，這是妳的款項。商品立刻就為妳送來。」

「嗯。」

不過我們的主要目的其實是替次元收納空間清倉。像是至今在各地獲得的弱小魔道具以及武器防具、寶石等等，賣掉了一大堆。

我們大半夜突然找上門，說要出售包括破銅爛鐵在內的大量道具，倫吉爾船長卻立刻幫我們處理，真是太感謝了。

其中像是具有王毒牙技能的王蛇蠍短劍或是冥王披風等等，有些東西讓我們猶豫了一下，但還是決定發揮斷捨離精神。多虧於此，收納空間清爽多了。最後我們手邊總共有六百五十萬戈德。哇——金錢觀念都快扭曲了。

『然後再買些魔石就沒事了。』

「嗯。」

「那麼，關於妳要的魔石……」

嗯？倫吉爾船長顯得難以啟齒。難道是不能賣？

「目前巴博拉正陷入魔石嚴重不足的狀況。」

「為什麼？」

「不久之前鍊金術公會四處搜購魔石，現在威脅度D以上的魔石幾乎全部缺貨。」

澤萊瑟那傢伙！真是陰魂不散。

「還有一點點？」

「有，但我只能各準備五顆。不過相對地，顆顆都是上等貨。」

我們跟他說要重質不重量，看來他從必須挪用至他處的魔石當中，為我們準備了威脅度特別高的，或是稀有度較高的種類。

「就是這些，不過……魔石不足造成價格飆漲，比平常貴將近一倍。」

也就是說，高品質高稀有度的魔石本來就貴，現在更是變成天價了吧。事實上，倫吉爾拿來的魔石五顆就要價四百萬戈德，但不由得我們不買。

原來冒險者公會不會販賣魔石給個人。因此，如果從露西爾商會也買不到，在巴博拉要弄到魔石就可能有困難。

光用看的看不出魔石有什麼技能，但三顆屬於威脅度B，兩顆屬於威脅度C的魔獸。況且我不認為倫吉爾會敲我們竹槓，這次就照這個價錢買了吧。荷包真是嚴重失血……這下要是裡面的技能都很廢就糟透了。

「其他剩下的都是零碎魔石。」

「零碎魔石？」

「就是哥布林或牙鼠等等，威脅度G以下的魔獸的魔石。」

「這種的還有剩？」

「有的。魔石不足的狀況已經持續了一陣子，因此我們實驗性地收購了一些……結果還是派不上用場，剩下一堆庫存。」

（師父？）

『嗯，也不賴。』

哥布林魔石的話技能值得期待，總之就每種都買一些看看吧。我們買了大約三百顆廉價的零碎魔石，以及幾種勉強設法賣給我們的日用品用魔石。雖然完全不知道有什麼技能，反正能得到魔石值就夠了。

「真的可以嗎？都是零碎魔石喔？」

「無所謂。」

「妳願意買，我們當然求之不得。我會多少算妳便宜一點。」

這類魔石他總共幫我們扣掉了十萬戈德。看來魔石要超過D級價格才會開始飆漲，他說E以下的魔石會用在日用品等方面，比較便宜。最貴的冰岩猿魔石也只要三千戈德。

『晚上就來吸收吧。』

「嗯！」

餐廳明天就要退租，今天還可以使用。

其實我很想立刻回餐廳，但等一下跟科爾伯特他們有約。雖然比賽中途停辦，不過我們還是準備小聚一下當成慶功宴。

到了約好的地點時，科爾伯特已經在等我們了。

「要去哪裡？」

「嘿嘿，我知道一家好吃的店。」

「嗯。好期待。」

「儘管期待吧，雖然跟妳師父的料理沒得比就是了。是說，妳師父後來怎麼樣了？有沒有在這次的騷動中受傷？」

「不要緊，已經治好了。」

因為我可以立刻再生嘛。然而聽到這句話的科爾伯特簡直是嚇壞了，他抓住芙蘭的肩膀，誇張地大聲嚷嚷。喂喂，要不是因為我們認識你，早就出手反擊了喔。

「什、什麼！有、有沒有怎樣啊！或是留下什麼後遺症！藥、藥水！得去買最高級的藥水才行！」

「……嗯。」

芙蘭被他猛晃亂搖，沒辦法開口說話。我都忘了，科爾伯特不知為何已經成了我的粉絲。

「咦，科爾伯特先生，你是怎麼了？」

幸好茱蒂絲來了之後勉強介入我們之間把他拉開，真是幫了個大忙。

「因、因為她說她師父受傷了！要、要是料理神手因此成為絕學該怎麼辦啊！既然這樣，就由我來照顧師父的日常起居──」

「好了好了，請別再繼續失控下去了。」

「總覺得～好噁喔～」

「大家崇拜的B級冒險者竟然是這副德性，真是悲劇。」

被三個人連番批評，好像總算喚回了理智。科爾伯特恢復正常了。

「妳、妳們幾個！什麼時候到的？」

「還問什麼時候到的呢。」

「好噁喔～」

「是發生了什麼好事嗎？」

「是啊！我跟妳們說——」

唉——被莉狄亞一問，科爾伯特又瘋回去了。結果只好四個人拖著科爾伯特，前往一開始預定的店家。

半小時後。

「唔嘛唔嘛唔嘛唔嘛。」

「怎麼樣？好吃吧？」

「襖資！」

芙蘭筷子完全停不下來，大概是真的很好吃吧，已經堆了有十個空盤子。

「對了，你們聽說了嗎？鎮上的鍊金術公會，好像已經確定由王都新派遣的鍊金術師進行重組喔。」

「不過啊～聽說鍊金術公會將會失去購買魔石的優先權～甚至還有購買限制呢～」

所以還是不至於解散就是了，畢竟像這種物產集散地都市擁有那類研究機構的價值無可衡量。但她們說公會今後將隸屬於國家，而且會施加限制以避免這次的事件重演。

「說到這個，官方已經發表領主大人的次男與三男死於這場騷動了喔。」

「噢～那兩個不肖子啊～」

「哎，是這樣沒錯。但聽說是被怪物殺死的喔？」

結果是採用這個說法啊。本來是說要發表為病死，大概是國家的命令吧。況且從菲利普的個性而論，可能不會喜歡這種自導自演的欺瞞行為吧。

「即使過了一天，各種流言蜚語還是傳不完呢。」

「有人說會不會是邪神復活的前兆。」

「我聽到的傳聞～說這是外國的陰謀～」

「我聽到的則是惡魔打倒怪物拯救了居民。」

「什麼？那也太扯了吧？鎮上哪來的惡魔啦。」

「流言蜚語本來就是這樣啊。」

三個女生分享各種傳聞，但芙蘭忙著吃東西，幾乎沒在聽。她們似乎也看出來了，一副拿她沒輒的表情苦笑之後，幾個人也開始吃東西。

然後就演變成一場大胃王競賽。

「這裡可是以價格親民又美味而聞名喔。」

「這個肉也是極品～」

「再多都吃得下。」

「妳們三個客氣一點啦！」

「別人請客的飯最好吃了。」

雖然吵吵鬧鬧，但大家看起來都很開心。儘管只有我看得出來，芙蘭的笑容也相當燦爛。差點忘了，我們有準備謝禮要給科爾伯特，趁還沒忘記的時候趕快給他吧。我們決定現在就把準備好的謝禮送給科爾伯特。

「對了，這是師父要給科爾伯特的。」

「是什麼啊？一張紙？」

他從芙蘭手中接過折起來的紙片打開一看，霎時當場定住不動。

「這是……咦咦！這、這這這、這麼好的東西，我、我真的可以收下嗎？咦？我其實在作夢嗎？」

一不小心都跟芙蘭講起敬語來了。

「科爾伯特先生，那是什麼啊？」

「好噁喔～」

「尋寶地圖之類的？」

「莉狄亞妳這笨蛋！這才不是那種不值一提的東西！真的是太、太謝謝妳了！竟、竟然把這種珍寶……」

嗯——看他這麼高興，我東西沒白給了。送給科爾伯特的東西，其實是咖哩麵包的食譜。反正他擁有料理技能，我覺得當成謝禮還不賴。後來，大家一面盡量安撫情緒激動的科爾伯特，度過了一段快樂的時光。芙蘭好像也從頭到尾都很開心。慶功宴結束後，回到租借餐廳的一路上都還聽到她在哼歌。
「嗷呼……」
相較之下，小漆則是一副鬧彆扭的態度，走路無精打采。
『來，給你吃特辣咖哩麵包。開心點啦。』
「嗷呼……」
牠是為了沒吃到好料在不高興。但我們也沒辦法啊，那家店禁止攜帶寵物。
『好了啦，你要不高興到什麼時候啊～』
「嗷呼……」
十分鐘後，我們回到了廚具等用品已經收拾乾淨，變得空虛寂寞的餐廳。
目的是吸收在露西爾商會購得的魔石。
『再來換我吃飯了。』
「嗯。那麼，從這些開始好嗎？」
芙蘭把最貴的五顆魔石整齊地擺在廚房裡。
「來。」
『好極了。』
我依序把劍刃插進芙蘭幫我擺好的魔石。
『喔呵——！』
要命！感覺好充實！強烈的快感害我不小心發出怪叫！滋味既柔和又醇厚，還留下清爽的風味與濃重的餘韻，堪稱最棒的魔石。好吧，其實我只是想表達它帶來的美味錯覺。也就是說這些魔石品質實在太好，都讓我有點異常亢奮了。無論是從魔石值還是技能而論，都是很甜的魔石。

五顆就有1500點。而且還得到了冰雪魔術、熔鐵魔術與月光魔術這三種稀有屬性！感覺就像做了個薪水給得超大方的打工。

但是跟斬殺燐佛德時感受到的謎樣滿足感還是有所不同。這邊像是更根源性的需求，該說是滿足了食欲，或是將力量吸收至體內所帶來的充足感嗎？給我的印象就是這樣。

相較之下，我在對抗燐佛德那場戰鬥的最後感受到的，彷彿是一種痛揍仇人之後，心生的那種凶猛情感。只是我不知道我怎麼會陷入那種感受，我的身體仍然滿是謎團。

「再來是這些。」

『好。』

芙蘭幫我準備了下一批魔石。就是雖然小顆，但買得夠多的那些小怪魔石。

「師父請用。」

『喔喔！就是這個啦！』

我拜託芙蘭幫我把魔石鋪滿空浴缸。浴缸裡滿是晶亮的魔石，簡直就像在誘惑我。

『呀呵～～！』

我忍不住了！我跳進浴缸。

問我在幹嘛？就是那個啊，洗魔石澡。地球上不是也有暴發戶的極致享受，用鈔票泡澡嗎？就是那個的魔石版。或者也可說成布丁愛好者的夢想，用布丁泡澡。總之就是四面八方全被魔石簇擁的幸福時刻。

「師父，開心嗎？」

『開心啊！哇呼～～！』

我是嫌魔石一顆顆慢慢吸收太麻煩，才會想到這種可以一口氣吸收的方法，但竟然可以讓我興奮到這種地步！我明白拿鈔票泡澡的人的心情了！我好庸俗喔！但管他的，開心最重要！

『哇哈哈！』

我稍微動一下就能吸收魔石，力量源源不絕地流進體內。啊啊，真舒服——

十分鐘後。

「師父……」

「嗷……」

『我很抱歉。』

冷靜一想，身為監護人也許不該這麼放縱。慘了，我無法承受芙蘭與小漆刺人的視線！這就叫做如坐針氈。

『好、好啦，你們想做什麼我都答應。』

「……從明天開始一週吃咖哩吃到飽。」

「嗷。」

咖哩還沒吃夠啊？但我可沒那麼不識相，會在這時候頂嘴。

『我、我知道了！就這麼辦。』

「嗯。」

「嗷呼。」

嗚，不能繼續這樣下去！得取回監護人的威嚴才行。

『我、我獲得了大約７００點的魔石值喔。』

「滿多的。」

「嗷。」

不行，感覺兩人的眼神還是很冷。

『對、對了！在啟程前往烏魯木特之前，要不要先去看看夏綠蒂？』

「贊成。」

『那就走吧！』

「嗯。」

「嗷！」

好像成功轉移焦點了？才剛這麼想，芙蘭與小漆已經用完全相同的動作同時微微偏頭，抬眼望著我。

「不要忘記咖哩吃到飽喔？」

「嗷嗷。」

『遵命……』

終章

翌日早上，我們站在巴博拉的大門前。

「這次真的要說再見了……嗚嗚。」

前來送行的薩蒂雅公主含淚擁抱著芙蘭。乍看之下只像是芙蘭呆呆站在原地，把臉埋在薩蒂雅的胸前。但是，我看得出來，芙蘭握住衣服的手有一點點用力。其實芙蘭一定也不願意與他們分離吧。

「欸，芙蘭不跟我們一起來嗎？」

小孩三人組裡的一人，索夫向她問道。那張臉上帶著有些寂寞的表情。但芙蘭搖搖頭。

「已經決定好目的地了。」

「又不會怎樣，就改變目的地啊。我們一起侍候王子殿下嘛。」

「我非去不可。」

「可是，我們難得認識……」

「就是啊。」

小個子的坦尼爾與少女阿爾媞，也都異口同聲地希望芙蘭跟他們同行。然而神情同樣寂寥的福特王子，幫忙安撫了這幾個孩子。

「別這樣勉強芙蘭，芙蘭也有她要做的事。」

福特王子的神情也顯得泫然欲泣，雖然都快哭出來了卻還是這麼帥，不過我不會讓芙蘭嫁給你的！

「就是呀。再說又不是今生無緣再相見了。」

「再說，我們也很希望芙蘭能夠一起來。也想過再提出護衛委託。」

「或者是重金禮聘她為我們效命。」

「既然這樣……」

「但是不行，不能用王族的身分逼她。」

福特王子打斷小孩子的話，搖搖頭。

「因為那樣就稱不上是關係對等的朋友了呀，不是嗎？」

「我們希望能跟芙蘭成為平起平坐的朋友，永遠維持友誼。」

可能是被王子公主說服了，孩子們沒再央求芙蘭。

芙蘭雖然表情沒變，但我知道她很高興。耳朵都在跳動了。

「我們還會再見面。」

「說得對，他日再相逢吧。」

「一定要找機會來菲利亞斯唷？」

「嗯。一定去。」

於是，最後芙蘭與大家相擁，就跳上了小漆的背。

「再會了～～！」

「再見～～！」

「保重啊～～！」

芙蘭向孩子們揮揮手，面帶笑容指示小漆準備出發。

「拜拜……小漆，走吧。」

「嗷。」

小漆聽從指示，慢慢向前跑。

「芙蘭、小漆！改日再見喲！」

「幫我跟師父打聲招呼！」

福特那傢伙也太有心了，連我都顧慮到……

然而，芙蘭不再回頭。不，是不能回頭。因為一旦回頭，就一定會想回到朋友的身邊。

『妳真棒，忍到了最後一刻。』

「……嗚啊……」

我一邊幫芙蘭拭去雙眼滴落的淚珠，一邊溫柔地摸她的背。

芙蘭淚流不止。反而有更大顆的淚珠滾落而出。

但是，我覺得這樣很好。大哭一場才能發洩情緒。

無意間，我仰望天空。

晴朗的天空萬里無雲。

『這種的大概就叫做適合啟程的良晨吧。』

能夠為了與朋友離別落淚，我認為是好事。

因為這就表示她交到了感情深厚的朋友。證明了這是一場美好的邂逅。

『這不是永別。以後再找機會去看他們吧。』

「……嗯！」

我一邊摸摸芙蘭的頭，一邊思考今後的行程。

包括今天在內，預定花上五天路程就會抵達烏魯木特。

之後就在據說有兩座的地下城內，替我與芙蘭練等。然後，最終目標是參加烏魯木特的武道大會。當然，目標是拿冠軍。

『烏魯木特啊，真想看看是什麼樣的地方。』

「……期待去地下城。」

不錯，她似乎稍微打起精神了。

「下次見到大家時，我會變得更強。」

『當然了。』

「強到可以獨力戰勝燐佛德。」

『是啊。』

那樣的話還需要更多修行才行，不過志向自然是越遠大越好。

「所以，我要在地下城修行！」

『很好，就是這份志氣。小漆，全速前進！一路直達烏魯木特！』

「嗷嗷！」

「下次，一定要贏！」

特別獻稿
異世界食欲
原案／棚架ユウ
漫画／丸山朝ヲ
唔…
這隻個體…非常強悍!!
ボロッ…
對芙蘭來說可能有點太早了…
本來是想烤烤看飛龍肉排的…
!!
肉排吃到飽!?
不，我沒那樣說…
那我要超級加油!!
だっぱぁぁ…
嘎？
スタタタ
妳等…！

キエオアァ
咦——!?
ズッパー
もむ
もむ
もむ
もむ
師父的料理吃到飽最棒了。
……敗給她了。
只要是能吃的魔獸，搞不好什麼都會被她打倒…
ジュー…
ジュワー…
ジュワー…
下次想吃吃看龍族的肉。
真的假的…
我家的恩格爾係數驚異度高達S。

關於我轉生變成史萊姆這檔事 1~16 待續

Kadokawa Fantastic Novels

作者：伏瀨　插畫：みっつばー

系列銷售累計破1500萬冊!!
超人氣魔物轉生幻想曲第十六集登場！

魔國聯邦與東方帝國之間的戰爭以勝利作收，然而奪取了魯德拉身體的米迦勒、暗中活動的妖魔王菲德維等等，棘手的問題仍堆積如山。同時，菈米莉絲迷宮防衛戰也令人感到一絲不安。總之，暫且脫離困境，利姆路決定趁這個機會和部下們面談⋯⋯

各 **NT$250~340/HK$75~113**

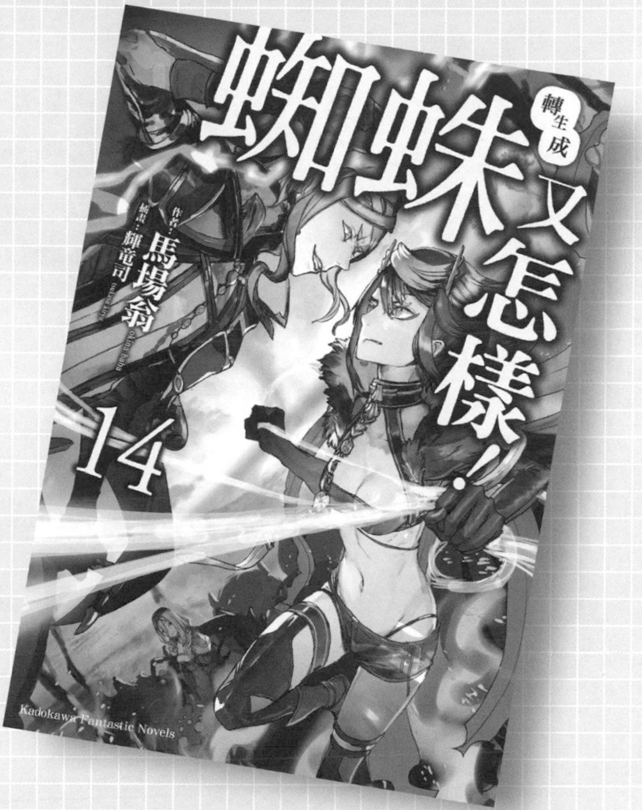

轉生成蜘蛛又怎樣！ 1~14 待續

Kadokawa Fantastic Novels

作者：馬場翁　插畫：輝竜司

終於將於妖精之里開戰！
魔族以及轉生者的命運將會如何——

為了消滅妖精，魔族軍前往最後的戰場。波狄瑪斯大量投入祕密兵器，把戰場變成地獄……另一方面，以妖精援軍身分參戰的俊一行人也與好友重逢，被迫做出重大抉擇。讓世界走向崩壞的過去慘劇，以及這個扭曲的技能系統的真相，都將揭露——！

各 **NT$240~260/HK$80~87**

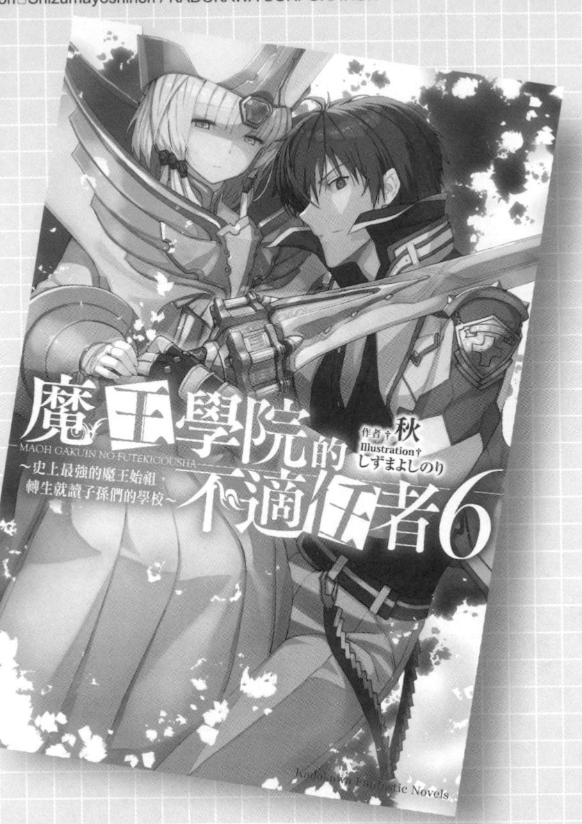

魔王學院的不適任者～史上最強的魔王始祖，轉生就讀子孫們的學校～ 1~6 待續

Kadokawa Fantastic Novels

作者：秋　插畫：しずまよしのり

不知是偶然還是某種因果，
究竟是真實還是謊言——

為了回想起轉生時缺失的記憶，阿諾斯潛入自己的過去。夢中的自己比現在稍微稚嫩且不成熟，但是為了守護重要的妹妹挺身而戰。與此同時，阿諾斯來到神龍國「吉歐路達盧」，統治該國的教宗戈盧羅亞那卻宣稱亞露卡娜是創造神米里狄亞的轉生！

各 **NT$250~320/HK$83~107**

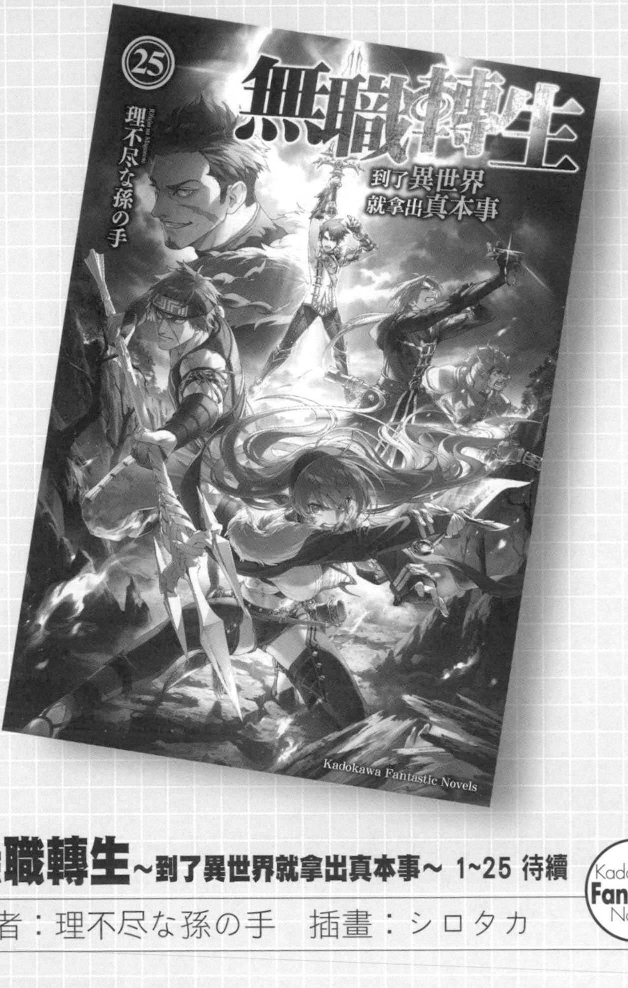

無職轉生～到了異世界就拿出真本事～ 1~25 待續

Kadokawa Fantastic Novels

作者：理不尽な孫の手　插畫：シロタカ

世界最強級別的戰力！
賭上魯迪烏斯等人命運的分歧點之戰！

各地的通訊石板與轉移魔法陣皆失去功能，魯迪烏斯與伙伴們集結在斯佩路德族的村子。狀況正如基斯所策劃，畢黑利爾王國的討伐隊逼近斯佩路德族的村子。而北神卡爾曼三世、前劍神加爾・法利昂及鬼神馬爾塔三人也隨著討伐隊一起出現——

各 **NT$250~270/HK$75~90**

魔法★探險家

轉生為成人遊戲萬年男二又怎樣，我要活用遊戲知識自由生活 1~4 待續

Kadokawa Fantastic Novels

作者：入栖　插畫：神奈月昇

瀧音加入了月讀魔法學園的三會，
魔探世界與瀧音的命運發生劇變！

　　一年級便獨自攻略迷宮第四十層的瀧音受邀加入月讀魔法學園中執掌最大權力的三會，他為了支援諸位女角而忙碌奔波。他注意到聖伊織的義妹結花身上發生異狀？本來應是輕鬆就能解決的事件——然而，故事朝著瀧音也不知道的新路線產生分歧？

各 **NT$200~220/HK$67~73**

國家圖書館出版品預行編目資料

轉生就是劍/棚架ユウ作；可倫譯. -- 初版. -- 臺北市：臺灣角川股份有限公司, 2022.04-
冊； 公分. -- (Kadokawa fantastic novels)
譯自：転生したら剣でした
ISBN 978-626-321-344-9(第4冊：平裝)

861.596 111001898

Kadokawa
Fantastic
Novels

轉生就是劍 4

（原著名：転生したら剣でした 4）

2022年4月27日 初版第1刷發行
2022年11月17日 初版第2刷發行

作　者：棚架ユウ
插　畫：るろお
譯　者：可倫

發行人：岩崎剛人
總編輯：蔡佩芬
副總編輯：朱哲成
美術設計：莊捷寧
印　務：李明修（主任）、張加恩（主任）、張凱棋

發行所：台灣角川股份有限公司
地　址：104台北市中山區松江路223號3樓
電　話：（02）2515-3000
傳　真：（02）2515-0033
網　址：www.kadokawa.com.tw
劃撥帳戶：台灣角川股份有限公司
劃撥帳號：19487412
法律顧問：有澤法律事務所
製　版：巨茂科技印刷有限公司
ISBN：978-626-321-344-9